图书 影视

这份心情总有一天会遗忘

この気持ちもいつか忘れる

[日] 住野 Yoru Sumino 著

一颗菜 译

天 地 出 版 社 | TIANDI PRESS

本书创作时与日本爆轰乐团（THE BACK HORN）有联动

图书在版编目（CIP）数据

这份心情总有一天会遗忘 /（日）住野夜著；一颗菜译. —成都：天地出版社，2024.6
ISBN 978-7-5455-8141-6

Ⅰ.①这… Ⅱ.①住…②一… Ⅲ.①长篇小说—日本—现代 Ⅳ.①I313.84

中国国家版本馆CIP数据核字（2024）第016443号

著作权合同登记号 图进字：21-24-003
KONO KIMOCHI MO ITSUKA WASURERU by SUMINO Yoru
Copyright © Yoru Sumino 2020
All rights reserved.
Original Japanese edition published in 2020 by SHINCHOSHA Publishing Co.,Ltd.,Tokyo
Simplified Chinese translation rights arranged with SHINCHOSHA Publishing Co.,Ltd.
through BARDON CHINESE CREATIVE AGENCY, Hongkong.
Simplified Chinese translation copyrights © 2024 by Jiangsu Kuwei Culture Development Co.Ltd.,China

ZHEFENXINQING ZONGYOUYITIAN HUI YIWANG

这份心情总有一天会遗忘

出 品 人	杨 政
作 者	[日]住野夜
译 者	一颗菜
责任编辑	孙学良
特邀编辑	王雨亭　房晓晨
责任校对	曾孝莉
封面设计	李 璐
责任印制	白 雪

出版发行	天地出版社
	（成都市锦江区三色路238号 邮政编码：610023）
	（北京市方庄芳群园3区3号 邮政编码：100078）
网　　址	http://www.tiandiph.com
电子邮箱	tianditg@163.com
经　　销	新华文轩出版传媒股份有限公司

印 刷	天津旭丰源印刷有限公司
版 次	2024年6月第1版
印 次	2024年6月第1次印刷
开 本	880mm×1230mm 1/32
印 张	10.25
字 数	286千字
定 价	42.80元
书 号	ISBN 978-7-5455-8141-6

版权所有◆违者必究

咨询电话：(028) 86361282（总编室）
购书热线：(010) 67693207（营销中心）

如有印装错误，请与本社联系调换。

现在看来，我这一生，真是无聊透顶。

证据就是，这些大人说的话惊人地一致："真怀念十几岁的自己啊，那时候是最无忧无虑的。"

什么都没有的年龄竟然被如此赞美，如此羡慕，我着实不能理解。此时此刻的我，脑袋里竟完全浮现不出任何值得开心的事情。

我以为身边的人跟我一样，都有这种危机感，但事实并非如此。那些人总会找各种理由，强迫自己接受生活中的无聊。比如读书、听音乐、努力运动、埋头学习，他们尝试用各种方式宽慰自己。

为了活下去，人们遵循固有的规则，掌握一定的能力，对于极度的不幸视而不见，虽然能感知食物的美味、舒服的睡眠，可无论做什么，都无聊至极。

无聊透顶。

我像往常一样，吃早餐、上学、进入安排好的教室、坐在安排好的位子上，也没特意跟谁交流，不结交朋友，也不伤害任何人。

我只是盯着课桌，静待时间流逝。

如果强行给无聊以刺激，只会让生活更加枯燥无味。

越挣扎越痛苦。

如果只是待着一动不动，什么也不干，勉强还能熬下去。

我盯着沉在心底的无聊，抬眼，粗略环视了一下四周。

这个教室里聚集了将近三十个孩子，全都平庸至极，没一个是特别的，当然也包括我。

全都是些无聊的家伙。

虽然都是活着，但我跟这些人不一样：我没忘记自身的无聊。

其他人以为找点东西装饰人生，自己就能独一无二了，可惜他们想错了。

对于这些人，我予以平等的蔑视。

我已走投无路。除了迷茫，我什么都做不了。面对这样的自己也好，面对那些连迷茫都没有的其他人也罢，我都莫名地来气。

面对自己的无聊，我也只能生闷气。生气的这一刻，或许就是我人生的最高峰了吧。

我简直像个白痴，真的。

呐，求求了。

来个人吧，快把我从这个无聊透顶的地方带走，连带着这份苦闷也掳走吧。

闲暇时，为了打发时间，我试过搜罗一些书来看，因此积累了各种无用的知识，但除此之外，再无别的收获。工具书和非虚构书倒也罢了，那种编造出来的故事书，我完全不指望看完能有什么收获。

"铃木，第五行下面那段，你来读一下。"

"好的。"

按照老师的指示，我拿着语文课本站起来，照着指定的段落开始大声朗读，没有任何反抗。

班里那些以不良自居的家伙，不知是想犯懒还是怎么着，总之看着他们各种找碴儿挑事，我打心底里无法理解。真想犯懒的话，遵循指令做事就好了嘛。随波逐流，是推动时间往前走的最简单办法。

我虽然不懂人在十几岁的年纪，为什么要雷打不动地每天上学，但既然是某种社会规则，听从即可。随波逐流，是偷懒的最佳办法。

又或许某些人的听话，并不是偷懒，而是想通过讨好他人来减轻自身的无聊。这种人更没救。

上课这种事情，只要老实待着就能顺利结束。上午有四节课。人这种生物真的好神奇，只是坐在位子上听别人讲了一会儿话，肚子就饿了，所以我每天还得去食堂吃饭。一个人找空位坐下，凭感觉随便选一种食物，然后送到嘴里。我心不在焉地咀嚼着，食堂里的饭菜怎么说呢，跟自己平时喜欢吃的东西比的话，总感觉有着微妙的差别。

吃完饭，我没在食堂过多停留，直接回了教室。穿过吵吵嚷嚷的过道，找到自己的位子坐下，稍微跟周围的人拉开一点距离。不戴社交面具，做真实的自己，这可太爽了。这些人为什么如此热衷于社交聊天呢？就算互相攀附，也得不到任何好处啊。

接下来，只要做到跟上午一样待着不动，就能熬过无聊痛苦的下午。而且一直以来我都是这么做的，迄今为止都很成功。

"呐，铃木。"

可今天突然来了麻烦。

坐在我前面的女生——田中，突然将椅子横放过来，一脸无聊地看向了我这边。她叼着吸管，对着一瓶果汁猛喝了一口。

"想什么呢，这么入神？有什么趣事，分享分享呗。"

面对田中的搭话，我心生不悦：搞嘲讽戏弄这一套，有意思吗？

真是的，田中这人脑袋空空，扔过来的问题倒是犀利得很，正中要害。还有她那表情，仿佛在说：你懂什么，我才是最懂快乐的人，我的人生可比你的精彩宝贵多了。

"跟你没什么好分享的。"

"火气别这么大行吗？放学后你通常怎么打发时间？"

"跑步。"

"跟谁啊？你不是没参与社团活动吗？"

"我自己。"

"啊，原来你是运动员啊。"

"不是。"

"知道了啦，你是傻瓜。干吗不找点更开心的事情做？一直死盯着桌子，怪可怕的。看到你那张脸，感觉我也变阴森了呢。"

关你屁事，我又没给你添麻烦。真是的，人活着为什么还要照顾别人的情绪啊！

我还嫌弃你呢。田中这人在班里左右逢源，仿佛"跟所有人混熟"才是她的人生价值。被这种庸俗到爆的同班同学搭讪，只会加剧我的无聊和痛苦。

"没什么可开心的。"

"真阴暗。"

田中的脸扭成了一团。她这是什么表情？算了，不跟她一般见识。我下意识地想长叹一口气，但最后关头还是拼命忍住了。

我没打算在班里随便树敌，一来这种把戏很无聊，二来敌人多了也会很麻烦。

"不过无聊倒是真的。这种偏僻的乡下，铃木你肯定也想早点离开吧。"

无聊、幼稚。

乡下也好，城市也罢，跟这些有什么关系。去市区那还不简单，坐电车或汽车顶多也就一两个小时的车程。但这纯粹是浪费人生。这几个小时里，你是能做成一件特别的事还是怎么着？我也好，你也罢，都是平庸无聊的凡人，跟在哪儿没关系。

没有再对话下去的必要了，我索性移开视线。可田中仍然不依不饶，似乎想摧毁我午休的闲暇时光。她看似在自言自语，其实就是想我做出反应，接她的话茬。

"哟，咱们班的阴暗女回来了。"

田中完全没有要隐藏声音的意思，看着教室后门，开口说道。

我不用回头，就知道田中说的是谁。

"铃木你也是阴暗一族，就没跟她说过话吗？"

我要怎样做，田中这家伙才能满足啊？这个世界，到处蔓延着毫无意义的问题。

"没说过。"

"聊聊嘛，说不定你们很合得来呢，毕竟你俩都爱死盯着桌子看。比如讨论下哪个桌子纹理更漂亮啦之类的，哈哈。"

自说自笑的家伙，真的很讨厌。

阴暗一族。

的确，在别人眼里，我跟刚进教室的斋藤很像。但也不能因为这个，就把我俩绑在一起吧？真是毫无意义。

此时，田中总算失去了兴致，没再缠着我。我继续待着一动不动，静待午休结束。该做值日了，这周轮到我打扫。擦黑板、扫地、把桌子摆齐，我如同例行公事般迅速做完。一个人做值日的话，还是很爽的，我甚至觉得它是校园生活中必不可少的调剂品。刚开始的时候，我还觉得没什么意思，但现在，我很享受这种单人体力劳动，它比午休更能让我心情平静。

长达五六个小时的上课时间终于结束了。全班起立，跟老师说了再见。我对学校丝毫没有留恋，打算马上回家。

重获自由后，大部分同学的精神不再紧绷，放松了下来。只有极少数人因为接下来有社团活动，依然处于紧张状态。但无论有没有社团活动，他们都拖拖拉拉的，赖在教室里不肯走。在一片散漫中，我和另外一个人显得格外瞩目。因为我俩从不浪费一分一秒，放了学就走。

无论我俩谁先走，都会出现这样的固定画面：走廊里，两人一前一后。虽然每天几乎是同时出教室，但我俩从来没说过话。

本来以为很快就能从走廊的这种尴尬氛围下解脱，可偏偏我俩学号又挨得近，放鞋子的储物柜也紧挨着。所以后到的人，不得不站在旁边，等先到的那个换完鞋再过去。

今天是斋藤先走,她不慌不忙地换鞋,我静静在一旁等着。有时会反过来,她等着我。几乎每天,我俩在这里都有几秒的共处时光,虽然从没聊过天。

斋藤一言不发地换完鞋,头也没回就走了。她走后,我也开始默默换鞋。

我跟斋藤聊得来?笑话。她脑袋里的东西肯定也很无聊吧,跟其他人比,顶多也就毫厘之差而已。

跟我有共同语言,跟我互相分享心情,还能把我从无聊中拯救出来的人,怎么可能出现在这个班里?这个世上不可能有这样的人,至少不会跟我这种平平无奇的普通人相遇。奇迹也好,命运也罢,特别的事,一件也没有发生。

"啊,香弥,你回来啦。"

回到家时,母亲刚好要出门,她穿着丧服。

"我回来了。"

"正好,我现在得出门一趟。你爷爷的妹妹,哦,你没见过,她去世了,我要去守夜。你哥要是回来了,也帮我跟他说一声。"

"知道了。"

"我可能会回来得晚些,晚饭放冰箱了,你用微波炉热一下再吃。点心也在冰箱里。"

"嗯。"

"我会赶在你生日前回来的。"

"嗯,别被发现了。"

送走母亲,我上了二楼,进到自己房间,放下包,换上运动服,下楼。打开冰箱,里面放着一个装甜甜圈的盒子。带着盒子能冷藏成功吗?我一边默默吐槽一边打开盒子,拿了一个看起来热量最高的，跑步需要补充能量。

我走到客厅桌子前坐下，吃着甜甜圈，家里安静极了。我家是随处可见的普通家庭：父亲拼命工作；哥哥上午去大学，下午打工；这个时间点母亲不在家的话，家里就只有我一个人。他们平凡地活着，每天像普通人一样快乐。父亲总是对着年龄最小的我念叨："十几岁，正是最快乐的年纪嘞。"那语气，好像已经对自己狗屎般的人生死心了一样。

这时，我突然想起客厅角落放着收音机，于是起身走过去，打开。平日里，母亲喜欢边听广播边做家务，所以我每次到家时收音机总是开着。从小在这样的环境下长大，比起安静无声，广播更能让我平静舒心，同时也能屏蔽其他多余的声响。打开收音机时，里面刚好在播与战争相关的新闻，最近到处都在说这个。

口中的水分被甜甜圈吸收之后，我又渴了，于是从冰箱拿出牛奶倒入玻璃杯，饮下。小时候我意外地喜欢喝牛奶，所以比一般的男孩子高。遗憾的是，我却对高个子擅长的运动完全提不起兴趣。

可能是饿了，所以甜甜圈显得格外好吃。人吃东西，说到底是为了活下去。

可能有人会觉得：要是觉得人生无聊，岂不是没有活下去的意义了？但对我来说，自杀这个选项不存在。死亡当然是恐怖的，并且就算现在死了也只会更无聊。我死了，顶多被前桌田中那样的家伙吐槽"真行啊你"，然后结束，仅此而已。我的死毫无意义。

休息了半小时，甜甜圈也消化得差不多了，我关掉收音机和灯，拿出运动鞋穿上，出了门。在家门口做完跑前拉伸后，我开始跑步，适应之后 点点提速。每天都是一样的路线，朝山的方向跑，没有任何犹豫。跑起来后，身体除了累，还有一点爽快感。

跑步过程中，我脑子时而放空，时而会想些事情，想的大多是怎么从无聊的日常中挣脱出来。从中学起，我在跑步中就想到了很多摆脱无聊的点子，并且一一实践了。比如，试着跟坏学生有样学样，突然去参观社团活动，或者让音乐填充自己的生活。每样我都尝试到极致，直到发现"这些也不过如此"，然后再次对自己失望，重新开始跑步、想新点子，如此反复。所以，这次做点什么好呢？

严冬中跑步的感觉，跟学校田径队的练习差不多，非常考验耐力。但到二月下旬天气回暖后，就很好跑了。

我一般是在田间小道上跑，以铁塔为标记点，跑到铁塔就返回，跑了将近一个小时。

返回途中，要是状态还不错，我就跑进半路上的一个森林，做最后冲刺。穿过一段没修的土路后，映入眼帘的是一段破旧的柏油路。沿着柏油路再往前跑，能看到一个公交车站。这个车站就是我锻炼的终点。

由于长期没有使用，车站设施已经生锈发黄，变成茶色了。站牌上贴着早已失效的时刻表，无论等多久，都不会有车来。旁边是一间移动小屋式样的候车室，也失去了昔日的功能。像往常一样，我打开推拉门，走到椅子前坐下。

调整气息，等心跳平稳后，我的耳边只剩下了鸟叫声。眼前的柏油路上一辆车都没有。多年前，自从镇上修了一条环绕整片森林的美丽小路后，这个车站也开始投入使用。但曾经热闹非凡的车站，如今变得荒凉破败。

我之所以把这个车站作为跑步的终点，最大的理由就是这里没人来。我也说不上来是什么感觉，总之我不太想让别人看到我停止跑步的瞬间。跑步中或者起跑时被人看到，倒也没什么。但只有停下来的瞬间，我不想被别人看到，我只想把它当作自己的东西保存。

第二大理由就是我可以将自己心中的妄想，哦，不对，怎么说呢？只有在这里，我才可以随意幻想。在这个地方坐着，没准儿哪天会驶来一辆神奇的公交车，把我带走。这种不切实际的愚蠢想法，只有独处时，才可以想想。当然，我不会傻到以为奇迹会发生。我很清楚：在这里做梦的我，跟那些在教室里宽慰自己的家伙没什么区别，都一样的无聊至极。所以在这个车站，我不做其他任何事情浪费时间，只是静坐沉思，毕竟只有在这里，我才能不被任何人打扰，才能自由想象。每天来两次，一天中真正能跟自己独处的时光，只有这里。

无论是谁，都会有梦想中的地方吧。哦，不，梦想这东西真的有必要吗？

在汗被风吹干之前，我都一动不动地坐着。心跳一旦恢复平稳，我就知道我又要变回无聊的自己了。我起身，走出候车室。柏油路弯曲的角度甚是奇妙，左右两侧，连个人影都没有。

步行半个小时到家，发现哥哥已经回来了。在客厅简单打了个招呼后，我把母亲的话转告给了他。

"你今天生日来着？"

"明天。"

这个家除了无聊，其他一切都刚刚好，再普通不过了，我搞叛逆也没什么意义。所以刚才只应了一句，我就又回了自己的卧室。脱下运动装，换上家居服。下次的锻炼，挑战下登山吧。直到晚饭前，我都在自己房间里搜索关于登山的信息。

把人当作对手、不断创造新纪录、努力战斗，这类跟人竞争的运动，那些运动员努努力，至少可以名垂青史。我们这些普通人就不一样了，就算再怎么努力，也没有任何意义。可如果竞争对手是大自然，会好很多。那些平日里看不到的风景，用这双眼睛亲自去实地看的话，心中的某些东西或许会瞬间发生变化。当然，无论多美的风景，总有让人厌倦的一天。

有个和尚不断地登山，登山，登山，终于到达了人迹罕至之地。当搜到这个故事时，我肚子饿了，于是下楼准备吃饭。

母亲做的饭味道倒是不错。和哥哥有一搭没一搭地聊了会儿，我就又回了卧室。曾经有一段时间，父母亲对于我待在自己房间里哪儿也不去这件事，很是担心。但最近好多了，因为我每天晚饭后都会在自己房间里窝上一段时间，他们已经习惯了。

这次我花了近一个小时，上网查询登山需要的东西，然后再次换上运动服，下楼。

我朝客厅的哥哥说了句："我出一趟门。"

"嗯，别被发现了。"哥哥漫不经心地回应道。

我没接他的话，走到门口换上运动鞋，出了门。

果然好冷。

但前几天更冷，不穿厚一点都出不了门，眼下这个温度还算舒服。

跟傍晚一样，我沿着同样的方向，再次迈开了步子。在家人的想象中，我每天晚上都会去视野好的地方跑步，但其实不是，我喜欢光线暗到看不清别人脸的地方。只要我待在房间，就不得不面对家人过度的关心和在意。自从意识到这点，我就像逃离其乐融融的家庭氛围似的，特别喜欢花大把时间在黑暗中行走。

夜跑跟傍晚的锻炼相比，不单单速度变了，连路线也不一样。晚上这次，我会直接跑去公交车站，不进森林，而是沿着柏油路慢慢走。柏油路边偶尔出现一两盏居民家门口的外灯，孤零零地散落在黑暗里。

途经尚有人住的地带时，我还能放空脑子，什么都不想地跑。可天色越来越暗，视野变差，只能看到间隔很远的外灯和空着的房子。在偏僻地带，偶尔还会碰到路人骑着自行车经过，这时我会格外小心，放慢速度，改为行走。为了不被撞上，我特意戴了发光腕带。但一不留神，还是很有可能掉进路边的田里；一旦掉下去，就算呼救，人什么时候能来都是未知数。

虽然略危险，但我基本上每天都要路过这条柏油路，所以今天也顺利到达了森林。站在居民区的外灯下俯瞰，下坡路一片漆黑，顺着柏油路再走一段，就能看到公交车站。

是因为车站停运，所以才没有路灯了吗？这个车站位于两个住宅的中间，是光线最暗的地方，没有任何照明物，只有一片月光洒下来。打开候车室的推拉门后，旁边有个荧光灯开关，但我从来没有打开过，所以不清楚能不能用。

这个候车室虽然破旧，但毕竟能遮风挡雨，所以冬日里，这个候车室要比外面暖和许多。关上门后,屋里一片朦胧。我虽然看到了椅子,但看得不真切,甚至它在不在那儿我都不确定,只能凭感觉坐下。

嗯,是椅子。

盘腿坐下后,我摘掉腕带放进衣兜里。在这片黑暗里,腕带的光会干扰到我。

一片漆黑。

除了黑,这个候车室……怎么说呢?一时半会儿很难找到合适的词来形容,总之透着一股难以言喻的气息。外面微亮,再次让我觉得自己身处一个完全不同的世界,与外界的无聊隔绝开来。

这里是我唯一能进行幻想的地方。一天只有两段时间,在这里,我可以卸下伪装,就这么无聊地待着。

或许会有特殊的、不知为何物的东西过来。所以我闭上眼睛,慢慢等待。

已废弃的公交车站就那么放着没被拆掉,其实是有原因的。

这个乡下小镇,流传着一个古老的传说。

废弃的建筑物不拆,放置一段时间,没了人气后,会被先祖征用。考虑到下界来的先祖们或许用得上,所以我们镇上零零散散坐落着不少空房子。它们奇形怪状的,让人很不舒服。

传说的起源也好,为什么流传到现在还没消失也罢,这些都不重要。重要的是,多亏了这个无聊的传说,我才能每天独自一人在这里放松休息。

可就算再怎么放松,我也不该大意的。

在候车室坐着坐着,不知何时,我竟然睡着了。

以前也多有迷迷糊糊、似醒非醒的时候,但这次我是真的睡着了。可能是因为最近天气回暖了,也可能是因为我昨天没睡好。

总之一睁眼,我傻眼了:自己竟然在小屋里睡着了。我掏出手机一看时间,更是吃了一惊:凌晨已过,我已经十六岁了。

母亲应该已经参加完葬礼回来了吧。手机上有几通未接来电和几条短信。

我打开短信一看,不过是一些关心和说教之类的话。我打了几行字过去,说自己在公园的椅子上休息,不小心睡着了,现在就回去。这话半真半假。

此时已是半夜,候车室的静谧和黑暗更浓了一层,朦朦胧胧的,让我有种自己还在沉睡的错觉。

感觉自己的呼吸有些错乱,我调整了一下。虽然刚才回了短信说自己马上就回去,但要从这个梦一般的地方走到外面的世界,需要一点准备。我必须把自己的节奏调整到跟外界一样才行。

我慢慢调整气息,过了一会儿,总算觉得身体跟外面世界慢慢吻合了。

起身,像抖落缠在身上的黑暗细胞似的,我一步步往前走着。

就在我伸手准备打开推拉门时——

"你离开这儿,通常去了哪里?"

谁在说话?

落在门把上的手突然弹起,空气中只剩下门摇晃的声音。

我深吸一口气,呼吸开始急促起来,肺也剧烈地刺痛着。

心脏也咚咚跳起来。

我瞬间慌了神,在黑暗中差点站不稳,幸好用手扶住了墙壁。墙壁的触感粗粝不平,沾满灰尘的墙皮啪嗒啪嗒落下。

冷静,我在心里默念。

再次吐气,吸气。

刚刚那是什么?

是人的声音。

声音从右边传来,可能是女性。

是错觉吗？又或者是我睡糊涂了？

还是就这么出去？

正思考时，声音又出现了。

"今天有个新发现，原来你也要睡觉。"

这次听得很清楚，是个沙哑的女声。

脊背上汗毛瞬间竖起，冷飕飕发凉。

刚刚那是什么？

最开始我想到的是幽灵。

这时，我联想到了还萦绕在耳边的小镇传说。

半夜三更，陈旧车站，正是幽灵出现的绝佳时机。

但我有一点疑问。

为什么它之前一直不现身，现在又突然出现了？另外，如果真是幽灵，像我这样的普通人，也能听见它们说话吗？

还有一种可能，就是在我睡着期间，有人来过这里。但对方为何来到此地呢？

我用尽全力，拼命抑制住紊乱的气息和心跳。

能回头吗？我开始纠结。眼下不正是最关键的时刻吗？如果回头，不会突然有东西伤害我吧？

恐惧着、犹豫着，突然，我得出了结论。

我是笨蛋吗？

自己真是个糊涂虫。

现在可不是烦恼犹豫的时候。

眼下我该做的只有一件事。

我一下子想到了自己脑子里每天装的东西。

我一直在等。

我每天晚上不厌其烦地来这个破旧车站，等的不就是这个吗？

我一直期待能来点什么，来拯救无聊到想吐的我。

现在它毫无征兆地来了，仅此而已。

总之，还是先确认下眼下发生了什么吧。要是就这么糊里糊涂地出去，安全倒是安全了，但我肯定会后悔，后悔自己当初选择了逃离。

我再次深吸一口气，然后呼出去。

我脑海中闪过了无数恐怖的画面。老实说，我的双腿已经发软了。为了不让对方察觉，我慢慢地、小心翼翼地转过头。

一片漆黑。

屋里没有跟人类类似的生物。

也没有动物。

但那里一定发生了什么。至于是什么，我还不清楚。

凝视。

黑暗中浮现出了小生物，发着淡绿色的光。

这个候车室里没有任何可以照明的光源。也就是说，这种浮动的生物会自己发光。

椅子上空几十厘米处有两个光点。椅子面稍微靠上一点，有十个光点。靠近地面处，有九个，哦，不，有两个看起来是重叠的，所以这边也是十个。

最上面两个，其他地方二十个，光点形状各异。

最上面那两个光点是什么呢？接近椭圆，形状如杏，而且并列的这两个点，偶尔会同时消失。至于其他光点，小小的、圆圆的，规则地并列分布，像虫子一样蠕动。

刚才的声音，就是它们发出的吧。

看了好几遍，我确认这些东西没有伤害我的意思。

我鼓起勇气，靠近了一点。

"你怎么了？"

又听见了同样的声音。我瞬间全身皮肤沙沙作响，起了鸡皮疙瘩。

我停下了脚步。声音是从正面传过来的。刚才那句，很明显是对我行为的发问。

对方抛过来的问题，是含有信息量的。它能跟我对话？

我咽了口吐沫，打算主动出击，问对方一些问题。

但话到嘴边,我却不知道问什么了。

"谁的……声音?"

可能是对我的声音有反应了,我听到了对方吸气的声音,然后二十几个小圆点开始蠕动:上面十个点稍微向上挪了挪,变了排列顺序;最高处的两个光点,比刚才更大了,从椭圆形变成了正圆形。

"为什么?"

声音听起来是雌性,它好像很吃惊。最上面的两个光点,像信号灯似的忽明忽灭。

我没搞懂它刚才的发问,所以只能保持沉默,然后再次听到了它吸气的声音。

"你能听到我的声音?"

"……能听到。"

上面的两个光点,又变大了。小的二十个光点里,靠上的十个,有一半慢慢靠近最上面的两个光点,变成了竖列。

"怎么这么突然?"

最上面的两个光点跟着声音的节奏,又开始闪了,忽亮忽灭、眨巴眨巴的。

眨巴眨巴。

"你还活着吗?"

"活……活着。你呢?"

"我也活着。"

对话成立。

对方问我是否还活着,也就是说,它把我当成幽灵了吧。从我的角度看,也是如此。只凭借光,我无法判断眼前这个能发出声音的生物,是否还活着。

换句话说,对方貌似是活物。

假如它是某种生命体呢。于是我开口问道:

"你在哪儿?"

"什么在哪儿?我就在这里啊。"那个声音回答道。

所以你说的这里是哪里？

"那个，你是虫子之类的生物吗？"

"虫子？我是人哦。"

怎么看你也不像人啊，蠕动着，由光点连着，摇摇晃晃。

"看起来不像。"

我没多想，脱口而出。对方沉默了一小会儿。我还以为自己刚刚的话惹对方不愉快了，但她貌似只是在思考，并没有生气。

"在我看来，你倒像是个人呢。"

"我是人。"

"那在你看来，我是什么样子的？"

我把眼前看到的，照实一一说明：到我胸口高的地方，有两个椭圆形光点；椅子座位部分稍微靠上一点，有十个连着的小光点；靠近地面处，也有十个小光点，跟另外十个尺寸相同。

"原来如此。"

对方的反应意外平淡，听语气似乎接受了我刚才的形容。

与此同时，最上面的两个光点，也相应上下摇起来。

"你看到的，是我的眼睛和爪子哦。"

"眼睛？爪子？"

我倒吸一口凉气，对方可真是语出惊人。

我再次试着凝视这些发光的小生物。

经她这么一说，细细看来，最上面那两个光点，是有层次的，就像黑眼球和眼白。

偶尔光点消失，其实是在眨眼？变大是因为睁大了眼睛？

所以刚才光点上下摇晃，是她在点头吗？

爪子各十个，是指手跟脚？

假如我看到的是眼睛跟爪子，也就是说对方身体的其他部位，在黑暗中是透明的。看姿势，她应该是坐着的吧。

原来是透明人啊。我把这个结论告诉了对方。

她立马回应道："我就是普通人哦。"

普通？你哪里普通了？再说，你是不是人类这点，我都还存疑呢。

"没想到我的声音，真的能传到你那里。"对方也没解释自己为什么只显示眼睛和爪子，只是若有所思地嘟囔了这么一句。

"我这边的声音，能传到你那边？"

"嗯。"

代表眼睛的光点上下摇晃，应该是她在点头吧。

"截至昨天，只是我单方面听到你的声音，你听不到我的。无论我在旁边说什么，你都没××。"

"欸？"

话说到一半，我听不清了，好像广播频率对不上似的，耳边突然出现刺啦刺啦的干扰噪声。

"可今天，你突然有××了，所以我很吃惊。"

又来了，这次是电视机没信号时的沙沙声。跟刚才一样，我又听不清对方的话了。

"突然，我就能听到你的声音了……"

老实说，我用"她"称呼眼前这个发光物合适吗？对方的声音听起来是女性。总之先这么叫好了。

"到底为什么呢？"她提出了疑问，语气自然。

"刚刚你说我是透明人，除了眼睛和爪子，其他你都看不见？"

"嗯，我只能看到发光的部分。"

顺着我指的地方，最上面的两点光向下移了移，她随声附和了一句"哦哦"，似乎是接受了我刚才说的那句话。由于看不到对方的嘴，她的声音总是出现得很突然，我理解起来，还是颇耗费精神的，况且还时不时夹杂着噪声。

"除了发光的部分，其他部位你有身体吗？"

"当然有。"

可不可信尚且不提，姑且算这些光点是眼睛和爪子吧。如此一来，她全身轮廓是什么样子就不难想象了，虽然略模糊。参照眼睛的位置，她手和脚的长度应该跟人类差不多，没什么违和感。

"从我这边看,你的身体可是××哦。"

"我的身体是什么?我没太听清。"

"×,×。"

对方发音很慢,可我还是听不清。到底是什么东西在干扰啊?

"清清楚楚、完完整整,我这么形容,你听懂了吗?"

"啊啊,嗯,这次懂了。原来有些词我听不懂啊。我想想啊,也就是说,我只能看到你的眼睛、手和脚,而你能看见我全部的身体,对吧?"

"嗯。在我的声音被你听到之前,我就已经能看到你整个身体了。我一直在你旁边,看你突然出现,什么也不做,最后又消失。我还以为你是死去的人呢。虽然得不到你的回应,但我还是会时不时地跟你讲话。所以你刚刚突然有反应时,吓了我一跳。"

椭圆形稍微变短一点,眼睛的光就会消失。看来对方比我更冷静,更快接受了现状。

"为什么我只能看到你的眼睛和爪子?"

如果对方的话是真的,那这一切就太不可思议了,而且也不公平啊。

"……仔细想想,或许你看不见才是正常的。在这么暗的地方,不发光的部分不可能得见。而我能看见你的全身,反倒是很奇怪呢。"

"暗……"

不对,不是这个。眼睛和爪子,我隐约能看到,但墙壁和座椅我也能看到。很明显,她没有身体。

我试着提了一个问题。

"开了灯也看不见你的身体吗?"

"这里禁止开灯。"

"禁止?谁规定的?"

"当然是国家规定的。×××,看来你不知道呢。我有几个问题想问你。"她小声嘟囔了这么一句后,眼睛的光点突然变大,看向了我。

"啊！"一向冷静的她，声音突然露了怯，发光的爪子放在眼睛两侧，好像在捂耳朵。

"警报响了，我得走了。"

警报？哪里有警报声？我下意识地朝外面看了看，没听到任何动静。

"再见。"

这突如其来的告别。

"啊？"

"我必须走了，因为得活着。"

"啊，别，你等会儿。"

突然的相遇，突然的告别。我还什么都没搞清楚呢，还什么都没来得及感受呢。虽然一头雾水，可一想到这个特别突然离我而去，我瞬间陷入了恐惧。

"你不走，真的没关系？"她声线沉稳冷静。

"我，嗯，我没事儿。"

面对她突如其来的关心，困惑的同时，我又感觉到了一丝温暖。父母关心孩子，差不多也是这样吧。

"虽然我不知道你从哪里来，要到哪里去，但只要活着，我们总会在某个地方再见面的。"

真是如此吗？难道不该是再也见不到了？特别就在此终结，我今后的人生，再也不会有这种体验。

一想到自己又要回到无聊的日常，每天要挣扎在各种猜测和预感里，我害怕了。

只有眼睛和爪子的她，貌似没想这些。根据眼睛浮动的轨迹来看，她应该是站起来了。

"再见。"她冉次丢卜一句。

看爪子光的浮动，她好像朝着我对面的墙壁方向去了。在撞上墙壁之前，她消失了。说是这么说，不过是眼睛跟爪子的光没了，又或者是她走了。

"喂。"

我试着喊了一声，对方没有回应；又喊了一次，还是没人应声。

她是走了吗，还是装作看不见我？无论哪种，我俩都不可能再有进一步的交流了。既然如此，再喊也是徒劳。她已起身离开，仅此而已。

一切回到了原本该有的样子，候车室只剩下我一个人。

她快离开时，我想明白了两点，更准确地说，是推测出了两点。

第一，根据眼睛所在的位置，目测她身高跟人类女性差不多，应该有一米六。当然，要是额头上方长了别的什么东西，身高另当别论。

第二，虽说看不到，但可能真的如她所说，她身体的其他部位是有实体的。因为她站起来转身时，有一只眼睛的光消失了。也就是说，从侧面角度看，她的脑袋遮挡住了其中一只眼睛的光。所以她的头部极有可能是存在的。

公交站旁的候车室黑暗、静谧。只不过被她留在了这个小屋，我就如此惊慌失措、兴奋。

心脏怦怦怦肆意张扬地跳着，跟恐惧或者运动时的跳动完全不一样。

短短几分钟里，她突然出现，又突然消失。

刚刚那是什么？

我身上发生了什么？

精神不再紧绷后，我一时间竟然动不了了，只是一个劲儿地回想刚才发生的事情。

刚才那个，是真实发生的吗？搞不懂，也有可能是梦。要是一场梦的话，那可真是糟透了。可我转念一想：自己想象力这么匮乏，不可能捏造出外形如此奇怪的生物，那种只能看到眼睛和爪子的、类似人类女性的生物。

那到底是什么东西？刚刚我眼前到底发生了什么？

现在就瞎高兴，还为时过早。

下次能不能遇到她，都还说不准呢。虽然她说了还能再相见，可她这话无凭无据，没有任何说服力啊。

可如果止步于此，那刚刚发生的事情，跟做梦也没什么差别了。

不管是哪一种，我继续待在这里，都不会有后续了。如果她说的是真的，那我明天再过来，还会发生点什么吧。

假设这一切是梦，可就算是梦，这梦现在已经醒了，我必须接受这个事实。自己总不能一直待在奇特的梦里吧。我决定了，下次一定要好好弄清楚。

厘清思绪后，我决定离开候车室。手伸向门把手，打开推拉门。外面的风冷得很，但我依旧迷迷糊糊，跟没睡醒似的。

我还存在于这个世上。还不到时候，还不能。明明知道现在高兴还为时过早，可我还是按捺不住内心的喜悦。

我在小屋外站了数秒，脸上挂着不能让任何人看到的亢奋。

反正也睡不着了，我索性睁眼待到了早上。来到客厅后，我遭到了父母的斥责，训斥的话跟昨晚我从车站回家时的措辞并无二致，连带着生日祝福。

一如既往的清晨，我边听广播边吃早餐，然后换衣服骑自行车去学校。

好久没熬过夜了，可能是平日里积攒了不少体力吧，所以我也没觉得有多难受。

实在困的话，趁着上课时间小憩一下就好了。

昨天夜里发生了奇特的事。虽说如此，我的日常生活没有任何变化。

我的心情完全写在了脸上，以至于从自行车停车场到教室的途中，田中一看到我，脸上瞬间没了兴致，但还是跟我"哟"了一声，算是打了招呼。

田中这家伙，好像完全不介意在无聊的人身上消耗自己无聊的能量呢。

"嗯。"

"干吗一直摆臭脸？"

"我没摆。"

我说谎了，自己的脸色看起来确实阴沉得很。

"就有就有，你要是一直这副表情，可没有女孩子敢接近你嘞。"

求之不得，正合我意。

"我不在乎。"

"果然，帅哥说话就是拽啊。"

她的话总是毫无营养，我一时竟不知如何回应。

回过神后，田中早已消失不见。到教室时，田中正到处跟同学炫耀自家小狗的照片。

待在座位上时，我一般是以眺望远方的方式来消磨无聊的时光。但今天不一样，我开始思考候车室的她了。想来想去，我还是觉得她是幽灵。哦，对了，这个小镇上还有先祖的传说呢。或许她已经死了，只是她自己没意识到而已。又或者她是宇宙人？未知生命体？我看过的故事和传说里，没有这种只由光点构成的女性生物啊。

我调用自己所有的知识储备，对她的真实身份做了调查研究。退一万步讲，我能不能再见到她，都还是未知数呢。反正每天都很无聊，有意义的事，身边一件也没有。所以对于特殊事件，只要我花时间思考，那么思考的这个瞬间就是有价值的。所谓思考，在想明白得出结论之前，都不算浪费时间。

眼下最需要考虑的是下次如果再遇到她，如何借助这场相遇，让我的人生变得特别，变得跟别人不一样。

只是见了一次非人的存在，并不代表自己的人生从此就特别了。一切才刚刚开始，接下来才是重点。比如，她把自己独有的知识和信息告诉了我。这些东西，对我今后的人生大有帮助。等事情发展到这种程度，这场相遇才算有了意义。但我脑子里迅速闪过另一个念头：就算她是幽灵，也不会给我看死后的世界吧。

无论是哪种猜测，都过于天马行空了。

无论如何，我都想再见她一面。

今天照常上了课，这次在鞋柜处，是斋藤等我。

到家后，我再次出门。要想遇见她，我只能去车站，除此之外别无选择。事到如今，再采取别的非常行动，也没什么意义。

照着往常的跑步训练行程，我来到车站。当然，这里一如既往地荒凉，一个人也没有。

夕阳下的柏油路，反射着光，余晖落在候车室里，完全看不到幽灵的影子。

我试着跟往常一样，待在屋子里一动不动，但什么都没发生。果然，不到深夜她不会出来。又或许她已经在我身边，只是因为光线过于明亮，我看不到她而已。于是我试着向她搭话，但还是没反应。无论哪种，我的期待都落空了。我决定在这里一直等，等到晚饭时间再离开。

生日是在家过的，这次我收到的礼物是能检测心率的运动手环。以前跑步时没怎么注意过心跳问题，听说手环可以给我相对准确的提示，帮助我把心率维持在一定范围，增强体力，所以家人送了我这个。

吃过晚饭，我像往常一样出门慢跑。

"今天可别再跟上次似的，在公园睡着了。"

听着母亲的叮嘱，我表面点了点头，但心里早已想好了晚归的借口。

就算今天她不在，我也要等到凌晨。说不定她只在深夜那个时间段出现呢。

到了候车室，没有人，我照常坐下，一动不动地等她。如果她出现的话，会以怎样的形式现身呢？她昨天是坐着的，我之所以知道这点，是因为从门口看，她在候车室最靠里的位置，面朝推拉门的话，她在我的右手边。这个位置，正是椅子的另一半。

她会不会啪的一下，突然出现呢？

虽然睡眠不足，但我毫无困意，连哈欠都没打，一动不动地等她出现。总算迎来了深夜十二点，可她还是没出现。虽然很不舍，但我还是决定先回家。当然，在那种黑黢黢的地方待上一夜，搁谁都会心慌害怕的。昨天的奇特事件，或许是一场梦，很有可能我这辈子再也见不到她了。

第二天，我过着和昨天一样的生活，第三天也是如此。她仍旧没有现身。

我开始焦虑起来，但心里又清楚得很：自己再怎么焦虑，事态也不会有任何变化。可我浑身发痒，身体止不住地想扭动，周围的人可能也感觉到我异常焦躁，所以这几天田中他们也没有来烦我。

我感觉自己快要发病了，被焦躁的情绪缠绕，挣脱不得。皮肤沙沙地跳，浑身起鸡皮疙瘩。这种感觉是如此真实，我甚至都无法正常行走了，哪里都去不了。只有再见她一面，才能治好我的病。否则，我下半辈子都要在这种焦躁中度过，一遍又一遍地去车站。事态真要演变成那样，那我的人生就完了。

希望今天她能出现吧，不过今天多半是没希望了。我在几乎已经放弃的状态中，熬过了一天。和往常一样，半夜我又去了车站，坐在椅子上等。

小屋的推拉门，开了又关上。

"又见面了呢。"

她出现了，伴随着淡淡的光。一听到声音，我全身像电流经过般，瞬间起了鸡皮疙瘩，之前的浑身发痒，竟然奇迹般地突然好了。她带给我的，是几乎让人落泪的戏剧性的治愈。

"见到你真好。"我以为这句话是自己说的，但其实是她先开了口，"有些事情，我想问问你。"

"我也是，有好几个问题想问你。所以……"我一边坐下一边继续说道，"所以见到你我也很高兴。"

自己的语调上扬又略显做作，我的心根本无法平静下来。

她只是丢了句"嗯"过来，嗓音还是一如既往地沙哑。

"我以为你只会在很晚的时间段出现呢,没想到这么快就来了。"说完我看了下手表,才晚上八点半。

"我出现的时间不固定。况且有好几个×××。在我看来,我俩碰面的时间,或许应该更早些。"

又出现了跟前几天一样的干扰噪声,我这才涌上来一点真实感:原来那天发生的不是梦,今天也不是。

"抱歉,有好几个什么?我没太听清。"

"避难所,我这么说,你能明白吗?"

"啊,这次懂了。"

"看来有些词传不到你那里,这究竟是怎么回事呢?是因为知识面不够吗?"

她若无其事地说着伤人的话,但我知道她并无恶意。

"不不不,我不是没听过这些词,而是听不见。这些词被一些沙啦沙啦的噪声代替了。"

"真是越来越不可思议了呢。"

我依旧只能看到她的眼睛和爪子。她的十个爪子横着并列排放在腹部(用人类的话讲,应该是腹部)下方的周围。应该在抱着膝盖吧。说来也神奇,即便对方长成那样,我也坦然接受了,还试图和她对话。这样的我,也挺不可思议的。但如果因为纠结奇不奇怪,就止步于此,那我无论过多久都达不成目的。所以对于眼前所见之物,我只能强迫自己接受。

"首先,我想确认一下最基本的事项。"

对方是否真的存在于这个世上,这个话题暂时先撇开不谈。我打算从最简单的地方开始问,毕竟不知道今天晚上有多长时间可以用,所以我必须加快谈话的进度。

"你是谁?"

这个问题听起来有点傻,但是她没有笑。

我已经太久没对其他人产生过兴趣了。想了解一个人,原来是这种感觉啊,真怀念。

"我吗？你想知道什么样的信息呢？"

"我想想啊……如果你是人的话，那你的性别是？"

"女。你是男的吗？"

看来，她那边有第三人称。

"对。那你的年龄是？"

"自出生以来，过了多少年，你是指这个意思吗？"

"对。顺便说一下，我十六岁了。"

"那我比你年长一些呢，我十八岁了。"

是高三学生，还是说她已经上大学了？可她要是幽灵的话，生前十八岁，那现在多少岁，还真不好猜。

有那么一秒，我甚至在考虑要不要对她用敬语。还是算了，关键是照她这个年龄，声音未免过于稚嫩沙哑了些。

我继续问，这次直截了当："你叫什么？我叫铃木香弥。Suzuki Kaya①。"

"好奇怪的发音呢，我叫××××××××××。"

这是迄今为止，我听到的最长噪声，震得我耳朵难受。

"抱歉，你的名字我没听清。"

我以为对方会不高兴，但是她好像不怎么在意。

也可能口鼻、眉眼之间表现出来了不悦，只是我看不见。

"名字也是如此吗？那还真是不好办呢。这样吧，你从你们那边普通女性的名字里，随便找一个称呼我就行。"

"普通的？"

"对。随便找一个就行，我不介意。"

先不管她是不是幽灵，单说她这个毫无波澜的语气音调，着实让我意外。

被叫成其他人也就罢了，对自己名字毫不在意这点，让我觉得

---

① Suzuki Kaya，日语中"铃木香弥"的罗马音，类似汉语中的拼音。

她的脑回路多多少少有些奇特。

"话说回来，Suzuki Kaya 这个名字，是你一个人的，还是你们整个家族的人都叫这个？"

"Suzuki 是我的姓，按你刚刚的说法算是族名，Kaya 是我个人的名字。"

"这样啊，Kaya，这个名字短短的，很好记呢，但又很少见，是外国人名吗？"

突然被交流甚少的人直呼名字，我感觉心脏如正在被按摩般舒适，整个人如沐春风。不，现在不是说这个的时候，先掌握彼此的信息要紧。

"外国？不，香弥是日本人名。"

"Riběn？"

"日本。"

"Riběn？"

这么聊下去，毫无进展。

"日本是这个国家的名字。"

没想到有一天，我人在日本，还要解释日本是个国名。

眼前的一切，在我看来都是珍贵的体验。可她却一副无所谓的样子，全程都很淡定。

但这次，她却吃了一惊，发光的眼睛猛地一下睁大了。

"这个国家的名字？你是说我们现在所处的这个国家叫日本？"

她问的问题，好生奇怪。

"是啊。"

"怎么会这样？"

她的眼睛和爪子动了动，像是在思考。

"我现在所处的这个国家。"她那我看不见的嘴，动了动，"叫××××× 哦。"

又听不清了。

"没听清吗？"可能从我的表情中读出了困惑吧，她追问了一句。

如果是这样，那她之前说的能把我的身体看得"清清楚楚、完完整整"，是真的了。即便周围一片漆黑，她也能看见我。

"嗯。"我老实地点点头。

听到我这么回答，她接了句："这样啊。"从眼睛的浮动轨迹来看，她也点了点头。

"看来需要我们思考的事情，还真不少呢。"

"……什么事？"

"首先，香弥，我必须告诉你的是，我不知道有日本这个国家。我所在的世界，恐怕没有日本。"

"啊？"

没有？我现在身处的地方，就是日本啊。她这些奇怪的话，是什么意思？我正思考之际，她突然"啊！"了一声，音量比平时要高。

"警报响了，我得走了。今天碰面的时间好短。"她上次也这么说来着。

"警报？"

"上面已经结束了。"

我下意识地朝上看了看，只有生了锈、沾满灰尘的天花板。

"什么结束了？"

"果然，你连这个也不知道啊。×××结束了。"

看样子，她应该是明白了什么。我知道她没有嘲笑我的意思，但我还是有种被当成傻瓜的感觉。看动作，她好像站起来了。

"喂，等下。"

"我换个词，战争，你能听懂吗？"

"欸？"

我停下了漫无目的、伸向一片空虚的手。

"下次见面再跟你解释吧，我现在必须走了。或许该说，我们。"

关于到底该怎么称呼她，最后还是没定下来。

她朝墙壁走去，同时丢下一句："我们或许不在同一个世界。"

她再次消失了。

不见面的日子里，我又陷入了焦虑，不过这次比上次要好过一点。至少我知道了一点，自己还能再见到她。

在等待的时间里，我反复琢磨了她说过的话，提炼出了几个关键信息：日本这个国家不存在，她那边在打仗，我俩生活在不同的世界。总之，先从我那贫乏的知识储备里寻找线索吧。哦，对了，最近关于战争的消息，我耳朵已经听出茧子了。她说的战争，跟这个有关系吗？

还有，之前那个噪声，到底是什么呢？就好像广播周围的频率突然对不上了似的。

"真稀奇呀，铃木。"

"啊？"

我一坐下，旁边的田中就凑过来了。

"铃木玩手机，这画面还真是罕见呢。话说你有手机呀。玩儿什么呢？"

"这跟你没关系吧？"

我这辈子都不可能跟田中这种人交换手机号的。

"……是没关系，我随便问问，不行吗？"

跟你没关系就别凑过来。我本想这么回击来着，但转念一想，说了也没用，算了，随她去吧。

有些人就喜欢在自己不感兴趣和跟自己无关的事情上浪费时间。既然田中想过这样惹人厌的人生，就随她去吧，反正跟我没关系。

我之所以盯着手机，是在查东西，姑且算是在查普通女性的名字吧。"普通"，她是这么形容的。总而言之，就是女性中使用频率最高的名字吧。虽说查了，但我越查越发现高频使用的名字每年都在发生变化，感觉根本就没有所谓的普通名字啊。

姓氏的话，叫高桥或佐藤如何？田中这个姓已经被用过了。况且，让我来取一个女生的名字，本来就很羞耻。既然对方说取什么都行，干脆叫佐藤得了。

关于那天发生的事，有好多我没弄明白。也查一下吧，下次见面或许用得上。正当我绞尽脑汁各种调查和猜测时，她再次出现了。距离上次在候车室遇到她，已经过去两天了。

"你总算来了，香弥。"

一进去，没看见光，倒是先听到了她的声音。

"这个×，我刚好有空。避难所也是，我不一定每天都来。"

"抱歉，避难所是？"

"我们接着上次的说哈。该从哪里开始解释好呢？"

话题进展迅速，真是帮了我大忙。

关上门，我找到自己平时坐的位置，坐下。她的两只手，应该在膝盖上放着吧。那些爪子的光并列排放，规则、整齐。只有眼睛朝向我这边，一动不动。

"上次分开之后，就你的身份，我也做了一番调查。现在我有了些想法，所以过来找你了，要听听吗？"

"嗯。"

我没理由拒绝。

"首先，在离开的时间里，我查了一下×××。"

"抱歉，查什么？我没听清。"

"原来如此。"她好像接受了什么似的，眼睛的光点上下浮动着。

"书，你知道是什么吗？"

"嗯，知道。"

"我查了一下书，然后发现在我们的世界里，没有日本这个国家。现在没有，过去也没有。"

按她的说法，我俩并不是在对国的概念上出现了分歧，而是日本根本就不存在。

如果这是真的，那她是幽灵这个思考方向，就站不住脚了。

"香弥你住在一个不存在的国家，不知道战争，也不知道警报，有部分词你也听不清，最重要的是，在跟你说话之前，我就一直很纳闷来着。"

五个爪子朝我靠过来，其中一个更是直接伸到了我眼前。

我知道，她正在用手指着我。

"你的眼睛和爪子不会发光。"

听语气，她好像觉得这很不可思议，但又无可奈何只能接受现状。盯着光看久了，我突然意识到那是对方的眼睛。我有些害羞，转移了视线。

"基于刚刚那些前提，我最先想到的是你是我想象出来的产物。也就是说，这一切不过是想象力编造出来的胡话。"

老实说，我也有同感。

"我没办法弄清这是否真的是想象。如果我现在问你：'香弥，你是我想象的吗？'就算你回答'不是'，可就连你的这句回答，可能也是我想象出来的。"

"嗯，从我的角度，得出的结论也是如此。"

"你能明白我的意思就好。当然，现在这一秒可能也是想象。"

只凭眼睛的形状，真的很难下定论。

很有可能这一切只是我单方面的臆想，但眼下也只能走一步看一步了。

她好像在笑，虽然看不见，但我第一次感受到她笑了，或许她真的是人类吧。

"然后我想到的是幽灵，我之前也说过：'或许你已经死了。'虽然你自己说你活着，但其实你已经死了。因为在这个避难所，总会有一些××因为某些缘故滞留于此。"

我没听清的那部分，说的是不是灵魂呢？可能是吧。贸然打断她的话也不太好，等下再问吧。

"可如果是这样，香弥你又为何解释不了日本这个国家的名字呢？也就是说，'你已经死了'这个思考方向有些偏了。我整合了下目前你给出的信息，发现了更接近正解的答案。"

原来如此，她那天说的是这个意思啊。

"哦哦。你上次跟我说过，我们所在的世界不同。答案是指这个吗？"

"对，这是最××的回答。"

"也就是说，你是从别的世界过来的，这边的世界有我，有日本。是这个意思吗？"

所以她是作为异世界穿越者，逃到了这个候车室吗？我把心中的猜测告诉了她。

她摇了摇头。嗯，看光的浮动轨迹应该是在摇头。

"我觉得不是，因为我现在所处的这个地方是避难所。事到如今，我不得不问了。香弥，你现在在哪里？"

我在这儿啊。你问的这不是废话吗？但我隐隐察觉出她问的不是这个，所以换了个答案。

"这里是公交车站。"

"公交……车站？是交通工具吗？"

"当然，公交车嘛。"

"果然。"

什么意思？

"香弥，还有件事我想确认一下，你能把右手伸过来吗？"

我依旧没理由拒绝，照她说的做了。

我当即伸出了自己有实体的右手，想都没想，就那么随意地伸出去了，连我自己都吃了一惊：自己怎会如此毫无防备？

我这只没有任何觉悟的右手，碰触到了冰冷的东西。

"喔……"

我不由得缩回了手。

刚刚那是什么？

再看向她时，发现她正转向这边，盯着我，左手（可能是吧）的爪子并列浮在刚刚我右手伸到的地方。

"请再伸手一次，拜托了。"

听她这么说，我心里恐惧又震惊，再次伸出了右手。不知为何，我手掌微微弯曲，摆出了握手姿势。可刚才触碰到的冰冷东西，并没有握我的手。那东西像是在确认质感似的，在我的手心和手背表面来回抚摸。

"我在触碰你的手。香弥，你感觉到了吗？"

"嗯。"

触感冰冷、纤细，是她的手指吧。确实有东西在我的手背表面攀爬。这次我稍微冷静了些，开始用视觉确认，一边盯着光的浮动轨迹，一边感受着抚摸。此时，我后背早已湿透。

她的确认持续了好一会儿，结束后，光也从我手边消失了。我的手里还残留着她抚摸过的触感。

"谢谢。我想到了两种可能性，其中一种个好像比较接近正确答案。"

我看着自己的手，感觉对方的话像是从天上传来的一样，遥远而模糊。

"啊，哦哦。"

"当然，也有可能是我弄错了。我，或者是你，其中一个人的××飞到了对方的世界，好像身临其境似的，能看到对方，也能听到对方说话……可还是不对啊。"

她一边说话，一边思考。为了不漏听她说的每个词，我精神高度集中。这次噪声干扰的部分，是不是灵魂之类的东西啊？她究竟想表达什么呢？她是不是在说，这一切类似于一个研究计划？但她也说了，又好像不对。

"至于说为什么不对，因为我能触碰到你。"

"嗯，我感觉到了。"

手掌还残留着触感。

"所以还有一种可能性：因为某些缘由，我所在的避难所和香弥你所在的地方相连了。但就算连接上了，我俩身处的这个地方，在双方的认知中，完全是两个概念。在你看来，我好像在公交车站，是吧？"

"对。"

虽然只能看到眼睛和爪子，但她确实在公交车站，在这里，跟我一起。

"但是在我看来，我俩都在地下避难所。"

"怎么可能……"

我内心倒是没受到多大冲击，只是诧异：会有异世界重叠这种事情发生吗？如果是真的，那之前她说的"上面已经结束了"，原来是在说别的世界啊。

"这是目前阶段，我最××的想法。香弥你觉得呢？"

我觉得？我觉得这也太戏剧性了吧，她的想法宛若童话故事一般。

可刚刚我的右手，确实触碰到了某个看不见的东西。这无疑是在告诉我：她是真实存在的。

"我是这么想的。"她的话正不正确我不知道，总之我先把自己这几天的思考告诉了她。

可能是幽灵，也有可能是妄想，这些她刚刚都提到了。

所以我从其他假说中提出了一点："有没有这种可能，在日本这个国家出现之前，你就已经存在了？"

"原来如此。我原以为是我们生活的世界不同，但也有可能是同一个世界，只是时间间隔过于长了。但我的观点跟你略微有区别，说不定反而是香弥你所在的世界更靠前呢。只不过之后发生了特别大的灾害什么的，所以日本这个国家消失了。"

她还真是净讲一些危险话题呢，但如此一来，"战争"这个词就说得通了。

"我调查过了，说是过去没有日本。当然，也有可能是对于战胜国不利，所以编纂者把日本从××中删掉了。"

"抱歉，从什么中删掉了？没太听清。"

"那我换个词，历史，能听懂吗？"

"嗯，这次懂了。"

"话说，刚刚那个词你听不见，对吧？关于这个，我也一直琢磨来着。细想一下，像我们俩这样语言能够共通，这件事情本身就很奇怪。"

的确很神奇，如果国家或时代不同，又或者世界本身就不同，那一定有彼此听不懂的词，而且也不会这么少。现在我俩基本上用的同一个语言体系，交流起来也没什么大问题，这也太不可思议了。正常情况下，两国之间要是彼此有距离的话，文化也好，语言也罢，应该完全不同，还会有纷争。可我和她的国家之间，语言隔阂和纷争这些，统统没有。

"假如，我是说假如，因为时代和地点不同，也就是时空差异产生了无数个世界。在这些世界里，我所在的世界和香弥你所在的世界，因为用了同一语言体系，所以重叠了。这个思考方向，你觉得如何？在我的国家，流传着这么一句话，'世界是从语言中诞生的'。"

"不是人创造了语言，而是语言创造了……"

"或许语言拥有强大的力量，强到可以连接到别的世界。"

她的语调好像充满了希望。

没想到她的声音听起来冷静睿智，骨子里却是个十足的幻想家呢。

我怎么能仅凭声音就判断性格呢？可刚才的一瞬间，我真的这么想了。服了，我可真是庸俗又无聊。

"话说回来，为什么只是我单方面听不到某些词呢？"

"那是因为香弥你那边没有这些词呀。不过你还没说过我这边没有的词，所以你说的话截至目前我全都能听懂。又或者跟知识面广窄无关，只是你那边的世界影响力更大一些。比如，刚刚那个叫公交车的交通工具，我就不知道，但这个词我能听到。香弥你的名字也是，我全都能听到。"

"啊，对了，普通的名字。"

"你帮我想了？要是两个音就好了，简简单单。"

看来佐藤这个带姓的名字是行不通了。①

刚起了话头,就出师不利,好挫败。

"没,我虽然查了,但是没找到什么贴切的名字。"

"随便什么都行,真的。"什么都行。

我想想,关于她,迄今为止我搜集到的信息如下:眼睛和爪子会发光,声音沙哑,所在的国家正在打仗,现在躲在地下避难所,手很冰凉。

"蒂夏……怎么样?"

"有什么含义吗?"

"因为你在地下避难所,蒂夏跟地下发音相似。②"

听起来有点傻,但名字这种东西的由来,一向都很随便很儿戏吧。她闭上眼睛想了一会儿,然后点头"嗯"了一声。

"那在你的世界里,我就叫蒂夏,××,好名字。"

"抱歉,最后那个地方我没太听清。好名字之前那个词。"

"那我换个词,简洁,你能听懂吗?"

"嗯,听懂了。你满意就行。"

我还以为噪声部分是否定词呢,正担心自己会被嘲讽。幸好,她很满意。

名字就这样定下来了。不过,真的有必要给她取名吗?搞不懂。因为我绝不会把蒂夏的事情告诉第三个人,也没打算这么做。但好在蒂夏很开心,也算没白取。好不容易有一个相谈甚欢的人,再惹对方不快,百害而无一利。

"香弥你是为了坐公交车,才来这里的吗?"

一片黑暗里,耳边突然传来她的发问。一般来讲,人跟人说话

---

① "佐藤"的平假名写作さとう,罗马音satou,是三个音。

② チカ是日语中的片假名。日文中片假名一般用于拼写外来词汇,平假名则用于拼写本土词汇。チカ对应的日文汉字有"蒂夏"和"地下"。

时，怎么着也能看到对方的嘴。可眼下不是，我只能看到光。要是再不集中注意力，随时都有可能漏掉一些信息。

"不是，这个公交车站是废弃的，我是为了休息才来这里的，每天晚上都来。"

"啊？莫非……"

"嗯？"

"我俩的时间线或许也不一样呢。我这边太阳还在天上，只不过我们俩身处地下室，看不见太阳而已。"

"啊？还是白天？"

"是啊，你们那里把这个叫'白天'吗？我们这里有别的称呼，当然，意思跟这个一样。"

"顺便问一下，你们那边是怎么形容白天的？"

我刚问完，蒂夏的声音又听不见了，混入了噪声。看来"白天"这个词在蒂夏世界的口语里，并不常用。

那就确认下两个世界的时间差吧。蒂夏的世界里，也有"一天"这个词，但是秒、分、小时等这些计时方法，貌似跟我这边不同。如果真要请她一一解释给我听，还得费尽心思理解各种各样噪声里边的单词。算了，先别管时间差了。总而言之，我这边是晚上，她那边是白天。

"我们两边世界的时间推进法，会不会是一样的？"

听了蒂夏的疑问，我深感敬佩。在异世界这个设定下，各种各样的可能性她都想到了。

"又或者是这样，比如，我这边太阳每升起落下一次，你那边的世界，就已经发生好几十回了。这种情况，我在书中看到过。"

我也有这种感觉。

"按照你刚刚的说法，上次我们见过之后到现在，我这边太阳起落了两回。"

"哦，那我们的次数是一样的，我这边也是升起落下了两回。战争，也发生了两次。"

战争。

"我记得你之前提到过战争,那是?"

等我回过神时已经晚了,话题的掌控权已经切换到了我这边。一时间我陷入了迷茫,关于战争,自己究竟要问些什么呢?

思来想去,脑海中闪过一个想法。要不问问她所在的城镇正在打仗是种什么体验?但是蒂夏或许明天会死掉,也有可能今天就会失去自己的家人。

在我的认知里,"战争"这个词总是阴影缠身,离不开死亡。一想到这里,我顿住了,战争这个话题太沉重,我问不出口。

"战争,正在发生。"蒂夏呆呆地说道,好像很烦,又有些无奈。

"香弥,你那边的世界也在打仗吗?"

"现在没有,但很快就会开战。最近新闻也好广播也罢,到处都是战争的消息。"

"这样啊,看来哪个世界都不容易呢。"

"是啊。但这边和蒂夏你的世界不一样,我们镇上没有厮杀,也没有避难所。"

"真的吗?或许是××不一样。"

"什么?"

蒂夏好像意识到了什么,虽然我看不到她相应的表情,但从爪子的位置判断,她的两只手恐怕正放在大腿上来回磨蹭。这可能是她思考时的习惯吧。

"那我换个说法,规则这个词,你能听懂吗?"

"嗯。"

"两个世界的战争规则可能不一样。在香弥你的世界里,战争是什么样子呢?"

"这个嘛,我也不是很清楚。"

我把在学校里学到的,新闻里看到的,还有在书上读到的,总之关于这边世界战争的知识,全都告诉了蒂夏。当然,我刚刚说的也只是我听到见到的一点皮毛,至于我亲眼所见的事情,一概没有,所以我的描述少了真实感。即便如此，蒂夏还是听得很认真。话听到一半，她痛苦地叹了口气。

"香弥，在你那边的世界，战争中会死很多人吗？"

"嗯，即将到来的战争会怎么样我不知道。但很早之前，曾经有一个小镇在战争中消失了。"

"真残忍。"

"蒂夏世界里的战争，有什么不一样吗？"

"在我的世界里。"

在听之前，我下意识地整理了下自己的心绪。

"有×××这种东西，就像我刚刚说的，战争的规则已经有了明文规定，跟你那边世界的战争很不一样。"

听蒂夏的语气，在她的世界里，他们已经把战乱当作日常，战争是活生生的现实。

"虽然现在很少出现死亡。但在很早之前，这边世界跟你们那边一样，因为战争死过很多人。不过自从规则出现后，像我们这样的普通人，在大多数情况下不会因为战争死掉。毕竟很早之前，大国之间就彼此协商，定下了这个规则。但这只是我学到的历史，真的历史可能早已被篡改过。总之，在现有的规则下，战争中很少会有普通民众死亡。"

"那真是太好了。"

我之前还担心蒂夏的生命安全，毕竟避难所上方发生的，是真真实实的战争。既然不会有死亡，我多少放心了些。

"你好像很担心我呀。"

蒂夏好像在笑。不过我看不到她的表情，所以这笑，也有可能是我根据眼睛形状变化想象出来的而已。担心她生命安全的同时，我也在害怕，怕以后再也没机会和她见面了。想到这里，我有些尴尬，问了句："你说的规则，是指？"

"各种各样的都有，要是用你全都能听见的词来描述，会很困难，所以我先挑最容易理解的一点讲吧。我之前说过你的眼睛和爪子不会发光这件事很不可思议，对吧？可我有这样的爪子和眼睛。"蒂夏指着自己身体各个部位，继续说道，"在这边的世界很普通哦。"

如果这就是最容易理解的规则之一的话，也就是说，他们的光并不是天生自带，而是由于某种规则，才变成了现在这样。

我随声附和着，等待蒂夏的进一步说明。

"简单来说，为了××，我们的爪子和眼睛，被染上了颜色。"

"那个，为了什么？我没听清。"

"识别？辨别？"

"哦哦，听懂了。"

这些光，原来是记号一样的东西啊。

"每个国家都有各自的颜色，为了区分敌人和伙伴，全体国民一生下来就会被染上颜色。话虽如此，国与国相邻的时代，各种各样国家的人混在一起，关系融洽，彼此舍不得分开，那时还不用染色。可现在每个国家都动荡不安，为了跟其他国家的士兵作区分，只能染色了。太阳落下，天色变暗后，战争也会跟着停下。"

原来如此。我试着想象了下蒂夏所在世界的地图。隔在国与国之间的领域，是荒野还是海呢？也有可能是我这边世界没有的东西。

"你刚刚提到了士兵，也就是说，有军队是吧？"

"对，我们这边有专门从事战斗的人。××日和时间都是由那些人决定的。"

"什么日？"

"嗯……进攻的日期和防守的日期。战争是在两个国家的国土上轮流进行的，哪天是进攻日，哪天是防守日，由两国的军队决定。进攻日的话倒还好，因为军队要去别的国家战斗。但碰上防守日的话，我们就必须像现在这样躲进避难所。"

"原来如此，所以你有时候在，有时候不在。"

蒂夏的爪子移动到了椅子上方。看光点的分布位置，她应该是双手抱膝，标准的上体育课坐姿。

"也就是说，现在你们国家的军队作为防守方，正在上面战斗，对吧？"

"嗯，很快就结束了。"她语气平淡。

蒂夏很快就要走了。一股悲伤和遗憾突然涌上我的心头。与此同时，我再次感慨：我俩对战争这个词的价值观，果然不一样啊。

"啊，你是在担心我吗？没关系，在上面打仗的人不会那么容易死的。××也在研究中，具体细节我不太清楚。听说最近已经没有那种伤亡很多的战争了。"

"哦哦，这样啊。"

噪声屏蔽的，恐怕是战术之类的词吧。但我没问她，而是提了另一个问题。

"但是不杀死对方的战争，如何决定胜败呢？"

"×××，嗯，我们有决定胜败的目标物。这个东西很大很圆，进攻方如果把这个东西运出国就算胜利。反过来，在这个时间段里如果目标物没被搬出去，就算防守方胜利。"

什么？这种决定胜败的方法惊到我了。他们的战争比我想象中的还要……怎么说呢？跟游戏似的。可即便如此儿戏，还是会有人死。

"那个，我无意冒犯。感觉好儿戏好滑稽啊，像大人们想出来的游戏一样。"

"就是那些爱开玩笑的大人想出来的游戏哦。就算伤亡降到最低还是会有人死，受伤的人更是不在少数。家园和各种东西都会被损坏，战争也严重干扰到了我们的生活。真是的，有工夫在那里制定规则，还不如早点停止战争。"

第一次听到蒂夏用这种饱含感情的语调讲话。一般来说，这种语调都附带表情，给我的感觉很新鲜。

这就是她生气时的声音吗？在一片黑暗中只能听见声音的话，感觉我的心也被强行染上了色彩。嗯，颇有质感的愤怒。

"我也想过。"

刚刚声音里的细微怒气已经消失。由于看不到表情，所以她是什么时候切换音调的，表情是如何波动的，我一概不知。

　　"说不定你从我这儿听了关于战争的规则后，能把这个规则运用到你那边的世界，引导人们降低战争的伤亡。甚至有可能是这样：正是为了改变香弥你所在的世界，我们两边才连上了，所以你才跟我说上了话。如果这些都是真的，那我这边是未来世界的可能性更大些呢。"

　　时间轴的事，暂且抛开不谈。在她的假设里，我好像成了世界的引导者，这也太离谱了吧。人类无数个愚蠢之举不断重叠积累后，才有了互相厮杀。仅凭一己之力阻止战争，我哪儿有这能耐啊！

　　但如果她说的话哪怕有一丝是真的，这里又有了一个新问题。

　　"如果真是如此，现在这个目标已经达成，我们很有可能再也见不到了。"

　　我没别的意思，只是把它作为一种可能性，说出来了而已。

　　"真要变成那样，我也觉得很遗憾呢。"

　　听到她这么说，我才意识到，自己刚才的表情和声音无一不透露着对离别的不舍。意识到这点后，一股羞耻感突然涌上心头。当然，我之所以惋惜，是因为我并没有实现目标的感觉。

　　但在她看来，会觉得我黏人又廉价吧。真是的，我刚才就不该流露感情的。

　　但蒂夏并不排斥再见到我，真是太好了。

　　"啊……警报响了。"蒂夏突然捂住了耳朵，她好像很害怕那个声音。如果警报代表战争结束，她不是应该高兴吗？虽然我听不到警报。

　　"是什么样的声音呢？"

　　"……原来你听不到啊，真好。非常讨厌的声音，震××的声音。"

　　"震什么？"

　　"嗯，怎么说呢？肚子里？"

　　是内脏吗？还是说跟内脏稍微不一样，是她这种生物体内的某个我不认识的东西？

虽然我们很有可能再也见不到了,但蒂夏起身时干脆利落,没有丝毫犹豫。从她爪子的浮动轨迹看,她朝墙壁踏出了一步。

"再见,蒂夏,别被发现了。"

我没办法挽留,蒂夏在那边的世界有自己的日常。但至少我努力说出了刚刚那句"再见",攥住了我们再见面的可能性。

让我意外的是,蒂夏回头了。

我俩视线碰撞,看光的形状变化,她应该在微笑吧。

"下次,我想听香弥你讲讲自己的事情。"

原本就在黑暗中的她,只丢下这么一句就消失了,留下我一个人。我看了看表,今天的对话,是迄今为止最长的一次。

聊的内容全都是战争之类的危险话题。她的经历见闻,在我听来都是大事件。

不过,也有可能她在说谎,也有可能是我自己的妄想。总之,我对刚才发生的事情依旧心存疑虑。

但我触摸到了,真真切切。

冰冷手指游走在我手心手背时的触感,隐隐地还停留着,皮肤上还残存着被触碰的痕迹。为了不让这种感觉消失,我慢慢站起,走出候车室。

一下子走到氧气浓度更高的室外,呼吸变得相当困难,我又回到了现实。

正如蒂夏所言,如果我们俩生活的世界不是同一个,那她回到了什么样的地方呢?她说过那边的世界还是白天来着。那现在战争结束了,她正在清扫战场吧,还是说她早已习惯战争,照常过着自己的日子呢?那边的世界会下雨吗?现在是冷还是热?

还是先回家再说。截至现在,我从蒂夏那里听到了不少信息,得好好总结下才行。至于说我到底能不能改变这边世界的战争方式,暂且先不管。总而言之,从现在开始,我的人生被某种东西介入,开始变得特别了。

回家的路上,我又有了一个新的自我认知,那就是自己的庸俗不止一面。

　　好久没跟人这么畅快深入地聊过天了。

　　不过我还什么都没干成呢，就开始飘飘然了，以为自己跟别人不一样了，以为人生就此特别了。果然，我也就这种程度了。

　　今天是进入三月以来的第十天，周围已经俨然一副春天的样子了。虽然对季节变化没什么特殊感情，但我却真真切切感受到了时间的流动，再次陷入了焦虑。

　　自那天以来，我和蒂夏再也没见过。可能只是碰巧时机不对吧。莫非真是因为目的已经达成，所以才见不到她了吗？眼下再担忧也没用，我打算先从自己的立场出发，整理出一些有用的信息。

　　目前下定论还为时尚早，但至少有一点我能确定，那就是蒂夏讲的一些东西，在我这边的世界里不存在。但是也有可能蒂夏说的全都是谎话呢。是异世界还是谎言，我无法确认。

　　就算是被骗了，我现在除了相信别无他法。至少在那个时候，她对战争表现出来的愤怒，不像说谎。她可能真的来自异世界。

　　或者是因为战争结束了，不需要再去避难所了，所以她才没现身？如果真是这样，感觉好像我为了再见面，而不惜祈祷蒂夏的世界再次发生战争一样。面对他人的不幸，我要是真能没心没肺地祈祷和开心也行。可我深知自己这个人无聊得很，做不到彻底的坏，可能会忍不住去同情战争中死去的人。这个猜测方向实在不妥，我还是别往战争这方面想了。

　　现在不只是夜里，傍晚我也会去公交车站，一天都没落下。果然，蒂夏还是没出现。她说过太阳落山后，战争就会停止。也就是说，夜里她不会在避难所出现。白天她出现在我这边车站的可能性也很低。关键是我不知道两个世界的时间线具体差了多少，所以暂时还无法判断她出现的时间段。

每天，我还是像往常一样跑步。跟之前比，要说有什么变化的话，就是跑步时我开始有意识地观察最快心率。与此同时，我还改变了去往车站的跑步路线。观察心率，是因为难得买了运动手环，得好好利用才行，但变更跑步路线并没有什么特殊的含义。

我每天到底有多无聊呢？举个例子，假如我写日记，要是被谁偷看到，估计他很快就会读腻。

今天照常起跑，身体适应后慢慢提速。运动手环貌似能记录运动强度和对应的心率，我的身体一点点提升着心肺强度。我已经输入了各种设置，如果速度过快，心率达到一定数值，手环就会响，提醒我注意。

虽然持续快速跑会造成心脏负担过重，但如果我一直保持高强度跑，看到的风景也会变得不一样吧。据说濒临死亡的锻炼强度，真能赶走潜藏在爽快深处的无聊。

要试试吗？我正打算慢慢提速时，前方突然出现一张熟悉的脸。

拜托，可千万别发现我。

但一点用没有，对方挥起了手。在她眼里，果然没有"无视我"这个选项。因此我放慢速度，回了一声"哦"。

打完招呼，我本打算就这么跟她擦肩而过，继续跑。但前桌田中说了句"你在干什么"。她竟然对着一个正在跑步的人就这么开始对话了，真够可以的。

我不由自主地停下了脚步。

"什么干什么？你不是看见了吗？在跑步。"

可能是心率刚开始往上升的缘故吧，我嘴皮子比平时溜了许多，完全没给田中插话的机会。

"我当然知道你在跑步啊，我是问你为什么跑步。"

"你没问吧。"

够了，这种对话毫无意义。

"为了跑步这个目的。"

"搞不懂。欸，不对啊，既然跑步就是你的目的，那你倒是开心点啊，绷着脸干吗？我在遛狗。"

谁问你了！再说一看不就知道了吗？

即便如此，我还是快速瞥了一眼田中脚边的狗。和狗对上视线后，那狗便凑了过来。

田中明明可以拽回牵引绳，把狗牵住的，可她却配合狗的动作，把手伸到我这边来了。等了一会儿，我发现狗还在我脚边，莫非在催我摸摸它？于是我摸了一下狗，但是它好像没满足，也没打算回到田中身边。

"这孩子没啥节操，跟谁都很亲呢。"

这狗跟主人一个德行吧，而不是想跟我亲近。再说就算对方是一只狗，被这么黏着，我也很烦的好吗。当然，我也烦田中。

"话说回来，铃木你在这一带跑步呀？"

前不久我刚换了跑步路线，没想到这就跟田中的散步路线撞上了，真是无妄之灾。

"我今天是第一次来这边呢。"田中说道。

谁问你了？等一下，也就是说，这并不是她固定的散步路线。

"前几天不是打雷了吗？雷貌似落到树下了，我寻思去看看树有没有烧焦。"

看树？我还想问问你什么目的呢！看完树，你是能做什么还是怎么着？但我没问，因为从田中嘴里，我得不到任何有价值的答案。

"铃木要一起吗？反正你闲得很。"

"我不去，正跑步呢。"

"你就是因为无事可做，所以才跑步的吧？"

请你闭嘴行吗？净说一些不过脑子、戳人肺管子的话。

"啊，话说回来……"

还有什么事啊？姑且听听吧，看她还有什么话说。这时，我突然意识到自己刚才的态度太不坚定了，早该在田中跟我打招呼时就不搭理她的。我开始烦躁起来。

"前些日子,我见到和泉了。"对,就是现在这样,真烦。真的,我太讨厌那些说话不过脑子的人了。

田中希望我有什么样的反应,这我不知道。总之我决定糊弄过去,不接她的话。

"是吗?"

"你俩最近没联系吗?"

"没。不过,她还活着就好。"

"嗯,我只是跟你汇报一下我看到的。"

田中一股脑说完自己想说的,就跟狗一起消失了。特意牵一只狗去看烧焦的木头,狗也很困扰吧。被别人擅自决定感兴趣的东西,还被强迫观看,任谁都会反感吧。如果那只狗心生怨念咬了田中,那也是没办法的事。

真扫兴!我脑海里浮现出了这么一个词。哦,不对,本来我对跑步也没什么兴趣,只是跟田中说完话,精力都被削弱了。我只能放弃提升心率的挑战,用平时的配速跑步到了车站,然后照常折返回家。

和泉。

都怪田中,本来我一直没意识到这个名字,经她一提,现在这个名字一直在我脑海里转悠,挥之不去,干扰着我。我觉得越来越难跑了,虽然路上没什么障碍。

我再次祈祷:希望今天蒂夏在那里。

入夜后我又去了一趟车站。今天等待我的,依然是难以言喻的黑暗和静谧。

蒂夏再次出现,是在五天后。学校进入了考试周,虽然跟我没多大关系。母亲在我身后叮嘱:"别被发现了。"今天夜里我又去了公交车站。打开候车室的门时，蒂夏不在。失望之余，我的身子也变得沉重起来，刚弯腰坐下，视野的一端有光闪了一下。定睛一看，是我期待已久的光。

"又见面了呢。"声音一如既往地沉着冷静。

幸好是蒂夏先起了话头。要是我先开口说话，很有可能激动得嗓音变尖，如此一来，岂不是暴露了我一直盼望见面的小心思？

蒂夏似乎对我出现在这里没什么特别的感受。她还是在老位置——我右边的位子上坐着。

"蒂夏，你在什么东西上坐着呢？"

为了遮掩自己的慌乱和过度喜悦，我抛了一个不痛不痒的问题。不过，我是真的想知道她坐在哪儿。我现在坐的是木质长椅，她坐的又是什么呢？

"××上。"

"抱歉，你说得有点快。"

"嗯……怎么形容呢？长长的椅子？"

"哦，那跟我一样。"

蒂夏所在的避难所，跟这个候车室的形状相似。形状相似，世界重叠，这两者之间或许有着某种关联。

"你现在有空了，是因为没战争吗？"

这次，我总算问出了自己提前想好的问题。如果蒂夏回答"是"，那我就必须搞清楚蒂夏出现在这里的规律。虽然这么问很失礼，听着好像我希望某个地方发生战争似的。

"不，不是。"蒂夏答道。

我松了一口气：幸好她这次来的原因不是战争，否则我真要成为"祈祷蒂夏周围发生不幸"的阴险小人了，还要不免俗套地陷入"作了恶又心生愧疚"的迷茫。

"最近没出现，是因为一位远房亲戚去世了。事发突然，有很多东西需要料理，我去帮忙了，在那边和大家一起躲在一个大避难所里。"

"去世，是因为战争吗？"

"不是，生了病死掉的。是××，但我们没怎么说过话。"

"是什么？我没听清。"

"爷爷的妹妹。在我的家人里，从事战争这种职业的人只有我哥哥。所以可能在战争中死掉的人，顶多只有他。"

可能在战争中死掉，这个措辞……

自己的家人时时刻刻可能死亡，亏她还能这么冷静地陈述状况。

虽然这时候插一句"你还真是冷静啊"很容易，但会显得我很招人厌，随即作罢。

不管我们俩在不在同一个世界，人与人之间几乎做不到真正的感同身受。

"对了，之前分开时我就说过，下次见了面想听香弥你多聊聊自己。"

"嗯。"

我随声附和了一句，其实不用她说，我也打算这么做来着。倒不是出于自我倾诉的欲望，而是因为她是蒂夏。只要是蒂夏想知道的信息，无论是什么我都会如实相告。作为交换，我也想从蒂夏那里学一些东西。这个算互惠互利吧，毕竟如果不这么想，我就完全没兴趣聊自己了。

"首先……"

我是先说自己的家庭成员呢，还是说自己迄今为止的人生经历呢？

得说一些能了解彼此身份的信息。

"香弥你喜欢的东西是什么？"蒂夏问道。

明明已经做好回答问题的心理准备了，可话一到嘴边，却说不出来了。

喜欢的东西，这个问题过于抽象，并且就算她抢在前头了解我的喜好，又能怎样呢？

"喜欢的东西……我想想，是指喜欢的食物吗？"

我试着把她的问题具体化。

"香弥你最喜欢的东西是食物吗？"

不讨厌，但也不能断言自己喜欢。比如，我不会主动说"享受美食是我的爱好"啦，"一天中最期待的事情就是吃饭"啦之类的话。所以我摇了摇头。

"也不是这样，如果你问的是兴趣爱好，硬要说的话，我喜欢每天跑步。"

"跑步的时间对你来说是一天中最宝贵的，是这个意思吗？"

"不是……"

倒也没有到"最"的程度。刚刚我还以为蒂夏问的是兴趣爱好呢，所以列举了除衣食住行外自己每天主动做的事——跑步。仅此而已，跟最不最的不沾边。当然，衣食住行除外。

现在看来她问的不是兴趣爱好。否定了蒂夏的说法后，我想了想自己一天中做什么事情的时间是最宝贵的，却什么都想不出来。

什么最重要？这个问题既然能被问出来，就说明无论哪段时间，都不是很重要。

自己那无聊的日常里，最重要的事，一件也没有。

实际上从某方面来讲，来到这里的时间对我来说是最宝贵的，但我没有说出口。

要是被她误解为我眼里的重要事是跟人聊天，那可就不妙了。我可不想被判定为无聊的人。

"我暂时想不起来。那么蒂夏你呢？一天中你有最宝贵的时间吗？"

如果对方回答"在这里的时间最宝贵"，那我俩各自的目标岂不是一样了？我要说自己心里一点也没期待过这种场景，那是在撒谎。但同时，我又不希望蒂夏是说那种无聊话的人，这也是真的。

"我……"

接下来不会又是些听不清的词吧，但我猜错了。

"睡前自己一个人在屋子里待着的时间，最宝贵吧。"

还真是普通女孩子的回答呢。

期待落空了。这种高高在上、自以为是而引发的失落感像镜子般窥视着我，逼得我无处躲藏，原形毕现：自大、任性、拧巴。但具体原因她还没解释，说不定原因不普通呢。

"为什么这个时间段最重要呢？我能问一下吗？"

"嗯，因为全都是我自己的时间。"

她说这句话时，宛若故事里走出来的世界掌控者。

"我喜欢自己房间里的东西和自己脑袋里的东西。屋里有我爱的××、音乐、书，还有一直在写的日记，脑袋里放着没被任何人看到过的想法和感情。不会有人擅自闯进这个房间，也没人能随便窥探我的内心，就连表情，我也不会轻易暴露给旁人看。待在屋子里的时间，只属于我一个人，所以我很喜欢。我真正的世界，在这个房间里。"

蒂夏这次说的话虽然长了些，但几乎没出现听不清的词。她很贴心，用的大都是我能听懂的措辞。

我问她："你刚刚说房间里有书、音乐、日记，还有什么来着？刚刚没太听清。"

"味道，能感受到故事的东西。该怎么形容呢？"

"类似香水一样？"

"嗯，但跟香水又不一样，闻了这个味道，脑海中就能浮现出风景和人物。几种味道组合起来的话，还能感受到故事。你们那边的世界没这种东西吗？"

没有。或许有，只是我没听说过。我尽最大努力想象了下，不知道自己脑海中想象的气味，跟她说的是不是一个东西，总之先记下来再说。

我回想了下蒂夏刚刚说的，还是觉得她的想法过于自我封闭了。她似乎并不开心。

我甚至很快想到了战争，便开口问她。

"你是因为家附近的街道上有战争，所以才不怎么外出，喜欢待在自己的房间吗？"

特殊环境孕育特殊文化，她之所以会有这种想法，是不是受了文化的影响呢？

但我推断错了。

蒂夏就像在寻找合适的词一样"嗯"了一声，然后开始解释。

"这可能跟战争没什么关系，我喜欢待在房间里的理由有很多，但没有一个是被强制形成的。反而是因为我可以自由待着，没人管我、干涉我。就算有洗脑似的音乐、××和刚刚所说的类似于气味的东西，就算接触到这些东西的理由各种各样，但我喜欢上某个东西的契机，只能是我自己，跟其他任何人、任何事都没关系。所以待在自己房间里的时间，对我来说很宝贵。"

我隐约听懂了她想表达的意思，但我俩对屋子的看法却有很大区别。对我来说，自己的房间不过是一个箱子，能防风能睡觉，能够隔着自己不被他人看见。作为代价，自己必须委身于这个空间。总之，待在房间，只会无限放大自己的无聊，想想就窒息。

"你说你想不起来什么是重要的。那对香弥你来说，重要的东西是所有，还是一件都没有？"

依旧看不见她的嘴，我只能听到声音，看不见口型。

我一下子蒙了，反复咀嚼她刚才的话，试图弄懂其中的意思，但还是想不明白她要问什么。当然我也可以无视她问题背后的真实意图，只回答"有"还是"没有"就行了。嗯，暂时先这么办。

"应该是一件都没有吧。为什么这么问？"

"我问你什么时间最宝贵，你什么也想不出来。我琢磨了下原因。刚开始我以为可能是因为你体内只有一种色彩，比较单调。人这种生物，要么被很多东西塞得满满当当，要么空空如也。但你哪种都不是，你是什么都没有呢。"

"你说的这个'什么都没有'，我能问问是什么意思吗？"

我觉得蒂夏可能是误会我了，为了避免遭受这种多余的同情，我跟她解释："我刚刚可能没表达清楚。我说的一件都没有，不是说自己没有家人或者无家可归之类的，也不是为自己没朋友没恋人而悲伤，只不过在我的生活中，重要的东西一件也没有。"

最重要的东西没有就是没有，我不想胡乱编造一个来应付别人。
"你没有装呢。"
蒂夏说的话，让我一头雾水，不得要领。
"没有装？"
"嗯。在这之前我很好奇，生活中没有特别的事物，是怎样一种感受呢？"
除了正面回答，我没有别的选项。
"非常地无聊。但我又不像你似的，喜欢用书和音乐填补空虚，所以才不知道回答什么。"
"你还真是不会伪装呢。"
蒂夏的眼睛闪闪发光，像是忘了眨眼似的，死死盯着我这边。
我开始理解蒂夏说的"没有装"是什么意思了。
"在我们两个的世界，人这个词的定义相不相同，我不知道。但是至少在我这边的世界，大家都在伪装。其中最大的伪装就是'假装自己理解了，假装自己很喜欢'。"
"……嗯嗯，深有同感。"
蒂夏刚才的话，让我深感共鸣，同时又震惊不已。
虽然用"震惊"这个措辞，感觉充满了轻视对方的傲慢，但我确实被她的思维和表达惊到了——她竟然把我平时脑袋里思考的东西，用语言精准无误地表达出来了。
"伪装对于生活是很有必要的，这个跟好坏无关。所以刚刚香弥你的不伪装让我很吃惊。在香弥你的世界里，大家都这样吗？"
"不，大家也都在伪装着生活，况且我也不是完全不伪装。"
迄今为止，我也装过好几次。虽然当时我并没有意识到自己在装，可现在回想起来，那就是伪装。所以我也不过如此，跟其他人一样庸俗无聊。借用蒂夏的话说：我这一生可能都在追逐某些特别的、能让自己卸下伪装的东西。
"虽然次数比其他人少，但是我也会装哦。可我的装，跟那种向周围妥协式的装，又不一样。"

我伪装的动机，要仅仅是为了生存保命的话，当年也不会被那些底层败类盯上了。是小学那会儿的陈年旧事了，那些家伙只是想找个理由肆意欺凌他人。

　　"正因为想找到不伪装也行的东西，所以才装的。"

　　我感觉自己越解释越复杂了。

　　"刚刚你提到了装喜欢，那蒂夏你对于书和音乐的感情，也是伪装的吗？"

　　"不，我是真的喜欢哦。但是出了自己房间，我会也装作喜欢各种各样的东西，对，就是这样，在外面我只能把自己的不喜欢放到一边，来融入周围，所以我才喜欢待在自己房间里。"

　　原来如此，现在我终于理解她喜欢待在自己的房间是什么意思了。

　　老实讲，就连她喜欢待在自己房间的心情，也不过是伪装，只是她自己没意识到而已。

　　他人的创作物，永远无法填补人生的空虚。

　　"话说回来。"

　　一个只有眼睛和爪子的生物，竟然能灵活使用"话说回来"这样的转折词，着实不可思议。人类感情和心情的表达方式，或许比我们想象中更依靠视觉。

　　"嗯。"

　　"家人和朋友这两个词我能听懂，但是 liànrén 是什么？"

　　"欸？你不知道吗？怎么说呢？恋爱中的两个人？大概是这个意思。"

　　"liànài 这个词我也没听懂。"

　　一直以来，蒂夏言语间给我的印象是知识面很广，应该没有她不懂的东西。没想到她竟然不知道"恋爱"这个词。看来我得换个别的描述来解释了。

　　该怎么用其他日语来解释"恋爱"这个词呢？

　　"怎么说呢？我想想，嗯——怎么说才好呢？就是两个人互相喜欢，然后交往。"

"跟朋友不一样吗?"

"不一样,虽然两者的界限我也不是很清楚,但这两个词意思不一样。"

我脑海中浮现出了"结婚""家人"这些词,但这些跟恋爱没有必然联系。当然,作为异性我倒是也能给出一个说明来,但恋爱也有女性视角,究竟如何不失偏颇地阐述恋爱的定义呢?

"恋人跟朋友的区别在于,恋人大多是异性之间的关系,而且跟性欲有关。"

"可我觉得就算是朋友之间,性欲这种东西有时也会有吧。"

"还真是,哦,不对,好吧,确实如此。"

我还真不知道怎么说明才好。用日语来解释日语,就等于把自己平时对词语概念的理解拿出来,摆在他人面前,让别人测量自己的智商程度。这种行为简直像裸奔,一想到这里,我瞬间紧张戒备起来。

蒂夏好像知道"朋友"这个概念,然后她刚刚也说了"喜欢""性欲"这些关键词。也许在她的认知里,是用别的词来形容类似恋爱的概念,而且这个词我听不懂。不过这些都没关系,只要她有这个概念就行。

莫非没有?莫非在蒂夏的语言体系里,本来就没有恋爱之类的概念?

"蒂夏,你知道结婚这个词吗?"

"这个我知道,组建家庭的一种手段。"

"两人从相识到结婚的过程,在我们的世界里大抵就叫作恋爱。"

"啊?那跟我们不一样呢。在我们这边,朋友只要不是相互讨厌,双方彼此合适的话,就结婚。"

"合适?"

"比如,工作啊,两家之间的距离啊之类的。原来在你们那边,结婚是需要恋爱的啊。恋爱是什么东西呢?还有你刚刚提到的过程,是要做什么吗?"

"做什么？这我还真的一下子答不上来。"

"做一些跟朋友之间不做的事吗？"

我想起了一些往事。为了积累人生经验，我曾经决定好好谈一场恋爱。可谈了之后，我意识到自己很快就厌倦了，于是就又开始装了。跟着这些往事，一个名字从我脑海里一闪而过，但我现在已经放下了。

我也有过能称之为朋友的人，所以很清楚"跟朋友之间不做的事"是什么。

虽然想到了几点，但我的常识告诉我：一些话在女性面前说是很失礼的。所以我选了一些能说的，告诉了蒂夏。

"比如，互相触碰之类的。"

"那前几天我触碰了你的手，从人际关系上讲，在你的世界里岂不是很不妥？抱歉。"

可能是她心怀歉意时的小习惯吧，蒂夏眨眼的次数比平时要频繁，光也慢慢地忽亮忽灭。要是给她造成奇怪的误会就不好了，我慌忙否定。

"不，不是这样的，朋友之间也会握手的，我指的不是这种触碰，而是亲吻。"

"亲吻是什么？"

亲吻这个词，光是说出口就感到很羞耻了，没想到我还得说明这种行为。

"是生孩子吗？"

这个你也知道？话说回来，在蒂夏的世界里，也是这样繁衍子孙后代的吗？可如果她说他们那边的孩子都是从地面上生根发芽长出来的，我又该作何反应呢？

"不，不一样，是互相触碰哦，嘴对嘴。"

我用什么倒装句啊，真是的。

"嘴唇吗？"

"对，两个人嘴对嘴。"

"这有什么含义吗?是记号之类的东西吗?"

"不,不是为了做记号才亲吻的。"

诚如她所言,亲吻的意义在哪儿呢?生物学上的东西我不太懂,可是从心情和情绪上,我也无法给出明确的解释啊。别说亲吻了,连恋爱本身的意义我都没搞清楚。

"在我们这边,跟其他国家的人打招呼时也会亲吻。但在我的国家,亲吻是表达爱的一种方式。你们不亲吻吗?"

"嗯,不亲吻。就算跟家人朋友表达感情,我们也不这么做。"

原来如此,他们那边也有"爱"这个概念。她刚刚说了朋友之间也会有性欲,也就是说,他们对朋友的定义,范围比我们要宽广很多。或许有问题的不是他们,而是我们这边的世界。我们这边特意用大量词语把人际关系切分开来,除了增加麻烦,再无其他作用。

"香弥你有合适的恋人吗?"

沉思之际,耳边突然传来蒂夏的声音。

我"欸"了一声,不是脑子没有反应过来,也不是别的什么,而是我的心乱了。我竟然失去了冷静。

这时,我脑海中突然浮现出过去的记忆,还有前几天田中说的话。

"没……没有。"

蒂夏正在尽可能地理解我刚才那句不自然的回答,至少从眼睛和爪子的光来看,她很努力。看来,她并未对我产生怀疑。

虽然刚刚我撒了谎,但连续回答她多个不同的问题后,我还是给了她一些信息的。

比如,恋爱通常是一对一的,同时有几个恋人不好,大多数人是从朋友变为恋人的,谈恋爱后两人的关系也不是一辈子都不发生变化。

"我之前也有过恋人,后来分手了。"

我之所以自己主动说出来,是因为不想被问了之后,心绪再次波动。

"那要是不做恋人了,还能做朋友吗?"

"有时候会,有时候不会。"

至少我不会。

说再多我的恋爱史也没什么用。虽然我不是很想提，但蒂夏对"恋爱"这个新词貌似很感兴趣。

"恋爱关系都这么复杂了，还要坚持给自己找个同伴，你们那边的人还真是不可思议呢。"

"怎么说呢？可能是大家都想让自己变得特别吧。"

有些人把自己劈腿了、出轨了之类的私事，兴致勃勃地到处宣扬，显得自己很特别似的。

"所以说成为一个人的恋人，就会让自己变得特别啰。"

"很多人都这么想。而且不只是恋人，朋友与朋友之间的关系也是如此。"

"这样啊，我俩这样的关系算不算朋友我不知道，但此时此刻，我眼里只有你呢。"

语气掺杂着玩笑，她在逗我开心吧。她的感情我收下了，但我只当玩笑话，并没有当真。

"谢谢。"

其实此刻我心里想的是：我最近无论睡着还是醒着，脑子里都是关于蒂夏你的事情。

但我到底没说，就算对方再怎么没有"恋爱"这一概念，这句话我也说不出口。

警报还没响，看来今天留给我们的时间比平时要长一些。我一直很好奇蒂夏每天的日常生活是什么样子，便问了她。

我一边听着她夹杂着噪声的说明，一边想象她的一天。

蒂夏早晨起来，会先去类似菜市场的地方买东西，到家后跟家人一起吃早饭，然后做家务。至于吃的什么，她解释了我也没听懂。在防守日，他们会提前按照说好的时间躲进避难所。战争是在午饭前后开始的。跟我碰面的这个地方，貌似是离她家最近的个人避难所。当天战争结束后，家周围如果被破坏得一团糟，收拾起来会很辛苦。蒂夏家离重点区域比较远，很少遭到破坏。战争结束后的时间和没有战争的日子里,她会出门帮父亲的忙。她父亲从事管理国家图书的工作。工作结束后回家吃饭、睡觉。虽然蒂夏也去过学校之类的机构,但在十六岁时就毕业了。

"这样的日子,蒂夏你觉得怎么样?"

"怎么样都好。"

"'怎么样都好'是什么意思?"

"无聊"和"怎么样"都好,是一个意思吗?我不知道,太微妙了,很难分辨啊。

"生活在我看来,只是保持思考和感受的手段而已。为了有容器装脑袋里的想法,为了能看书、听音乐,感受各种各样的事物,身体和生命是必需的嘛,所以我才活着。身体是维持心脏正常运转的容器,我每天活着只是为了保证身体正常运转,不死掉,所以怎么样都好。"

蒂夏说的这个"怎么样都好",跟"每天都很无聊"还不太一样。她说怎么样都好,不是为了遮盖日常中真正重要的东西,也不是悲观,而是一开始就觉得怎么样都好。在我听来是这样的。

"活着本身就没有任何意义,是这个意思吗?"

"如果我死了之后,仍然能够思考和感受,那活着的确是没什么意义。但现实是我死了后,可能没办法打开书,就连我自身的存在都有可能消失。正因为不知道死后会怎样,所以眼下我必须活着。并且死后的世界里,好像没有我的房间。或许将来有一天,我思考的东西和感受到的东西都会被夺走,所以我才憎恶战争和疾病。"

听完这段闻所未闻的人生观,我小小地感叹了一下。之所以没到吃惊的程度,是因为这样的想法或许在蒂夏的世界里很普遍,而她只是在叙述常识而已。

"在香弥你那边,有我这种想法的人吗?这种想法怪吗?"

"我是第一次听到这种观点,不过我能理解你的意思,所以不觉得奇怪。"

自认为很奇怪的人,我不喜欢。

"太好了,很早之前我曾对××说这些话,对方生了很大的气。因为在我们这边,能活着就已经比什么都好了。虽然跟你说完,并不会让我的世界发生什么变化,但香弥你能理解我,愿意听我说,我已经很开心了。"

蒂夏眼睛的光,变细了。

"香弥,你也有不轻易对旁人说的话吗?如果你不介意,可以讲给我听听。"

向别人剖露内心后,又能得到什么呢?但面对蒂夏的提议,我却犹豫了。大多数人的倾诉欲,不过是想寻求外部的共鸣,或者彰显自己的有趣罢了。我不想做这样的俗人,但又被她说动了:要不要向她展示自己平时绝不示人的部分呢?她会不会听我说呢?毕竟这里是公交车站的候车室,是非日常之地。

"我现在想不起来。"

"这样啊,我还想为你做点什么呢,现在看来什么都做不了呢。不过请你把这一点牢牢记在心里,下次想说时,你就有倾诉的对象啦。我不会忘记,香弥你也别忘了哦。"

我没有赞成,因为我不想撒谎敷衍她。

喂喂,你要什么都做不了的话,我会很难办啊。看来我也得给她些什么才行,毕竟还要从她那里得到一些东西。

但是她断言自己什么也为我做不了。不知为何,听完她这句话后,我松了一口气,放下心来。为什么呢?或许是听到自己暂时不必为她承担责任,所以才如释重负了吧。

"作为交换,能告诉我你的生活中最近发生什么事了吗?再小的事也没关系哦,说给我听一听吧。"

"可以,但我这边什么都没发生,真的。能说的也只有天气,前几天,我家附近的树遭雷劈了。"

"欸?离我家几步远的树也遭落雷了,而且这棵树在我很小的时候就在了,我还去××了呢。"

"你去什么?"

"我把散落在四处的碎木块捡起来,放到家里的××烧。我家附近的树有时候会因为战争被烧掉,我也会捡起来带回家。虽然不清楚为什么要捡烧焦的木头,但这个好像是很早之前定下来的传统。"

打断她的话不太好,所以我没有追问她把木块放在家里的什么东西里烧,可能是暖炉之类的东西吧。这种奇奇怪怪、不着边际的传说,还真是哪里都有呢。

"落雷的时候虽然没下雨,但看起来明天就会下了。"

"我这边还是晴天。"

"是吗?抱歉。不知不觉中就以为我们俩在同一个地方了。"

蒂夏小声地笑了,气氛变得温和起来。

"下雨的日子里会有战争吗?"虽然现在问这个很煞风景,但我很想知道。

"下雨天我们不进避难所,我们有更重要的事情做,所以大多时候,下雨天里没有战争。"

既然如此为老百姓着想,那最开始就别打仗啊。我逐渐理解蒂夏为什么那么愤怒了。

我这边也是,各式各样的媒体天天宣传,让大家做好战争的心理准备,真是够蠢的。不开战,比什么都管用。

警报还没响,今天留给我俩的时间还剩多少呢?

问了蒂夏,她也只是说每次的时间都不一样。到底还剩多少时间?我甚至把"这可能是最后一次见面"的可能性都考虑在内了。现在这种情况,我得尽量从蒂夏那里获得一些有用的信息。但什么是有用的信息,一下子很难搞清楚啊。

最后几分钟我想到了蒂夏的兴趣,所以围绕气味游戏,问了些问题。既然这边世界没有,或许我能学一下,然后用到自己的生活中。我甚至可能会痴迷,会陷进去。可这种沉溺于感官知觉的娱乐,就算对方再怎么用语言跟我说明,作为倾听者,单靠想象还是很难理解。

"下次我带过来吧。"

"规则允许吗？"

"应该没问题，也不是那么强的气味。"

说话间，蒂夏把爪子放在了脸颊两侧，警报又响了。

"再见。"

她丢下这么一句话，像往常一样消失了。

她只用两个字，就定下了我们的再会。可下次能不能再见还另说呢。我们两个很可能就此离别，再也没机会了解对方，在各自的世界里度过余生。所以蒂夏用约定这种方式牵绊住我俩，或许是正确的。约定好麻烦，我不想承担那玩意儿。所以让蒂夏做出了约定，这样我也拥有了一个约定，这么一想，我可真够卑劣的。

可眼下我只能空担心，没有任何方法来帮她。现在我只能祈祷自己有一天能和她再见面，体验异世界的文化。

我起身走出了候车室，神志瞬间清醒了不少。

我开始察觉出她其实是有生命力的。蒂夏不是幽灵，也不是我的想象，她是活生生的人。

至于这是不是好事，眼下还很难说。

这边世界的战争，也要开始了。

下雨了，可之前天气预报还说是晴天来着，真不准啊。

不过这边世界的战争，并不会因下雨而中止。

即便有战争，人们的生活也没什么太大变化。所以比起战争，我更在意这场突如其来的雨。

无聊。

下雨也好，打雷也罢，还有祖父的妹妹，说不定……

我所在的地方跟蒂夏的世界，除了公交车站，说不定还有其他重叠的关系。

等下次见面时,再一一确认吧。可下次见面,还不知道什么时候呢。

下雨的日子,我基本不出门,就在家安静健身,锻炼肌肉。可我又不想错过跟蒂夏见面的机会,所以就算只有晚上,我也必须去公交车站一趟,看看她在不在。

天气由晴朗骤然变成暴雨,由于早上还没下雨,因此很多学生要么慌忙联系家里来接,要么干脆留在学校,打算等到雨停了再走。我拿起放在储物柜里的折叠伞,打算尽快回家。时隔好久,它总算能发挥作用了。这家伙作为伞,也算不枉此生了吧。这场雨给予了伞存在的价值,也能阻止蒂夏世界里的战争。

说起来,和泉很讨厌"雨女""晴男"这些词呢。

有些东西的影响力堪比天气,千变万化,可人们却要不自量力地预测,揣摩"天意",可真是愚蠢。

和泉否定的,或许是这些吧。当然,我这么说,并不是想夸和泉独特之类的,就是客套一下。

我们这些人,全都庸俗至极,无一例外。

今天先走出教室的是斋藤。

跟往常一样,我俩总会有一个先走,一前一后。我在斋藤身后走着,像什么事都没有发生似的,来到鞋柜旁。

斋藤在换鞋,等她离开后,我也开始换,一切跟往常一样。

可等我把室内鞋放进柜子,往门口走时,却发生了不寻常的事。

不知道为什么,斋藤停下了脚步。她一直站在门口,望着天空。

"怎么了?"我没来得及思考,脱口而出。她似乎受到了惊吓,觉得自己站在门口很丢人,立刻跑到了雨中。

"喂!"我试图叫住她。

可能是下意识的条件反射,我的叫法略粗鲁了些。可眼睁睁地看着她冒雨回家,我还要装作看不见的话,可真就跟校园霸凌者没什么区别了。斋藤不回头其实也没什么,我也没义务追上去。但又觉得她淋雨，有一部分原因在我，所以还是希望她能返回来。可她现在真的折回来了，一时间我竟然不知道该怎么办了。

"这个给你用吧，我还有一把。"

我上前一步，把折叠伞递给她。

可能斋藤对我的举动也很诧异吧，她睁大了眼睛，看着我的脸。

更让我意外的是，她竟然说了一句"谢谢"。话音一落，她就接过伞，撑开，朝雨里走去。

其实借出去之前，我内心还做斗争来着：要不要借给她呢？我甚至脑补了自己搭话却被她完全忽视的尴尬场景。

但让我意外的是，斋藤真的接我的话了，我俩真的有交流了。

更准确地说，当时的氛围给我的感觉更像是斋藤觉得拒绝了我很麻烦，所以才接受了。这才是她跟我交流的根本原因。

顺势而为，也是我在生活中的行动原则之一。

话说回来，我刚刚说自己还有一把伞，其实是在说谎。

阴雨天整整持续了一周，学校开始放春假了。等休完假，我就成二年级的学生了。

学校的事，怎样我都无所谓。跟蒂夏初次相遇后，时间已经过了一个月。我细细回顾了一下这一个月来发生的事。刚开始，我以为见过一两次之后，这一切可能会结束，再也见不到她了。但我俩最近见了好几次，果然我跟蒂夏的碰面是有某种意义的。虽然这种关系薄弱、模糊，随时都有可能断掉，可我仍然在等某种"特别"的降临。它应该会出现吧，连接着我俩的、某种特别的东西。但我这个想法，过于天马行空了。

蒂夏再次出现，是在放晴的两天后。

"长话短说，我把××带来了，就是那个有味道的东西。"

她嘴角上扬，声音里带着笑意，可能是在笑自己刚刚没能找到巧妙的转换说辞吧，虽然我看不见她的嘴。

跟初遇时相比，我对蒂夏的印象稍微有了一点变化。

"啊，谢谢。"

"这个味道其实是放在布料上的。既然你看不见,那我把味道蹭一些在手指上,你来闻可以吗?"

"嗯,你不介意的话,可以。"

我在旁边看着蒂夏拿东西的动作,她可能是把布料横着放在手上了吧。我也想过,气味是不是装在小瓶子之类的容器里。但眼下单靠光的形状和爪子的浮动轨迹来理解她在干什么,果然还是太难了。明明我一直在旁边盯着,直到看出那动作是手指来回摩擦时,我才反应过来:沾染味道到手指上的一系列操作,不知何时已完成了。

我站起来,稍微往右走了走,然后坐下,鼻子靠向蒂夏手指伸出的位置。

我一靠近,她的气息猛地一下变浓了,她真的存在。

"我把这个味道,做成了雨的场景,你闻闻。"

发光的爪子并列伸向了我这边。我一边注意不让蒂夏的手指戳到我眼睛,一边把脸靠过去,小心翼翼吸了一口,的确有种味道。

这气味出人意料地难以形容。是这个吗?又不像,是我没有体验过的味道。的确如蒂夏所说,这个味道不浓烈,也没有让人感觉到不舒服。可你要问我这个味道好闻吗,我只能回答不知道。不甜,也不酸,虽然蒂夏说是雨,但这个雨味又跟我想象中的不一样。到底是什么味道呢?

"怎么样?"蒂夏收回了爪子,问道。

"我还是第一次闻到这种气味呢。"

"你想到的下雨场景,是什么样子?"

"空白。"

蒂夏收回了胳膊。眼睛角度发生了变化,她是在歪头思考吗?

"你刚刚说闻了气味脑海中会浮现场景,可我什么也想不起来,我脑子里没浮现出任何东西。"

"刚才的气味是不是淡了些?要不我再蹭一些让你闻闻?"

蒂夏重复了刚刚的操作,再次向我伸出了手指。

希望自己凭感觉想象出来的东西，跟她的想象不要差太远。我心里一边祈祷，一边再次把脸靠近了蒂夏的手指。

"嗯……这个味道很不可思议。但怎么说呢？感觉马上要想起来了，但又模糊不清，形不成具体的文字或影像，就像身上痒，但又找不到哪里痒，太难受了。到底是什么味道呢？我说不出来，感觉脑袋里找不到跟它贴切的东西。"

"也许香弥你那边的世界，没有这种气味文化。"

"有可能。"

很遗憾，闻了好久，我没能弄懂这个气味到底是什么。自己会不会喜欢上这个气味游戏，暂时还不好说。但在这之前，我倒是弄清了一点。那就是，这个气味游戏，我俩无法共享。当然，"弄不懂"也是难能可贵的体验。再有就是，我确定了一个事实：蒂夏极有可能真的不在我这个世界。

"顺带问一下，蒂夏你闻这个味道时，脑海里是什么场景？"

蒂夏没说话，把手指放在了眼睛下面。老实说，我还是第一次知道那儿有鼻子。

看来她脸的造型果然跟人类相似。

"在森林里。"

"嗯。"

"在郁郁葱葱的森林里，一个女孩正在散步。下着小雨，雨很小，所以大部分雨滴在落到女孩身上之前，就被树叶挡住了。但是没过多久，不知从哪儿传来巨大的声响。受声音震动的影响，树叶和树枝上面积存的雨一起落下。女孩身上被打湿了。这就是我想到的场景。"

听了蒂夏的描述，我试着想象了一下。但我想的画面跟蒂夏脑海中的画面，又是不一样的。树叶的颜色也好，女孩的表情也罢，还有下雨的量，全都不一样。或许"差异性"才是这个游戏的本质。

本来作品这种东西就经常留下一定的空白，任凭接收者想象。从香气来获取故事这种娱乐方式，想象空间怕是比小说之类的东西，多了不止一星半点。在未知的异次元世界里捕捉、理解各种故事，或许蒂夏世界里的人们只是喜欢这种感觉罢了。

"在蒂夏你们那边的世界,面对这个气味,大家的想象都是雨吗?"

"方向都差不多,但我感受到的故事更细致。举个例子,如果把想象出来的东西转化成文字,我的文字相比于其他人的,总是会长很多。所以我比普通人更懂延长享受味道的时间。"

截至目前,依我对蒂夏性格特质的了解,就算她刚刚说的东西天马行空,我也能很快接受。

"这个东西是怎么做出来的?"

"我们这里有××××,就是制作气味的人。这些人会花费时间来制作故事,是很特别的工作哦。"

我没听到的那部分,可能是职业名吧。这个词应该不会再出现了,所以我没再追问。

我突然想到蒂夏是不是也想从事这样的工作,便问了她。

蒂夏应该是点了点头。

"其实我也不确定。比如,我房间里的这些东西,都特别适合我,再也找不出比这些更符合我喜好的东西了。如果没有人给我做,我倒是想自己尝试下这个工作。但既然是工作,就必须考虑顾客的想法,所以还是不太适合我。我只想顺着自己的想法和感觉而活。"

我很喜欢她这种思考方式。哦,不对,不至于到喜欢的程度吧,只是对她很感兴趣。

我有种感觉:蒂夏和我的想法在某种程度上是重叠的。

说到重叠,不知为何我突然想起了一件事。

"哦,对了,我有话想跟你说。"

"嗯,什么话啊?"

"天气,还有我亲戚的事。"

我忽然想起了那个下雨天。我把自那日以来,自己一直在想的事情告诉了蒂夏。

简单来说,就是我所在的世界和蒂夏所在的世界,重叠的不只是这个公交站，或许还有其他部分也在重叠，就比如我俩周围发生的各种事情和现象。"

　　我甚至开始觉得，我们彼此所在的地方，就像镜面世界一样。

　　这个想法过于天马行空，以至于我自己都觉得羞耻，但是作为可能性之一，还是很有共享价值的。

　　我以为蒂夏可能会骂我傻，打击我，但她没有，她甚至没露出一丝表情。当然，可能她露出表情了，只是我没看见。

　　"我家所在的小镇也是如此，连续七天乌云覆盖着天空，所以其他地方重叠也是有可能的。落雷的事情也是如此。要是再多一些确切的证据就好了，这样就能证明你的推断是对的。最近香弥你的周围都发生了什么事？"

　　"学校放假了。"

　　"我这边没什么放假、休息之类的事呢。"

　　话说回来，我记得蒂夏之前说过，她已经毕业了。既然蒂夏不上学，那我就得找一些她周围可能发生的事来验证，否则很难搞清楚我俩的世界是否有其他的重叠部分。可我的日常生活单调乏味，每天过得像复制粘贴的一样，能有什么新鲜事发生？

　　"你最近有没有做一些平时不会做的事？"

　　面对她的问题，我第一时间想到的，竟然是蒂夏说的那句"怎么样都好"，我自己都呆住了。

　　"没，等下，我再想想，嗯，没有。"

　　"这样啊，嗯……"

　　蒂夏闭上眼睛，双手放在大腿上，爪子的光前后移动。这是她思考时的习惯吗？莫非她很冷？不管是哪一种，对话停滞不前了。思索片刻后，我觉得与其浪费时间，不如尽力想一想还有没有别的可能性，哪怕只想到一件也是好的。

　　就在刚刚，我又想到了一件异常的事，便告诉了蒂夏。

　　"伞，你知道是什么吗？"

　　"嗯，下雨时撑的那个东西。"

"真的是很普通、很无聊的小事。"

"在我眼里，只要是香弥你的事，没有一件是无聊的哦。"

有那么一瞬间，我都不知道说什么好了。

"真的不是什么大事，不足挂齿。上次跟你见过面后，第二天下了大雨，有一个人，我俩几乎没说过话。她没带伞，我把伞借给她了。"

我只是借了伞给她，所以呢？

大多数情况下，我周围的世界很无聊，绝对不会发生我意料之外的事情。

可就在这一刻，在这一片黑暗中，我听到了一些意料之外的、完全不一样的话。因为这里是车站候车室吗？还是因为跟我说这些话的是蒂夏？我不知道。

"看，我就说吧。哪有小事，都很重要啊。"

她声音里夹杂着震惊，又带着笑意。从光斑的形状来看，她似乎是在微笑，笑得像演员一样完美，眼睛睁得圆圆的，看着我。

"我也是。那天从事战争的人从我家路过，平时我是绝对不会跟他们搭话的。但那天下了雨，我把伞借给他了。"

"那个……"

现在就下定论说这两个世界的步调是一致的，还为时尚早，极有可能这些都是偶然。但我立马否定她也不太好，所以刚才话说了一半，我顿住了，转移了话题。

"你一直不跟他搭话，为什么？"

话说出口后我就后悔了：没必要问她这个的。刚才之所以口快，其实是不想两人借伞的理由出现分歧。

如果我不问，一切都还是平静祥和的。我问了，要是我俩的行为动机不一样，我又该如何？但认可一个人，并打算跟她继续来往的话，其实放不放弃这次问的机会，事实都在那里，结果都是一样的。最后我还是问了。

"彼此给对方制作有意识的气味，让我觉得很恐怖。"

"有意识的——气味？"

"嗯，气味。如果我跟他们说了话，那我只想顺从自己想法而活的这种意识，就会像粒子一样附着在他们身上。当他们的生命受到威胁时，他们'为他人战斗的意识和求生欲'，就会被我的意识干扰，这简直是太可怕了。我干扰他们的同时，他们那种'为他人战斗、为他人活着'的意识也会侵入我的房间和脑海里，那我的气味就不纯净了，我好害怕，所以平时不跟他们搭话。我知道自己有这种想法很任性。"

"那你，为什么又……"

跟他们说话了呢——后面这半句，我不说她应该也能懂。

"可能是我只闻到了雨味的缘故吧。"

听着她的声音，我第一次强烈地感觉疑惑：为什么不让我看到蒂夏的表情呢？是防止我获取信息吗？除此之外，我想不到别的理由。

声音传达过来的信息量，已经远远超出了我的预想。

她变细的眼睛周围，究竟是怎样在动呢？我好奇起来，突然很想知道蒂夏是如何做出否认、悔恨、温柔、快乐这些表情的。

又或许正因为我看不见，所以才能感受到她在语言里倾注了多少感情。

我搞不明白，总之——

我想看看她的脸。

"香弥你把伞借给了什么样的人？"

"嗯，我想想。怎么说呢？虽然我跟她每天在同一个地方见面，但是从来没有说过话，也不打算说话。她很安静，总是低着头，除了必要的事一句话也不会多说。至于她是什么样的人，这我不太清楚。"

这么一说，我自己都感觉，我跟斋藤好像同一类人。我想撤回前言，但蒂夏已经接过了话头。

"那她跟香弥你是完全不同的两种人呢。倒不如说，她跟我借出伞的那个人很像呢，果然是这样。"

我当然跟她不一样。不过在蒂夏眼中，我究竟是怎样的人呢？我很不安，诚如前桌田中所言：表面看来，我跟同班的斋藤是一类人。

"可就算我所在的地方跟蒂夏你所在的地方互相有关系，但是对彼此的影响，能细致到这种程度吗？"

"会不会是这样呢？假设我们两个是出发点，那我们之间发生的这些细微一致处，早已被带去远方，变成了巨大的一致。"

如果她说的是真的，那我们就必须搞清楚，这些相同的细节会发展到什么程度，波及哪些层面。比如，战争、打雷这些一致，都只是偶然，还是说两个世界已经可以有意识地互相影响了？比如，我们俩都是偶然把伞借给了别人。又或者是我俩其中一个人借出了伞，另一个人才借了。如果是后者，那我们的行动，对彼此就都有了意义。

就算我们彼此的世界有关联，但蒂夏"关联点是我们两个"的看法，我无法赞同。要真是那样，那我一个不小心，岂不是会动摇这边的世界？我这么无聊的人，怎么可能是改变世界的契机？

因此，就算两个世界相连是事实，那起点也不是我们两个，而是这个公交车站和蒂夏所在的避难所。这两个地方，因为某些未知的原因把两个世界联系起来了。这个思考方向倒是有几分可信。

这两个地方别说平平无奇了，简直是什么都没有，因而就算被随机选中成为世界连接点，也没什么奇怪的。

"下次见面之前，我们各自试着做一些平时不做的事情吧。"

"好，我们想几个简单易懂的事情，测一下。"

回过神来才发现，我们又做了约定，为了接续这段不知何时会结束的关系。

人与人之间的关系，现在也好，几十年后也罢，总有一天会迎来背叛和辜负。因此约束才能得以成立，所以我想尽可能地多见一见她。虽然我们终有一日会迎来离别，但眼下跟离别无关，我就想见她。

因为我俩现在的相遇，随时都有可能被不相关的人和事毁掉。

我不该等到被破坏时才觉悟，现在就得下定决心。

耳边传来嘎嘎嘎的响声。最开始我还纳闷这是什么声音，但是我太傻了，完全忽略了这个声音可能带来的危险。

因此，当声音再次传到耳朵里时，我立马察觉出了不妙。

"你在这儿干什么呢？"

我的心猛地一下受到了冲击，几乎要从椅子上跳起来。面对突然袭来的闯入者，比起把蒂夏藏起来，我首先本能地朝声音的方向看去。真是怪了，我竟然这么不小心，轻易地就让第三个人入侵了。意识清醒后，我的神经不再迟钝，感觉刚刚那几秒，像慢镜头一样漫长。在看清对方的脸之前，我对来人的身份进行了各种猜测。

可看到脸之后，我一时间竟不知道要说什么了。闯入者不问自答，说了句："不是。"

虽然是否定词，但听语气充满了歉意。

"你最近回家都很晚，母亲很担心。我知道跟踪你是不太好，但看你钻进这个屋子后，好久都没出来，我寻思你是不是在嗑药什么的，现在看起来好像并没有。太好了，嗯。"

哥哥一向很听母亲的话，所以才被迫出门跟着我。他可能真的觉得很对不住我，也没奇怪自己的弟弟为什么待在这种地方。各种情绪夹杂之下，哥哥脸上露出了害羞的微笑。

我也经常用"不是"这个词起话头，因为我俩是兄弟所以才这么像吗？要真是这样，我死也不想承认。倒不是说我非要顶撞哥哥，而是我极其厌恶"DNA决定一切"这种论调。

我转过头来，用尽全身力气挤出一句："我只是在休息。"

我装作跟平常一样，努力不将自己真实的内心暴露给哥哥，一丝也不能。

说话的同时，我也在拼命祈祷。

希望哥哥不要察觉到蒂夏的眼睛和爪子，蒂夏也不要出声。

哥哥这人跟我不一样。如果让他察觉到了蒂夏的存在，他会立马认为这是超自然现象，然后逃走，并嘱咐我别再靠近这里，并且他肯定会把蒂夏的存在告诉周围的人。没有比这更糟的情况了，想想都头皮发麻。幸好现在什么都没发生，所以只能先等哥哥离开再说。

"我经常在这儿，或者不远处的公园里休息。"

"话说回来，你为什么要跑到这么暗的地方来呀？我还以为你在跟什么可疑的人见面呢。"

我的确在跟人见面，只是你没察觉而已。

"我在想一些事情。找个没人的地方会更好。况且我这种程度都能被家人跟踪，真要做了什么可疑的事情，早就被警察抓住了。"

"也对哦，嗯，确实如此。"

即便是万分之一，我也不想给哥哥任何察觉蒂夏的存在的机会，所以根本都没敢朝蒂夏的方向看。她什么都没有跟我说，沉默着，可能在警惕突然的来访者吧。对她而言，进行隐身、隐藏气息、关闭声音之类的，应该不难做到。

"很晚了，我们回去吧。"

我假装思索了一会儿，摇摇头。

"不，我想再待一会儿。如果我们俩一起回去，显得好像你哄我回去似的。你先帮我跟母亲说一下，说我没事。"

我找的这是什么蹩脚理由。

"也是，行，我知道了。"哥哥点点头，贴心地说了句，"看着点时间，别弄太晚了。别被发现。"

哥哥离开了候车室。幸好他不像蒂夏那样深思熟虑，没发现什么端倪。

考虑到哥哥很有可能再次折返，我没有立马开口说话，只是闭上眼睛，调整了一下自己的情绪。有那么一瞬间，我都要开口抱怨哥哥了。可事情演变成这样，终究是我自己的错，是我对刚才的异常声响大意了，看来以后必须保持高度警惕才行。

过了一会儿，看样子哥哥应该不会再回来了。我站起来，关上被打开的门，然后总算回头朝蒂夏的方向看去，但那里已经没有了蒂夏，眼睛和爪子的光消失了。

"蒂夏？"

没有回应。

"蒂夏，你还在吗？"

果然，光消失了，我寻遍了整个屋子，都没有蒂夏的踪迹。

我瞬间想到了三种可能性，第一种可能性最大：当时蒂夏聪明地闭上了眼，藏起了爪子和身体其他部位。但为什么她现在仍然没反应？

第二种可能：我跟哥哥说话时警报响了，所以蒂夏悄悄离开了，只是我没有注意到，哥哥应该也没注意到。如此一来，我们两个今天的对话就到此为止了。虽然略有些遗憾，但再等下次机会就好了。

还有一种可能性在我脑海里一闪而过，这种情况是最糟糕的。

因为他人的介入，这个候车室和蒂夏所在的避难所彻底断了联系。

如果连接两边世界的条件，是候车室和避难所，还有我和蒂夏，那两个世界的重叠部分，就会因为第三者的介入而彻底断绝。

想到这儿，我面如死灰，头晕目眩。

"蒂夏。"

她恐怕已经不在这儿了，但我还是喊了一声。

当然没有任何回应。

她为什么突然消失了？我依然是一头雾水。

也有可能我刚刚说的那几种情况，全都没猜对。

可无论她是以何种理由消失的，如果我俩真的再也见不到……

仅仅因为一个路人的介入，就再也见不到的话……

光是想一想，我眼前就一片漆黑。连接我俩的东西到底是什么？我还是没头绪。又或许那种东西一开始就不存在。

我什么都做不了，深深的无力感涌上心头。

离开之前，至少先祈祷一下吧，祈祷还能再见到她。

目前我能做的，也只有这个了。

明明什么都没做成呢。

"香弥。"

只是轻轻的一声呼唤，却给我带来巅峰般的抚慰。回顾自己十几年的人生,我的内心从未像此刻这般宁静祥和。

啊,她还会出现么?还会像刚才那样呼唤我么?

至少直到现在这一瞬间,她都没有再出现。

自从哥哥胡乱闯入车站候车室后,已经过去了两周,我也成了二年级的学生。

我从心底里担忧,自己可能再也见不到蒂夏了。我甚至开始朝周围的人撒气、发火。

因此如果下次再见到蒂夏,我一定要大大方方地跟她表达我的喜悦和担忧,跟她解释那时我这边发生了什么,也问一问她为什么突然消失了。不管怎么说,我都打算好好庆祝一下我们的重逢。我甚至都梦见她了。

可再见面时,我开口说的第一句话,竟然是这样的,连我自己也完全没料到。

"蒂夏,那是什么?"

蒂夏坐下之后,才看向我指的部位。那个部位在蒂夏脚爪稍微靠上一点的地方,上一次见到她时还看不见呢。但现在这个部位散发着强烈的光。她把手放了上去。

"原来你能看见啊。"

我能看见,看得清清楚楚。

光的形状并不像爪子那样平均整齐。换成人类的位置,应该是在小腿周围吧。光像挠痕一样呈线状,大小不一,相连重叠着,比眼睛和爪子的光还要强,好像在彰显自己的生命力一样。

"我受伤了,被养的××咬了。"

养的,她是指狗之类的生物吗?嗯,一定是。

"那你的伤严重吗?没事吧?"

"嗯,这种程度的小伤很快就能治好。"

"太好了,可是……"

听到蒂夏受伤了,虽然我真的很担心她,可比起伤,有件事更让我在意。

"这伤为什么会发光?"

我做了几种猜测,可能是狗一样的生物牙齿上有毒,或者那些光是药物的颜色。

但我猜错了。

"香弥你的血不发光吗?"

我摇摇头,随即深吸了一口气。

这时,我终于厘清了一些眉目。

蒂夏跟我不是同一种生物。

我们的不同,已经不局限于时间、地点这些细枝末节了。她真的是来自异世界的生物,这点毋庸置疑。

迄今为止从蒂夏那里得到的各种信息和假设,这下总算有了清晰的轮廓,我心里平静了不少。

当然,就算她是异世界的未知生物,我也绝不会因此而歧视她,区别对待她。

蒂夏的血会发光。眼下我也只能接受这个事实。我要想顺利思考,就必须时刻牢记一个大前提:自己的常识在这里行不通。

另外,我还有了一个惊人的发现。

我迫不及待地想告诉蒂夏。自己到底是个沉不住气的小鬼啊。虽然不想承认,但我的确是个幼稚的小屁孩。

"在我们这边,人的血不会发光。"

"是吗?果然我们不在一个世界里。"

"你看。"

我打断蒂夏的话,卷起自己的运动裤,把腿展示给蒂夏看。跟蒂夏相反,我受伤的是右腿。

"你受伤了吗?"

光线比较暗,我以为她会看不清,但我的伤确实映入了蒂夏的眼帘。

"这是我们这边人的血。"

跟蒂夏不一样的,凝固的血。

"你怎么了?被××咬了吗?"

"没，跑步时摔了一下。"

我说谎了。前几天跑步时，我在路上遇到了散落在路边的木材。尽管知道对着木材乱发脾气既愚蠢又毫无意义，但我还是踹了它们几脚。木材上有钉子，扎伤了我的小腿。

"受伤的理由不值一提。刚刚其实我挺惊讶的，没想到蒂夏你也受伤了。"

"我也没想到彼此的互相影响，竟然细致到连受伤都是同时的。"

"那这样的话，为了不让蒂夏你的身体出现疼痛，看来就连打针我都要格外小心了。"

两个世界互为异世界，且部分交叉重叠，还在互相影响。面对这种奇特的状况，我一时上头，说了些玩笑话。为了遮掩自己的害羞，我把裤脚放下来了。感觉自己连就这么站着，都像在欢呼雀跃似的，真是太羞耻了。为了掩盖自己的尴尬，我看了一眼坐在老位置上的蒂夏。蒂夏也在看着我，一言不发。我开始着急了，莫非自己说了什么失礼的话？

"啊，我并不讨厌我们两个一起受伤。如果让你误会了，抱歉。"

我想都没想，就抢在蒂夏开口之前，向她解释。

"没，我在想别的事。"

变细长的眼睛，是蒂夏给我的唯一的信息。她是在微笑吧，应该。

"那你在看什么？"

蒂夏的视线从我的脸开始往下游走。她这是什么反应呢？我想了好久。换作我的话，视线下移这个动作，也就意味着我正在找合适的措辞。终于，蒂夏的视线又转回来了，和我四目相对。

"香弥，能再见到你，真是太好了。"

"啊，嗯，我也是，能再见到你真好。"

面对她如此直白的话，我露出了正常人该有的反应——害羞。但更羞耻的是，我没有缓和尴尬气氛，而是任凭这份害羞膨胀发酵，坦诚地回应了她。

无论是对话的进度，还是遮掩害羞的时机，都刚刚好，是时候岔开话题了。

于是我吐出一句："话说回来。"

其实在见面之前，我就已经想好了要跟她说什么。

"前几天的事，很抱歉。我这边突然来了人。"

"果然是有人来了。"

"嗯，是我哥。"

自那以来，我努力地让自己像往常一样跟哥哥相处。如果突然对他采取厌烦的态度，或许会被怀疑在候车室时，是不是有什么不方便被别人看到的东西。他甚至有可能再闯进来碍事。好不容易和蒂夏再见面了，我可不想被打扰。为了避免这种情况发生，眼下我必须像往常一样跟哥哥相处：不过分亲近，也不疏离。

"是吗？你哥哥究竟是什么样的人呢？好想见一见。"

也就是说，蒂夏还没来得及见到哥哥，就离开车站了。

"我想着不能暴露你的存在，因此根本没敢朝你那边确认。等我回过头时，你好像已经不在这儿了。那时候你怎么突然走了？"

"警报响了，况且我已经知道你正在跟什么人说话，想着打扰你也不太好。抱歉，没跟你打招呼就离开了。"

"别别，你完全没必要跟我道歉。"

我担心她，她也在担心我，这两份担心重叠了，但现在已经无所谓了。如果下次再发生同样的事情，我们必须得有对策。如果因为自己的不谨慎，导致蒂夏被闯入者发现，那可就糟了。我必须避免此类事件再发生。

"在我们这边，警报被视为圣物，我们必须绝对服从。因此你那边再有谁来时，只要警报响了，我还是会走，没法继续等你。"

"没关系，从结果上来讲，我哥哥没发现你，真是太好了。面对闯入者，我们要是能想出对策，那自然是再好不过了。"

正说着，我突然意识到，以前蒂夏每次离开时，都是毫不犹豫，没有丝毫留恋的。现在她言语间竟然包含了对不辞而别的歉意。蒂夏能这么想，我很开心，纯粹的开心。看来友情这东西，要互帮互助,才更真实牢靠。

"嗯……"

黑暗中传来了蒂夏的声音。人类思考时,大都会用"嗯"的长音。她是想到什么对策了吗?

"关于你哥哥,其实有一点我很好奇。你觉得他有可能看到我吗?"

"什么意思?"

"因为我没看到你哥哥。"

我琢磨了下她话中的含义。我发现,理性的她,为了顾及我的感受,正在认真地解释说明。

"我之所以知道有人来了香弥你在的地方,是因为你朝别的方向说话了,而不是我看到了你交谈的对象。"

"什么……"

"香弥你几乎很少自言自语吧。"她语气柔和,同时夹杂着共享秘密的兴奋,还带有一丝戏谑的意味。

她怎么知道?

但是我很快想到,对于蒂夏而言,她眼里的景象大概如此:日暮时分,我独自一人静坐在候车室里,对着空气说话。

想想都觉得羞耻,但现在不是害羞的时候,我还有更重要的事要做。

"也就是说,你看不到我哥哥,同样地,我哥哥也看不到你,是这个意思吗?"

"嗯。再有就是,就算我这边的避难所来了人,也看不到香弥,就像突然闯入车站的你哥哥看不见我一样。"

"我只能看到蒂夏你。"

"我也是。在这里,我只能看到香弥你。虽然之前为了表达心意说了这句话,但结合你哥哥的闯入事件推测的话,好像真是这样呢。"

蒂夏这个思考方向,倒是给了我提示。

把两个世界连接起来的,不是场地,而是两个人。

并且只有我们两个。

我紧张得脊柱发冷发颤，与此同时，我也在迷茫：自己应该高兴吗？

面对如此友好的蒂夏，我要不要把自己的猜想说出来呢？

踌躇了一会儿，我还是觉得必须说出来。

"那如果是这样，蒂夏你的存在，极有可能是我的空想。"

"嗯，是啊。"

蒂夏看起来并不意外。蒂夏一向冷静，她这个反应我可以理解。但看着她点头时满不在乎的样子，老实讲，我有点失落。

"对于我来说，香弥你也有可能是空想，而且目前没有什么技术手段可以证明这点。但就算香弥你是空想，我也不介意，我仍然会好好珍惜我心中的香弥。"

联想到蒂夏之前关于屋子和活法的思考，她能这么坦然接受，很正常。但对我来说，如果彼此是空想，可万万不行。如果蒂夏是我想象出来的生物，那她的存在就变得无足轻重了，甚至比不过我心中的任何东西，这可不行。如此一来，我们俩邂逅的意义就荡然无存了。不，甚至连邂逅都算不上。因此，空想论绝对不行。

"真的没办法证明这一切是空想吗？"我还是不死心。

"我觉得没有。哪些是空想，哪些是记忆中发生过的事，暂时还无法确认。我举个例子，比如我拿刀刺你一下试试？"

蒂夏说的这个法子虽然危险，但跟我想到的手段差不多。可是如果我受伤了，那蒂夏也有可能会受伤。既然如此，拿刀刺对方这个方法就行不通，还是别尝试了。

"可这样只能证明你的存在。对香弥你来说，却无法证明我的存在。可能看似感觉到被刺的，只有香弥。实际上是我刺伤了自己，只是我忘了而已。可如果这么想，就没完没了了。可能就连这个世界，都根本不存在，只是我的空想而已。"

对于她这个假设，也不能完全断言就是天马行空。

平凡又无趣的我也好，这个厮杀随处可见的无聊世界也罢，真要被说成大脑创造出来的幻想，我没办法完全否定。

我们所有人可能都在做一场宛若现实的梦，只不过这场梦从我们出生到现在,一直没有醒罢了。可是……哦,我明白了。"

"如果这个梦直到死亡来临时才醒,那是不是梦,已经无所谓了。"

"嗯,我也是这么想的。香弥,你把手伸过来。"

像以前那样,我老老实实地把手伸了过去。

蒂夏冰冷的手握着我指尖。我的手还是跟之前一样,下意识并拢成了握手状。

这也好,那也罢,全都是一场梦。虽然能理解,但如果真的要接受这件事,对我来说还是很残忍的。

"可能没有任何意义,但我还是想再说一遍。"

再说一遍什么呢?说没办法证明这是梦?

"就算现在是在做梦,我也不介意,我还是会觉得,能遇见你真好。"

蒂夏的声音沙哑且温柔。

这声音轻轻的,在空中飘啊飘,落到了我的耳朵里。瞬间我全身就像浸在水里一般,感觉身体各个部位一点点地渗进水来。水到之处,皮肤表面也随之起了鸡皮疙瘩。轻微的麻痹感像波浪般,流过了我的全身。

这种酥麻感快要流到指尖时,我把手收了回来。

"这……这是告别的话吗?"

我很清楚,其实自己真正想说的并不是这个。可话一出口,还是言不由衷了。这到底是为什么呢?

空气中漏出一个音节,蒂夏在小声地笑。

"不是哦,但听起来确实很像故事里常见的告别语。"

对,就是这样。心里想的,和说出来的不是一回事。那刚刚我真正想说的,是什么呢?我问了下自己,可答案早跟着被水淹没的感觉一起,已不知去往何方了。

自己刚刚恐怕是想找话,让蒂夏开心些。意识到这点后,我搜罗了一些尚且残存的真实想法,附和道:"如果这是故事,现在正好是梦醒的时候。"

"是啊,可如果梦醒不了,这一切是真的的概率就会提高,哪怕只能提高一丁点。如果是真的,那我俩能做的,终归也只有提升'真'浓度这一件事了。"

这个"真"浓度,是我俩真切身处这个地下室的真,是独属于我们两个的真,跟战争、旁人、常识这些实验因素通通无关。全世界能证明她真实存在的,只有我。

到底如何把这个世界从梦变成现实呢?

我突然想起来了。

"对了,之前跟你提过的事,我试过了。为了确认对你那边世界的影响,我试着做了几件平时不做的事。至于这个影响跟受伤比,是不是更明显,我暂时还不太清楚。"

"我也试了哦。你先说,可以吗?"

"当然可以。"

新学期已经开始了一周,我一边担心着蒂夏,一边尝试着自己该做的事。但到底要做什么,我一直定不下来。内心的不安,压得我心理防线快崩溃了。总之,该做的我都做了。

首先,我刻意做了三件平时不做的事。

第一个行动,以人为测试对象。这个就很简单了,只是打招呼而已。考虑到前几天蒂夏说的借伞给军人,我想象了下我俩周围可能存在的对应物,特意选了某个人,开始行动。

"早啊。"

第一次,我直接被无视了。

于是我提高音量,再次喊了句。

"早啊!"

"欸?"

我们学校升年级不换班,所以高一时田中坐我前面,到了高二,她成了我的邻桌。

听到那句"早啊"后,田中一脸惊讶地看向我。看表情,她明显是被这破天荒的局面惊到了。因为平时都是田中三天两头地来烦我,现在这个固定模式突然被我打破了。面对我的积极主动,最开始的两三天，田中一脸恶心厌烦。到了第四天，她开始回应我的"早啊"，并且跟我说话了。第五天，田中开始向我炫耀她家狗的照片。测试而已，所以我也没期待跟不熟的人关系能发展到这种程度。算了，总之第一个实验已完成。

第二个行动，是以物为测试对象。我一个劲儿地擦全家人的鞋子。之所以选鞋子，是因为我想起来自己一直在盯着蒂夏的爪子看来着。我很好奇，蒂夏的世界里有鞋子吗？如果没有，那我的行动对蒂夏那边的世界会有什么影响呢？

最后一个行动，我决定测试下场所。选哪里呢？如果把我家当作实验场，操作起来倒是省事，但我很怕这个行动会影响蒂夏的房间，毕竟那是她的宝物。思来想去，最后我决定在学校行动，虽然这个测试跟第一个行动多少有些重叠。

放学后我没走，在教室里坐了将近一个小时。跟打招呼一样，我这个不自然的行动也被田中看见了，她一脸惊讶。渐渐地，放学后的时间段里，我俩对话的次数也增多了。最后，我们甚至还互相道了别。

"别被发现了。"

"别被发现了。"

放学后，斋藤像往常一样离开了教室，匆匆忙忙，毫无迟疑。

斋藤的事，暂且先放一边。我把这期间自己的行动告诉了蒂夏。

蒂夏嘟囔了一句："原来如此。"

从眼睛和爪子的浮动范围来看，她好像在思考。

"我们也穿鞋哦，但这里是避难所，所以我光着脚。不过在外面，我还是会穿鞋的。战争会损坏一些东西，为了不踩到一些危险品，还是要穿鞋的，但我没擦鞋。哦，对了，我去了一个平时根本不会去的地方，不过那地方跟学校没什么关系啊。"

"顺便问一下，你去了哪里？"

"××××，你可能听不清吧。"

"嗯，你怎么知道我没听清？"

"因为跟战争有关。那地方能控制警报声，能确认受伤和死亡的人数,虽然很少有人死亡。汇报是值班制,那天刚好轮到我去提交《被害报告》。你是跟平时不怎么说话的人打了招呼,我是跟一起值班的人打了招呼。当天值班的人不少,但我都不认识。可这两者之间究竟有何关联,我还是没搞懂。"

"这样啊。"

也就是说,她打招呼的对象,并不是特定的,是随机的,且是多数的。

"我隐约觉得,只有出现病和伤时,两个世界才会彼此影响。"

"那同时借出了伞,又作何解释呢?"

"启动因素不是借伞,而是被雨淋湿这件事情,引发了两个世界的互相影响。毕竟被雨淋湿,一不留神身体就会不舒服,甚至生病。但一致点还有落雷呢,因而我刚才那个只互相影响伤病的推断又不成立了。"

推断的确有可能是错的。可让我惊讶的是,原来还能从这种角度思考啊。

蒂夏的视野,是我无法企及的。她看到的不只是行动,她关注着事情发展的前因后果。我没能想到的事情,眼前这个人都能想到。她的存在,让我放心了不少。可安心的同时,我又生出了一丝不甘:为什么我脑袋空空如也,什么也想不到?

不能让她单方面付出,我也想给蒂夏提供一些有用的思路。

跨越世界的事暂且先不提。从最单纯的角度讲,两个世界能互相给予彼此好的影响,也算是思路之一吧。但哪些行为能引发好的影响,一时半会儿还真没那么容易想到,真烦。

我不由得叹了口气。

"发现两个世界的关系有何规律后,要是能对彼此有帮助就好了。"

哪怕是很小的事情也行啊。比如,对方的世界因为道路堵塞,无法取到重要的东西,我这边挪动对应的东西后,那边就能取了。就像我之前玩过的家庭游戏机,游戏里通常会用"隔空同步"的设置来通关。要是挪动了你那边世界的墙壁,我这边世界的障碍物也会消失，然后出现宝箱之类的奖励。

"是啊，如果我变幸福，香弥你也能跟着变幸福，那很棒呢。"

那倒是，为了彼此都能过上满意的人生，互相帮衬着点，自然再好不过了。当然，一味地让蒂夏单方面付出，来满足我的个人愿望，这种事我是绝对不会做的。

关于两个世界重叠点的规律，我试着想象了一下，依旧没理出什么头绪，暂时先保留不讲吧。

首先，思考需要一定信息量，所以必须收集一些信息才行。接下来，就听听蒂夏这周都做了哪些特别的事吧。

"其中一件事，是吃饭。"

"吃饭？"

"嗯，因为食物是生存必需品。如果我们彼此的行动能互相影响，吃饭可是头等大事，所以我试着确认了下。说得更具体点，就是我一整天没喝水。"

"啊？不喝水？那你还喝其他东西吗？"

"嗯……我不摄入一切水分。香弥，你也试了一整天断水吗？"

"不，我没有。"

"这样啊，你没做这个测试，真是太好了。至少说明了一点，在食物上，我俩的世界不受彼此的影响，是自由的。"蒂夏就像在说无所谓的事情一样。蒂夏的实验干劲和热情，让我觉得只要有她在，找出规律指日可待。同时，我又担心她的身体。

"再怎么着急破解规律，你也没必要做损害身体的事情呀。"

"你在担心我吗？你放心，我身体一点事也没有。不是说人在没有水的情况下，可以活三十天吗？"

"啊，真的假的？"

我的这个吃惊的表现，不是因为第一次听到人在没有水的情况下可以活一个月。当然，在我的常识范围内，人在没有水的情况下也活不了这么久。

我吃惊的点在于，果然我跟蒂夏在生物学上是有本质区别的。

虽然早就有心理准备，但我还是再次被惊到了，所以下意识地做出了刚刚的反应。

"香弥，你们那边不是这样吗？"

"不是，我们活不了那么久。"

"血的事也是如此，果然我跟香弥，在生物学上略有不同呢。"

蒂夏的话和语调都极其平静，莫非她本来就没有吃惊这种反应吗？就像她无法理解恋爱一样。

"另外一个行动是……但先说好，这次我没做让你担心的事哦。"

为了照顾我的情绪，她先打了个预防针。我的担心就那么明显吗？我开始不安起来。如果一个人得到了跟自己实际不相符的评价，会陷入恐惧和不安的。

突然，我想起了一件别的事。前天，还发生了那种事啊。不过，这跟眼下正在讨论的话题没什么关系。

"最近，我去见了一个老朋友。很久以前，我俩因为吵架分开了，自那以后再也没见过。"

蒂夏瞟了一眼天花板，视线马上转了回来。

"之前，我不是从香弥你那里听了'恋人'这个词吗？那时候，我就想到了这位朋友。这位朋友对我来说很特别，但彼此已疏远，今后关系会发展成怎样我也不确定。之前我还想着，要是能重新做朋友就好了。可无论过了多久，我俩还是各持己见，丝毫不退让。最后，还是我单方面斩断了做回朋友的可能性，而且坚决不后悔。可一想到我俩之间的各种可能性就此关闭了，我有点害怕。"

迄今为止，蒂夏多次表现出了自己的害怕与恐惧。能坦然向旁人展现自己的脆弱，勇气可嘉。

"那个，蒂夏。"

我刚一开口，蒂夏就眯起了眼睛，似乎在等我继续说下去。

"你刚才说的，可能也影响我了。"

蒂夏眼睛的光，比刚才稍微大了一点。

我也一下子睁圆了双眼。因为刚刚蒂夏说的事，也惊到了我。

原本我以为无关紧要的事，瞬间成了关键线索，变得极为有价值。

"其实，我也做了同样的事。"

"你也去见了曾经的朋友？"

如果是自己自发的行动，我肯定早就说了，但并不是。

"我没有去见，而是对方打电话给我了。蒂夏那边的世界，有电话这种东西吗？就是一种工具，可以跟相隔很远的人说话。"

"你是说×××吧。"

虽然没听清词，但意思相通就行了。

"嗯，对方给我打电话了。"

这句话，就算有听不清的单词，蒂夏也肯定能懂。

我本打算继续说下去，但瞬间又犹豫了。

踌躇之际，蒂夏抛出了一个问题："谁打来的电话？"

我下意识想回答名字，但又停下了。

不对，她问的不是名字，而是打电话过来的人跟我是什么关系。

"一位女性打来的，她曾是我的恋人。"

害羞什么的，倒是没有，只是感觉眼下在这里谈前女友，不太合适。但最后我还是说了，且说完后还假惺惺地抱有罪恶感。归根结底，自己只不过是个不上不下、优柔寡断的自私鬼而已。

"我和蒂夏做了同样的事，因为我也关闭了修复关系的可能性。"

"是吗？"

"嗯。"

"你害怕吗？"

她这个问题太微妙了，好比在声音和心之间的一丝缝隙中，插入了一根头发。

"关闭我和她之间的未来，并不可怕。并且，她不该跟我这种人扯上关系，我也不该跟她再有关联。"

什么关联不关联的，重点不是那个。

"如果非要说我害怕什么……"

不能再多说了，再说只会暴露自己的庸俗和无聊。我没兴趣向别人展现自我,况且话题一旦往深走,我极有可能会被蒂夏厌恶。

但我很快又意识到,两个世界彼此对应、彼此影响的事物,甚至有可能跟心境有关,所以迟早有一天,她会知道我心里在想什么。

既然蒂夏能对我坦诚地展示自己的恐惧,为公平起见,我向她表达自己的恐惧,也合情合理,没什么奇怪的。

"如果非要说我害怕什么,那就是未来的各种风险。比如,将来我在对方体内留下的某种东西,让对方遭遇不幸或死亡了,可怎么办?等知晓悲剧时,明明自己什么都没做,但我还是会陷入自责中无法自拔。我怕的是这个。"

这绝非想象,而是建立在经验之上的可预见的恐怖。

时间稍微往前追溯一点。

她和我的恋爱关系,只在初三维持了三个月。三个月,在和泉眼中甚至非常短暂。可在我看来,是自己在伪装上浪费了三个月。对,就是蒂夏说的那个"装"。当然,我现在也在装。现在回想起来,自己当时要是直接跟和泉说分手就好了。事实上,那时候我采取了最半吊子的方法:假装是为对方着想,实际上却制造出分手的气氛,引导对方说分手,让自己身处合理正确的位置,最后达成表面上的互相理解,然后分手。最终酿成了大祸:和泉决定放弃自己的生命。

一个对自杀心理和行为有了解的同学告诉我,和泉那种做法只是唬人,她不会真死的。我查了下,的确如此。和泉到底是吓唬我,还是真的想死呢?她知不知道用那种方法其实死不了呢?可就算她的法子死不了人,只要她本人不知道这点,她想死的意志,就是真真切切的,无法否认的。

道歉也好,担心她也罢,我无法原谅不负责任的自己。终于,我再也不用在人际关系上浪费时间了。在中学,想接近我,对我好奇的人,因为女友自杀事件而剧烈减少。

"虽说两个世界的互相影响,不至于到波及感情的程度,但我的行动,跟蒂夏你的行动很接近。"

"香弥,你说了什么?"

蒂夏的这个问题，让我一时摸不着头脑。她是想弄清两个世界的影响呢，还是想了解我这个人呢？

哦哦，蒂夏应该是问我：为了结束跟和泉的未来，你说了什么？

"说了什么？其实也没说什么特别的话。"

没什么特别的。我只是说了极为常见的对谁都适用的话。

呐，和泉，我们真无聊。

我说了这么一句。

"是吗……我倒是觉得这句话很特别呢。"

"……呃。"

根本就没有什么特别的存在。我们所有人，都无聊得要死。我只是想表达这个。

世界到处都充斥着无聊。

人类的行为，无外乎就这些。依赖过去的恋爱，分手后无法忘怀，在爱情中受伤，担心在意某些人，全都是想让自己正当化的借口，全都是认为自己独一无二的错觉。

"可我一点也不这么觉得。"

"虽然我不懂 liànài，但既然这种情感是友情的延伸，你能把理所当然但又不能摆在明面上说的事实，就那么对着她讲了，那就说明她在你心里是特别的。"

理所当然。

我一动不动地看着蒂夏的眼睛，试图揣摩她话中的含义。

正思考时，我的耳边传来了蒂夏的声音。

"我不知道'特别'对那个人来讲，是好还是坏。但我们活着，大部分人甚至来不及成为特别的存在，就死掉了。不特别，这明明是理所当然的事情，却很少有人能注意到，至少在我身边，没有这样有自知之明的人。再有就是，如果明晃晃地把'人很无聊很平庸'摆在台面上说出来，势必要被他人指责为瞧不起人。"

"对对，正是这个理。但我那句话并不是……"

我本来想听蒂夏说完的,却忍不住插嘴了。回过神来,我立刻闭上了嘴。

蒂夏也许是看到了我的小动作,她眯起了眼睛。

"只有注意到的人,才算真正地活着。为了让自己变得特别,在奋力反抗。"

"……你说得对。"

这正是我每天脑子里想的事情。

"所以,说自己很无聊的香弥,开始努力改变的香弥,对那个人来说,很特别。"

"开始改变吗?"

我跟和泉之间,并没有涌出要改变的迹象。

"你是希望有什么变化吧?"

"……嗯。"

是啊,原来是这样。

点头的瞬间,我脑海闪过一道光。

语言和感觉瞬间对上了。我心中模模糊糊的感觉,一直找不到贴切的词来形容,现在蒂夏帮我提炼了。

和泉,我希望你能改变。

我对和泉的真正想法,逐渐明晰了起来。

即便是装的,但我内心深处还是希望我本该喜欢的和泉,能有所改变。

当然,我断然没有那种妄自尊大的愿望,说希望和泉变成我喜欢的样子。

我只是希望和泉能走出人生困境,能摆脱无聊的我,摆脱已经是过去式的无聊恋爱,别再折腾、折磨自己了。

虽然我跟和泉相遇,是无数个偶然积累的结果,但作为个体,我们还是彼此认可的。至少和泉是真的很想摆脱无聊,想变得特别。我俩的相似点,只有这一个。

同样想抵抗无聊人生的和泉,为了变特别而努力挣扎的笨拙模样，让我无法忽视。

可我又无法精准巧妙地把自己的期望，整理成具体的事情和语言表达出来。我模棱两可、不上不下的态度，再次伤到了和泉。

"如果这件事让你害怕，让你有负罪感，那我也背负着同样的罪孽呢。"

"……蒂夏也做了同样的事？对那个疏远的朋友吗？"

蒂夏既没肯定，也没否定。

取而代之的，是几秒的沉默。她转过头，没看我，深吸了一口气。

"找到犯了同样罪的人，感觉就像和谁牵手一样。"

蒂夏的声音沙哑且温柔。

但我确实感觉到了，自己的心脏，跳了那么一下。

咚！很强烈。

这恐怕是我迄今为止的人生里，最强烈的一次悸动。但下一个瞬间，心跳就恢复了正常。

雾蒙蒙的、不可思议的感觉再次涌了上来，到底是什么呢？我变得不安起来。

与此同时，我脑海中也浮现出一个极具创造性的念头。

我明白了：跟蒂夏心意相通时，我的心脏就会怦怦跳。

也许这一切，只是我的想象。但刚才那一瞬间的心跳，提升了我心中的"真"浓度。

啊，真是的，我快要吐了。什么心意相通！就算是跟蒂夏的关系更亲密了，又能怎样呢？为了一个确定的目的而变得亲密倒还好，但眼下我俩的亲密，貌似漫无目的。所以关系变亲密后，又能如何？我还什么都没做成呢，什么都没有。我的内心，没有得到一丝一毫的满足。

我知道那种事迟早要对她明说的。

然后趁着警报还没响，我和蒂夏商量了几个度过日常生活的方法。

首先一个大前提，就是注意别受重伤。

虽然蒂夏是带着开玩笑的语气说的，但没准受伤这个因素，真的会影响彼此的生命安全，所以大意不得。如果两个世界之间，只有相同的伤能影响彼此的话，那当一方处于半死半生的状态时，体力不支的另一方也有可能会死。

除了安全防范意识，我俩还制定了具体的行动方针。

上次，我们都试着做了平时不怎么做的事。这次，我俩决定实施单方测试，即只让蒂夏一个人积极做些不寻常的事，而我尽量像往常一样生活。这个方案是蒂夏提出来的，她还做了个假设：跟大致相似但又有微妙区别的语言体系一样，行动力的影响，也有可能存在些许差距。关于和泉的事，我只不过是被动接到了她的电话，而蒂夏却刚好相反，她主动去见了疏远很久的朋友。雨、落雷、死亡这三个一致点，暂且另当别论，如果行动和结果可以彼此主动发起影响，那之前蒂夏受伤，就是因为我乱发邪火造成的。就算现在弄清了两个世界互相影响的规律，也晚了。她受伤已成事实，我能做的也只有道歉。如果影响可以人为操控，那可就太好了。我俩就可以进行各种尝试，造福彼此的世界了。

眼下我需要做的，就是尽可能地搜集一些实时信息，比如国内的天气、重大案件，还有全民关注的世界局势。蒂夏应该也跟我一样，在那边的世界做调查。为了确认两个世界彼此影响到了哪种程度，我俩都在努力。无论是在学校还是在家，只要一得空，我就捧着手机刷新闻。

埋头刷手机的结果就是——又或者说测试已结束，我没必要再跟田中对话——面对我的冰冷态度，田中一脸莫名其妙。

田中要是跟我打招呼，我就顺着往下说；田中要是聊她的狗，我就随声附和。但主动搭话是再也不会了，就算田中埋怨："你在搞什么啊。"我也只回一句："没什么，只是恢复了原状。"这几周，我从田中那儿得到的新信息只有一个：她的狗叫小步。

我又回到了原来的生活。在这个生活里，世上没有蒂夏，有的只是百无聊赖的自己，和其他同样无聊的人。

自从和蒂夏相遇后，我生活中的一切，都在围绕跟她相遇的那几十分钟转动。

话虽如此，但也不能妄下断言，说那几十分钟是真的，而我这边的生活宛如梦境。每天特别倒是特别了，但相遇只有几十分钟，仅靠着那几十分钟里的"真"，我能活下去吗？不，我必须在自己的世界里找到特别的东西。

也就是说，和蒂夏只是见面，没有别的意义。我知道，我一直都知道。

所以，当我有幸再见到蒂夏时，心跳也好，找到什么特别的东西也罢，不过是上天多给了我一次机会而已。

蒂夏单方面的行为，对我这边的世界究竟有何影响呢？把我俩的报告整合后，这两场实验已经有了结论：调查没取得任何进展。虽然很遗憾，但是没办法，毕竟现有的信息太少了。

我决定暂且把"两个世界彼此影响的规律"放在一边。我问蒂夏，在她那边的世界，人的一生一般是如何度过的。

忽然间，她说出了这样的话：

"虽然没什么依据，但如果我和香弥出生的世界调换一下，我们两个人的想法和生活方式也会变得不同吧。"

我从来都不觉得一个人能不受出生的影响，而独立存在。

像我这么无聊的人，人格尚且会受出生地、成长环境和人际关系等多种因素的影响。如果我在别的地方出生长大，就会变成别的什么人吧，当然，无聊还是照旧。如果出生在敌国，那我现在肯定会将日本视为仇敌。

"我也有同感，但这话不像你的风格啊，我还以为蒂夏你对自己的灵魂和坚定人格深信不疑呢。"

"我觉得一个人不管在哪里，心中总会有一些东西是永远不变的。但想法、生活方式和喜好这些，又是另外一回事。举个例子，在彼此的世界相遇时，就算外表和声音都变了，你可能无法立刻认出我来，但我还是我。所谓形变神不变，大概就是这个意思吧。"

可我只能看到蒂夏的眼睛和爪子，本来就不知道她长什么样。如果她身处这边的世界，就算看到她全身样貌，我也肯定认不出来吧。

"都变样到那种程度了，已经完全是另一种存在了吧。"

"表面上可能大变样了，但在我们无法选择的深处，不是还有不变的东西吗？"

但我觉得，性格、外表、声音都变了的话，就已经不再是百分之百的自己了。

体内残留着某种抗争不了的东西。

这个想法或许是蒂夏在那边世界出生时就自带的，所以她才跟这边的人类完全不同。她不变的部分跟地域无关，即使来到这边世界，就算变了样貌，她还是她。

"那个，不变的东西是什么呢？比如说？"

问出口后，连我自己也觉得这个问题很难回答，因此打算等她慢慢回答。但现在看来，貌似不需要。

"就算我出生在香弥的世界，我依然会遇到你，一定。"

"……命中注定，是这个意思吗？"

"命中注定"，这个词跟"放弃"基本是一个意思。

"不，跟'命中注定'还不太一样。怎么说呢？更像是这样：我内心不变的那部分，知道我们相遇的方法。"

蒂夏的想法，一如既往地富有创造性，天马行空。

但实际上，我最近也在幻想一件事情，虽然没什么意义。

当然，在日常生活中我是不会做这种梦的。只有在夜晚的公交车站，蒂夏不出现的日子里，我才会小小地幻想一下。

如果蒂夏也是这个世界的人，那么她和我相遇时，又会是怎样一副光景呢？跟蒂夏的互换世界论相比，我想的是更远的事情。

虽然问了也没什么用，但我还是很在意。如果她跟我是同一种生物，在这边的世界过着普普通通的生活，或许我们不会注意到彼此吧。

还是说，两人依旧有着某种关系，如果在某个瞬间相遇了，就算时间极短,也能凭借某种方式认出彼此。跟蒂夏的沟通交流,让我很愉快。假如蒂夏不是异世界的人,那我的这份愉悦还会涌上来吗?哪怕是一丁点也好,我还会开心吗?

真是毫无意义的假设。就像蒂夏刚才说的,如果她在这边的世界长大,会变成另一个人吧,价值观也会不一样。

活在那边世界的蒂夏,活在这边世界的我,正因为彼此来自不同的世界,相遇才有了意义。

如果不借此机会做成点什么,那这场跨世界的相遇就没了任何价值。她来自异世界,这是铁铮铮的现实,又哪里来的"如果"一说呢?做这种假设根本没有意义。再说了,做假设也不像我的做事风格。

虽然我都明白,但还是会抑制不住地幻想。想着想着,我心中生出一股羡慕之情:要是有资格参与蒂夏的日常生活,陪在她身边,该多好啊。

当然,那个"资格"本身没有任何意义,这我也知道。

在日复一日的无聊烦闷中,我一直渴望着。

渴望着像蒂夏这样的"特别"降临。

渴望自己再也不必守着无聊的日常苦苦等待。

"警报响了,再见,香弥。"

"嗯,再见。"

跟她告别,回归日常。

但很快,我的脑子里就只剩下了一个念头。

好想快点见到蒂夏啊。

回过神来,我的脑海中莫名浮现出雨景的味道来。

等待好漫长啊。貌似只有在车站的时间过得很快,转瞬即逝。

"呐,铃木。"

到午休时间了吗？啊，已经开始了。邻桌田中真是好了伤疤忘了疼，依旧没心没肺地朝我搭话。自从上次主动跟她打过招呼后，这家伙多多少少有些误解了，一副跟我很熟的样子。唉，当初就该找个更稳妥的法子的，这不，副作用来了。但事到如今，再想这些也没用了。

"那家伙是不是在吃什么危险的药呀？"

我转过脸看向田中，顺着她大拇指所指的方向，看到了远处座位上的斋藤。

这些人一个个的，真以为危险药物那么好弄到手啊。

"不知道。"

"又或者是信了什么宗教？"

"那我就更不知道了。"

"为什么到了宗教这儿，你就更不知道了？"

"因为药有实物，宗教是想法，看不见摸不着。"

"哦——"

田中有点钦佩地点点头。我认真回答个什么劲儿啊，真够蠢的。

斋藤吃奇怪的药也好，沉迷于宗教也罢，我都无所谓。就算她真的吃药或入教了，继续沉浸在一时的梦里，顶多也就是继续被骗，又不会死。

这时，我的脑子里突然闪过一句自己曾对蒂夏说过的话。如果一场梦永远都醒不了，做梦的人察没察觉，已经不重要了。如果真是这样，那药物也好，宗教也罢，至少对斋藤本人来说，都是有意义的。

哦，不对，怎么可能有意义？刚才那一瞬间，我竟然会觉得宗教和药物有意义，我真是糊涂了。

蒂夏正在侵蚀我无聊的日常生活。

我正在一点点地脱离日常轨道。

"那什么，你不觉得那家伙……"

我明明没发问，田中却自顾自地继续说道。这时候如果我打断她，估计又是一场纠纷，想想就烦，算了，还是让她说吧。

"最近很奇怪吗？"

对于田中的提问，我面无表情地答道："谁知道呢。"

我的这个回答态度很明显：我对斋藤不感兴趣。但实际上对于田中刚才下的论断，我心里多多少少还是赞同的。

虽然我对斋藤不感兴趣，但如果真要我回答，我可以明确地说：最近的斋藤很奇怪。

这时，距离上次在车站候车室跟蒂夏讨论和泉的事，已经过去两个月了。学校的制服也跟着换成了夏装。现在的时节应该是梅雨季吧。报纸、杂志、广播都在向国民宣告着：战况每时每刻都在发生变化。网络上，依旧有不少人传播不良思想、煽动不良情绪，用脏话跟人对骂。之前蒂夏假设过：我俩的相遇，或许是为了让我改变我这边世界的战争方式。所以作为实验，我曾试着在各种社交网站上发帖，描述并扩散蒂夏那边世界的战争形式，但都石沉大海，被无视了。不仅没能改变世界，相反，我还被比我更闲的家伙给批评了。啊啊，不管了，随你们怎么着吧，我都无所谓。在这期间，也就是一周前，我注意到了斋藤的变化。

"明……明……"

斋藤丢下这么没头没尾的一句，跑开了。最后一个音节，我没听清。

哦，我明白了：她是想说"明天见"吧。可即便知道，我还是忍不住"啊？"了一声。之所以吃惊，是因为这句寒暄来得太突然了。斋藤像往常一样，放学后出了教室，快速走向鞋柜。走在前面的斋藤换完鞋，本该就此离开，但她却突然回过头跟我打了招呼。面对她的寒暄，我没有一丝一毫的心理准备。

虽然刚才的那声"啊？"很失礼，但事发突然，我真的来不及反应。被不熟的人突然搭话，原来是这种感觉，我稍微有点理解当初被我主动打招呼的田中了。不知道该说是幸运呢，还是不幸，总之斋藤并没有自顾自地说个不停，她打完招呼，就立马走掉了，所以没听见我那句疑问式的"啊？"。

斋藤到底想干什么？我在百思不得其解中，迎来了第二天。

同样的场景，又来了。

"明……明天见。"

今天不一样，每一个音节我都听见了，听得清清楚楚。这次我准备得很充分，回了句："别被发现了。"

我的话，看来是传达到了，因为我看到斋藤的一侧嘴角微微上扬，露出了一个奇怪的笑容。这是我第一次面对面、近距离看到斋藤笑。

她是不是有什么话想跟我说？别是什么麻烦事就好。但这么想，又显得我自我意识过剩。然后一周后的现在，不止我，连其他人也注意到了斋藤的变化。

起初我只是在想，可能是谁给了她建议，让她表现得开朗些，完全没想到药物和宗教这一层。昨天，斋藤又主动跟我打招呼了。

从一开始，田中就只顾自己说个不停，根本就没听我回答了什么。

"不是，你听我跟你说，她真的跟以前有些不一样了，都会主动跟人搭话了呢。这可是前所未有、破天荒的啊。于是咱们班就有人问她：'你怎么了？'你猜斋藤怎么回答的？"

无非就是血型、星座之类的信息吧。我可太烦那些明知故问，卖关子逗乐的人了，而且这种人就算你不接招，他们最后也会自问自答的。

"我们相遇了。"

什么意思？不过这句话确实很有些神秘的味道。当然，也有可能斋藤只是想跟人交朋友，锻炼一下自己的社交能力。我甚至觉得想交朋友这种可能性更大一些，只是斋藤的措辞不太对，引起了大家的误解。但当时问"你怎么了？"的那个人，却没追问一句"你遇见什么了？"就妄下结论，在背后嚼舌根，他的行为更恶劣。

但本质上来说，无论斋藤遇到什么，我都无所谓。到底是什么样的相遇，让她整个人都变了呢？虽然让我有点在意，不过斋藤的秘密并不能填补我内心的无聊空虚。还是先别管什么斋藤了，眼下还有更重要的事情做。

第二轮测试，已经进行两个多月了。自从上次跟蒂夏聊过和泉的事后，我俩在候车室又见了五次，也讨论了很多，但仍然没能推断出两个世界之间的同步之处。不过好歹弄清了一点：两个世界，至少我所在的地区跟蒂夏住的地区，天气是同步的。如果我这边是晴天，蒂夏那边也是晴天；这边下雨，那边也下雨。我也曾想过，会不会两个世界各自对应的地区，气候是完全相同的。但两个世界的地图看起来又完全不同，哪个国对应哪个国，查证起来耗时耗力，我俩根本没有那么多时间。

蒂夏之前还做过一种假设：会不会互相影响的只有我们两个人，而不是两个世界？

从天气同步这点来看，蒂夏的假设有几分道理，但也不能说就一定是这样。我俩继续采取着跟往日里不一样的行动，但真正有相关反应的，只有少数几个。大多时间，我俩过着完全不同的生活，并没有发现彼此之间的互相影响有什么规律。

我俩之前做过的另一个假设——通过自发行为可以人为控制对彼此的影响，现在看来也不成立了。

我故意把左右鞋子穿反去上学，大批量采购平时不买的点心，试着给田中家的狗乱喂食物，做了一系列的测试，都没有意义。但两天后见到蒂夏时，我俩之间却有了一个微妙的一致：我的袜子两天前破了，刚好那一天，蒂夏换了一双新鞋。

这一切到底是怎么回事啊？

也就是说，毫无收获，这两个月算是虚度了。

虚度，是的，我不得不承认这两个月是在虚度光阴。

我不能因为这两个月很开心，就忽略毫无进展的实验。这可不是闹着玩儿，我必须严肃对待。

不能只图一时快乐，这类感情没有任何意义，必须丢弃。

也差不多该把自己的目的和真实想法告诉蒂夏了。我想借助这场相遇，让自己得到某种东西。它能让我凭自己把人生变得特别，让我的内心不再空虚，让我的人生变得特别，让我不觉得无聊。我想让它完全属于我自己，而不是只在这个心意相通的车站出现。所以我希望蒂夏能帮我尽快找到它，趁着我俩现在还能见面。

如果就这样告诉蒂夏的话，她会全力协助我的吧。比如，不断向我介绍那边世界的文化，极度乐观地说，我的特别之物，也许很快就能找到。

最近，我脑子里时不时会冒出这种念头：直接跟蒂夏坦白我想要的东西，也不失为一种选择。但我终究还是没说出口。

没说出口是因为……

只是因为自己太软弱了吗？

还是因为害怕蒂夏对我失望？

不，这些理由我都不信。虽然拼命说服自己相信，但不得不承认，我是个厌包。

因为一旦把想要的东西说出口了，有一点就会被蒂夏发现：我对这场相遇，满怀算计。

我害怕被她彻底厌恶。

我也不得不承认，蒂夏作为异世界居民，充满智慧和想象力。而庸俗的我，只是不想失去和她的友好关系。

结果就是，我俩每天都在这种冗长拖拉的验证假说中度过，"两人为何相遇""为何如此聊得来"，除了持续探讨这些话题，再无别的事情可做。

"怎么了？我眼睛里有什么东西吗？"

被蒂夏这么一问，我才发现自己盯着她的眼睛发呆好久了。本打算匆忙移开视线，但又觉得这种行为很没有礼貌，于是我把目光慢慢转向了满是灰尘的天花板。当然，我也是为了保护自己那微不足道的自尊心。

"抱歉，不是你眼睛的问题，我只是在想事情。"

"在香弥的世界里，持续看别人的眼睛，不礼貌吗？"

虽然她只是在问道德观，但我感觉自己像是被揭发了什么不正当行为似的，背上渗出了汗。

"这个没有明确的说法。但一直盯着别人眼睛看的话，被盯的人就会认为自己的眼睛是有什么问题，跟你刚刚的反应一样。所以在我们这边，人们一般不怎么盯着别人看，所以刚才我跟你道了歉。蒂夏你那边的世界如何？盯着别人的眼睛看会怎样？"

"在这边，人们想传达什么却不敢说出口的时候，就会盯着别人的眼睛看。香弥你刚刚在想什么？"

"嗯……我在想有没有什么法子，能弄清楚味道。"

"是啊，要是机缘巧合我被拉去了你那边世界生活的话，就得天天啃那些没味道的东西了。"

蒂夏眼睛的光点变细了，看来她是在开玩笑。比平时更鲜明的代表着眼睛的光点，渐渐暗淡下去。我想象了她的表情，但终究是想象。就算我再怎么盯着那些光点看，也看不见她的鼻子和嘴巴。

虽然还是各自坐在椅子上，但今晚，我俩挨得比平时更近一点。因为有互尝食物的实验。

如果仅仅是互相品尝食物的话，其实坐在和往常一样的位置上，交换东西就好了。可当我把卡路里伴侣[①]递给蒂夏时，出现了问题。卡路里伴侣穿过蒂夏的手掌，掉到了椅子上。同样地，蒂夏准备好的易保存固体食物，我用手也接不到。

蒂夏又靠过来了一点，然后直接把食物塞到我嘴里了。这时，我才反应过来，自己吃到了异世界的食物。这也太神奇了！虽然不明白其中的原理，总之先嚼了再说。

正当我品尝味道时，那种熟悉的感觉又来了。不管是嚼还是咽，我都尝不出是什么味儿。就像体验气味故事游戏那时候一样，大脑似乎没接收到味道的信号。但口感，感觉莫名熟悉。是什么呢？对了，像夏威夷坚果。我把自己的感受告诉了蒂夏。

这次，该我喂蒂夏吃卡路里伴侣了。考虑到我只能看到她的眼睛，直接试图把食物塞她嘴里可能会撞到她的脸，所以我递到她脸附近就停下，等她自己凑上来吃。蒂夏眼睛的光点，渐渐靠近我的

[①] 日本大冢制药公司研发的一种代餐饼干。——译者注

手，近得我指尖都能感受到她呼出的冷气。过了一会儿，卡路里伴侣变短了。实验前蒂夏就跟我说过，她是有牙齿的。

"尝出来了吗？什么味道？"

虽然看不到她咀嚼的样子，但貌似蒂夏嘴的位置，跟人类一样。

"尝不出来，但这种无味感跟你刚才形容的又不太一样。嚼也好，闻也罢，真的什么味道都没有。"

虽然我俩想表达的略有不同，但不管怎么说，如果尝不出味道的话，那彼此分享食物也就没什么意义了。

嗅觉不行，味觉也不行，看来异世界之间的文化互通，还是相当困难啊。在这种情况下，我们究竟能做什么呢？各种念头在脑海中翻腾了一会儿，我突然发现自己盯着蒂夏的眼睛，又开始发呆了。

"我刚刚也说了，如果蒂夏来到我这边世界时如何如何，可万一，我是说万一，有没有一种可能，我俩能去到彼此的世界？当然，我知道这是玩笑话。"

但摆在眼前的事实是：除了眼睛和爪子，我看不到蒂夏其他任何部位。因此，对于我俩能在同一个世界的可能，我已经处于半放弃状态了。

"也不能断言完全没有这种可能性。虽然不知道方法，但既然我俩能相遇，那么能去往彼此世界的某种契机，也一定存在。"

要真能去到彼此世界的话，那可太好了，没有比这更美妙的事了。如果真能体验异世界生活，在那里发现新奇事物，那可真是太好了，毕竟亲身体验远比从蒂夏那里听来的震撼。如果能去的话，我好想过去看一看啊。哦，不对，没有如果，我就是想去，愿望极其强烈，就算再也回不来也无所谓。

因为那边的世界里有蒂夏。

"香弥，你觉得哪个好？"

"欸？"

"香弥来我这里，和我去你那里。"

"这……"

这还用犹豫吗？我早就想好了，当然是……

"想去你那里，我这边无聊得要死。"

自己一直遮遮掩掩的真实想法，终于显露。虽然只有一瞬间，如遥远的流星般一闪而过，但确实暴露在了蒂夏面前。但即便是这短短几秒，我也无法原谅自己：刚才不该吐露真心的。

但一瞬间，我的脑海中又冒出另外一个念头：无所谓了，我去那里和蒂夏来这里，其实区别不大。

蒂夏扑哧一下笑了。我原以为是自己的愚蠢被她看穿了，但并非如此。

"我这边可能也很无聊哦。"

那边的世界，在她眼里是日常，是日常就不可避免地会觉得无聊。这么浅显易懂的道理，我竟然没想到。为什么呢？可能搜集到的信息太少了吧，那边的世界抽象且形不成画面。

"我哪个都无所谓。我去你那里也行，你来我这边也可以。况且你来了这边，还能有自己的屋子。"

蒂夏眼睛的光变细了。眼下这么近的距离，我可以清楚地看到她眼睛里的瞳孔。

"如果香弥你愿意待在这边的话。"

蒂夏之所以这么说，恐怕是发现了我一直藏在心中的丑恶念头。否则，她说的那些话，不可能这么贴合那家伙的心境，那个一直被我塞进体内深处的、丑陋的、见不得光的另一个自己。

"但如果去了你那边，食物没味道，也是个问题呢。"

"味道要是能慢慢吃出来，就好了。"

"刚出生的婴儿，也是慢慢适应后才能辨认出味道的。或许等我们适应了彼此的世界，就能尝出来啦。可是，会有那么一天吗？"

"难说啊。"

"可能性这东西是没上限的，各个方面都能延伸。即使我俩的世界之间做不到，也还有其他世界，在味觉上可以彼此进化适应。"

可是，为什么把时间浪费在讨论这些几乎不可能实现的未来上啊？我早就该在聊到一半时意识到的，为什么直到现在才反应过来？今天已经没有时间了，此刻的我，除了后悔还是后悔。

　　结果就是，除了确认味觉，我没得到任何有价值的信息。和蒂夏在车站告别后，我迎来了平平无奇的第二天。

　　"打工好累啊。"

　　"体力劳动当然累。"

　　今天跟邻桌田中之间的对话，还是那么没营养。斋藤放学后的"再见"，一如既往说得结结巴巴。到家后，我按照惯例换上运动装出门跑步。

　　一切和往常一样。

　　一天，一天，又一天，每天过得像复制粘贴的一般，我心中的焦虑也越发浓烈。

　　这期间吃了几次那边的食物，但味觉依旧没有进化。

　　照这样发展下去的话，和蒂夏相遇就没有任何意义了。和异世界的人相遇，手里明明攥着这么大的机会，可平庸的我却什么都没干成。时间正在一点点地流逝，笼罩在我身上的恐惧感越发强烈。

　　哦，不对，说起来，只有一件事跟以前不一样了。当然不是田中对打工产生倦怠这件事，我才不在乎她想什么呢。我指自从她一个月前决定开始打工，我就换了跑步路线。因为我之前作为跑步折返点的塔，旁边就是便利店，而田中就在便利店打工。为了不跟那家伙碰面，我特意换了跑步路线。

　　可好巧不巧，就算我换了跑步路线，田中依然"阴魂不散"。前几天，我在新的跑步路线上见到了一张熟悉的脸。不过我遇到的不是人，而是一只狗。房子看起来有些年头了，这边应该是后院吧。院子里的狗看起来跟谁都很亲昵，它看到了正在跑步的我。我不由得停下脚步，这只狗立刻凑了过来，狗绳被扯到了极限，项圈也绷得紧紧的。但狗没有叫，在我脚边不停地来回转圈，似乎是在催我摸它，这感觉似曾相识。于是我绕到主干道上，看了一眼门牌，没错，正是田中家。田中这会儿应该在便利店打工吧。

时间段和地点有了，跟蒂夏之间的"单方面不寻常行动"实验，就可以测试了。比如模仿田中，给狗喂东西吃。听说田中家是双薪家庭，父母都上班，所以这个时间段他们家应该没人。天时地利人和，要素齐备，完美。

　　我之前还担心，这只狗这么亲人，又独自在家，路人会不会不忍心看它寂寞，或者担心它被虐待，然后带走它啊？目前来看，并没有这种多管闲事的人。我随机换的这条跑步路线，正好会路过田中家后院，所以对狗的状态一清二楚。

　　今天也一样，我穿上运动鞋，牢牢系紧鞋带，朝着规划好的方向开始跑。

　　最近跑步时，我脑子里想的东西比之前更具体了。比如，怎样才能让自己的人生变得特别？自己能从蒂夏那里得到什么？我不断告诫自己：必须借这场异世界的相遇，完成点什么，这是任务。

　　靠味觉和嗅觉体验那边的文化，估计很难了。至于视觉，连看都看不见，更别谈体验了。那就只剩触觉和听觉了。可这世上并没有什么东西能让我触摸了就心动啊。如此一来，只能靠听了，听她说话，了解她的想法。既然如此，那就从最能代表一种文化的信仰入手吧。蒂夏那边世界的信仰是什么样子的呢？从她的只言片语中推断出整个信仰的面貌，估计不大可能。但能收获一些能代表信仰的新观点，也是好的。这些观点或许能改变我的人生观、价值观，甚至能改变整个世界。

　　等一下，之前蒂夏提到过的改变这边世界战争的方式，也算文化冲击吧，能推动社会进步的文化冲击。可我只是一名高中生，能做的事情有限，真要实现两个世界互利共赢的话，一定得具备惊人的能力和大量的时间吧。而且，把一切都赌在一个普通人身上，从各个方面来说都太危险了些。

　　如果我不瞻前顾后，直接把真正想问的一股脑儿抛给蒂夏的话，那我的目标应该很快就能达成吧。还是别了吧，感觉一旦这么做，眼下的快乐时光也会跟着消失。

啊啊，好憋屈啊！人为什么就不能大大方方承认对方对我是有价值的，是可以利用的？

在和蒂夏相遇之前，我是个把目的放在第一位的人。至于会不会被别人讨厌，我根本不在乎。

比如，当我察觉到自己是在假装恋爱后，就立刻跟和泉分了手，全然不顾她的感受；中学时没人跟我搭话，我反而乐得自在；上了高中，人际关系又变了，但周围依旧全是些无聊透顶的家伙。所以一直以来，我只为自己的目标而活，别人怎么看我，我根本无所谓。

但现在，我已经不这么想了。

我知道，把目的和维持关系混为一谈很蠢，但我还是抑制不住地害怕，害怕跟蒂夏之间的关系被终止、被切断。

啊啊，我好蠢啊。就算对方是异世界的人，我也没必要这样啊！我到底在害怕什么呢？抛开那些乱七八糟的顾虑，直接说不就好了嘛。

可就算我实现目标的意志再强烈，每次话一到嘴边，又咽了下去。

我一边跑，一边思考。时间过得很快，不知不觉中，我已经来到了田中家后院。当然，这个时间点她在打工。我打了声招呼后，那只叫小步的狗像往常一样来到了我脚边。我一只脚踏进后院，伸手抚摸小步的脑袋。考虑到小狗的健康，我没再乱喂它食物。跟第一次在后院发现小步时相比，我现在已经能跟它正常打招呼了。

教小步蹲下、握手。我其实并不讨厌狗，只是鄙视那些养了狗后就产生错觉的人。以为养了狗，自己的人生就会变得特别，变得有意义了吗？可笑。但对养狗人的鄙视并不影响我疼爱一只小狗，这两件事不冲突。

蒂夏的事情也是如此，把两者分开看就好了嘛。但我无论怎么努力，也做不到那样。

那样。

……

嗯？

那样？

那样是哪样啊？

我呆住了。

小步还是那个姿势：后腿站立，两个前爪被我握着。

刚刚，有什么可怕的东西从我心中一闪而过。

那东西走后，我恢复了呼吸，开始大口吸气，呼气。

抛开最终目的和对养狗人的看法，小步还是很可爱的。

比如我对饮食不感兴趣，但还是会觉得甜甜圈好吃。

比如我不喜欢跑步本身，可跑起来后会感觉很爽。

目标、想变得特别、想完成的事、怎么规划我的人生、相遇的意义、自己真实的想法能否压制得住。

跟这一切都没有关系。

是蒂夏本身。

我想她。

"啊！"我情不自禁出了声。

"汪！"可能是被吓到了，小步第一次在我面前叫了一下。

我这才发现自己刚才握得太紧了，弄疼了它的爪子。

"对不起……"

虽然是对小步说的，可这句道歉却像刺一样，扎进了我心里。联想到迄今为止，自己的所作所为，我有些愧疚。

虽然没有剧烈运动，但我却全身冒了汗。

体温上升。

内心深处的某种情感呼之欲出。

我拼命挖掘着记忆深处，不断回想、回想、回想。

为什么？

究竟是什么时候开始的？又从何而来？

把所有的事项逐个确认，并一一排除后，我想起来了。

当初对蒂夏讲述前女友和泉的事时，就是现在这种感觉。

当时心脏的那种悸动，身体的那种恍惚轻飘、无法安定的感觉，那种感觉，那种感觉，是如此的……我现在的心情，和那时候一模一样。

这种感情已经生根发芽，单靠意志和目标已经抑制不住了。

"不会吧。"

眼下周围并无旁人，我的自言自语，如石沉大海一般，无人回应。

除了无聊，我内心深处又生出了另外一种情感，一种从未有过的巨大情感。我伸手试图将这种情感揪出扔掉，却被它刺破身体，疼得呻吟不断。不行，绝对不能让这些侵占我的身体，我拼死也要守住。可这种操作太耗神，我感觉大脑已经缺氧，脑中的血液几乎要被吸干。

这种感觉……

不，一定是我弄错了，这不可能。

怎么回事？我早就对这类情感没兴趣了啊。

所以，这应该不是对蒂夏个人的情感。

我不过是对来自异世界的特别生物，产生了一丝好奇罢了。

嗯，一定是这样。

可是……

如果……

假如，我是说假如，要真是那样的话，那可就糟了。

我……我的存在本身，就阻碍了目标的达成。

没有比这更糟的了。

……等一下，其实还有救，这是我仅剩的安慰，也可以说是不幸中的万幸。

如果这份感情真的是对蒂夏个人的，那我也没让她看出一丝端倪。

蒂夏她根本不明白。

因为即便我用尽所有词来形容，蒂夏也没听懂，她根本没那个概念。

虽然它一直在我体内滋生暗长，但它的真面目，蒂夏绝对发现不了。

太好了。

这份情感还是先埋在心里吧,不必让她知道。

无论我心中有怎样的情感,只要没被人看破,就没有任何问题。

可奇怪的是,这种紧张感跟以往明显不同,我清清楚楚地感到后背有汗,耳朵深处像针刺般,火辣辣地疼。

已经记不清这是第几回了,我憎恨自己的不上不下、拖拖拉拉。哦,不对,我甚至连憎恨和失望的力气都没有了。

"你怎么了,香弥?"

蒂夏在呼吸,她就坐在我旁边,正在看我。

她是如此的真实。

刚才一时走神,忘记回她话了。事到如今我已经不打算再遮遮掩掩——是,蒂夏的出现,让我的心乱了。

"抱歉,我在想事情。"

"你在想什么?"

在想你,还有愚蠢的自己。跟感情这种不可控的东西对抗较劲,我真是蠢得可以。

"想你的事。"

可能是想试探下她的反应吧,又或许是想测一下自己的勇气,所以我先说了实话,没有任何隐瞒。

"我的什么事?"

这里是公交车站,把自己内心所想就那么直接展露出来,应该没关系吧,反正对方也听不懂。但我做出了不同的选择,我决定接下来暂且隐藏真实的自己。之所以这么做,是怕说了真话,今天的话题方向会发生偏移,对话节奏会被蒂夏带着走。如此一来,时间又会被浪费掉了。既然她注定理解不了,那我也没必要说。

虽说要隐藏真实想法,但我也没打算撒谎。于是我把内心的想法,做了下加工。

"在和你见面的这段时间里,我在想,我们的相遇除了带来喜悦,还有没有别的什么意义。怎么说呢？比如改变彼此人生之类的。"

"哦，我懂了。原来香弥你在寻找意义啊。"

"寻找意义？"

"嗯，我不怎么追求意义上的东西。能跟你相遇，能跟你一起度过时光，对我来说就已经足够。我之所以做各种测试来验证两个世界的彼此影响，也是因为实验本身很有趣。可香弥你却想从这场相遇中创造一些别的价值。"

"意义，难道对你来说是多余的吗？"

"不不，我没有谴责你的意思。这个世界，一定是靠有追求的人去推动的。香弥，你也许能推动我们两个世界的运转。"

"推动世界略夸张了，改变一些小事或许是可以的。啊，但我也很珍惜这场相遇，借用你的话说。"

这是真话。

遇见蒂夏也好，跟她一起度过时光也罢，对我来说都很特别。这场相遇，甚至可能会改变我的人生。至于会以何种形式改变，我却没有什么眉目。由于奇妙的情感的遮挡，我的视线也变得不清晰，失去了目标感。

我也想过，要是蒂夏这一存在本身就能帮我摆脱日复一日的无聊，倒也不失为一种意义。要是这种状态能永远持续下去，那就更好办了。因为能永远见到她，我就已经很满足了，自然也就不必再寻找什么别的意义了。

可现实却残酷得很。人与人的关系，不可能永远牢固不变，谁也不知道它什么时候会断。

我追求的是一种更为持久、永恒的东西：持续不间断的特别、永远的热烈亢奋。

因此，就算今天才萌生的微妙情愫，演变成了对蒂夏个人的巨大感情，我也不会幸福。我必须找到一些比相遇更牢靠的东西。有了这些东西，就算将来有一天她消失了，我也能泰然处之。

感情这种东西只是一时的安慰，不仅没用，还会妨碍我做各种决断。我决不能这么轻易地陷入一段感情。

"那这段时间有何意义,你找到答案了吗?"

"两个世界对彼此的影响力究竟是什么,我暂时还没弄清楚。所以从目前的状况来看,只能靠直接交流来寻找意义了。嗅觉和味觉已经试过,无法互通,但声音能,我俩能听见并听懂彼此的话。所以我在想,有些东西是不是必须靠语言才能传达的。就像之前蒂夏你说的那样,语言创造了我们各自的世界。"

靠语言传达的东西,不是温柔、激情等这种无形之物,而是可以互相渗透价值观,甚至可以提升人生价值的某种东西。虽然我现在不知道它是什么,但如果把语言和各种信息混在一起进行交流,或许能帮我更快找到意义。

对于我刚才的回答,蒂夏会作何反应呢?只见她把手指并列起来,只留一个光点凸出着。凸出的光点,应该是她的食指吧。她把食指放在了脸颊的位置,嗯,应该是脸颊。

"靠声音传播的东西吗?我想想,故事倒是符合条件,但讲故事很耗费时间呢。"

"确实。但要是民间故事的话,传播起来很快呢,几分钟就能讲完。"

"什么故事?"

挑个经典的吧,于是我把桃太郎的故事[①]讲给了蒂夏。听完后,蒂夏陷入了思考:《桃太郎》这个故事,意义何在呢?

"有人能帮忙的话,就该开口求助。是这个意思吗?"

"虽然协助者是动物,但有总比没有强。又或者是这个意思?"

她在说什么啊?

这次该蒂夏讲故事了。

---

① 《桃太郎》是日本家喻户晓的民间故事,讲述了从桃子里诞生的桃太郎,用糯米团子收容了小白狗、猴子和雉鸡后,一起前往鬼岛为民除害的故事。

"挑一些正统的、被大众熟知的故事讲吧。"我提议道。

应我的要求，蒂夏讲了某个人在水边小镇上卖水最后赚了大钱的故事。大意是告诫世人：想成事就得动脑筋想办法。

这个故事与《桃太郎》相比，多少值得一听，但我也没什么新收获。类似的故事在我这边也有，且多如牛毛。

"故事暂且先放一放，还有没有别的声音传播形式啊？"

文化这种东西，果然还是得靠历史和宗教，光靠声音传播太单一了。

正当我思考之际，旁边的蒂夏"啊"地叫了一声，好像突然想到了什么。

"会不会是歌？"

"歌？"

"嗯，既然嗅觉和味觉无法传达，但是如果是歌的话，或许可以呢。"

"哦……"

歌啊，以前我曾经到处找歌听，希望能借迷人的音乐来改变我的人生。那段时间，我还沉迷于读书，至于音乐和读书谁先谁后，我记不清了。那时候的我，还妄想靠别人的创作来摆脱无聊。结局显而易见，我很快就厌倦了。音乐也好，看书也罢，也就那样。

"你不喜欢歌吗？"

我本来想回答不喜欢，但转念一想，蒂夏那边世界的歌曲含义可能跟我这边不一样。不了解情况就擅自否定她的提议，略有不妥。

于是我附和道："以前听过，不过很快就没了兴趣。但你那边世界的歌，我还是很想听一听的。"

说完，我感觉自己好像在催她唱歌似的，开始不好意思起来。

"那我们试试唱歌吧。"

我只是想听一听异世界的歌而已，并无他意。

"那我们开始吧，你能稍微靠过来一点吗？这里禁止大声唱歌。"

等下歌声会很小，要凑近一点才能听到，她是这个意思吧。这个动作我之前也做过，当时很轻松就靠过去了，可现在我却觉得身体格外沉重，坠感是平时的两倍。可能是心理作用吧，我感觉心中的萌芽一直在往上爬，连根也扎得更深了。但我还是强撑着往右挪了挪，因为不想被她看见自己狼狈又不知所措的样子。

蒂夏缩短了同等的距离，靠向我这边。

我右臂清楚地感觉到了动静。换作平时，我对旁人这种程度的动作并不敏感。但现在，我清清楚楚地感觉到了空气的流动，她在动。

靠过来的蒂夏，气息太过真实浓烈，以至于我一直目视前方，不敢扭头看她的脸。我以为自己能保持这个姿势，坚持到最后，但失败了。

"我开始唱了哦。"

距离近到哪种程度呢？我这么说吧，她声带的振动，直接变成了我耳朵鼓膜的振动。

悲鸣一样的东西瞬间吞没了我。回过神来，我发现自己的身体已经从她身边抽离。我看着她的脸，就在前几秒，我的耳朵还在她眼睛光点附近贴着呢。

"怎么了？"

蒂夏歪着头，一脸不解。为了不被她察觉，我用嘴唇边缘慢慢地深呼吸了一下。根据爪子的位置，不难看出她现在坐得离我很近，前所未有的近。

"比想象中的还要近，吓了我一跳。"

"这样啊，抱歉。正常唱的话确实会很大声，不过你放心，这么近的距离，我会很小声，也不会咬到你，回来吧。"

蒂夏的双眼变细了。我移开视线，不再看她的脸，慢慢把身体移回了原来该在的位置。我依旧面朝前方，只转动眼珠瞥了眼旁边，蒂夏就在那里，几乎贴着我。在蒂夏的表情中，我唯一能看见、能读懂的就是眼睛，现在眼睛的两个光点就在我耳边浮动着。

至于我看不见的部分，又展露着怎样的感情呢？

"我要唱了哟。"

耳边响起了一段长长的吸气声，紧接着，一阵吐出的气息掠过我的脸颊。

> 空虚的世界里
> 空虚的心正在被填满
> 只有共同罪恶感的重量
> 才能描绘爱的轮廓

说是歌声，其实更像附耳低语。她的声音虽小，但极具穿透力，令我浑身一颤。本来我还担心，要是歌词里有那边世界独有的词，会不会出现干扰噪声什么的。但事实上并没有，每个字我都听得清清楚楚。可这个旋律，该怎么形容呢？我从未想过会是这种曲调，传到耳朵和大脑时，有种粗糙的颗粒感。虽然旋律还在大脑里回响，但要让我跟着哼唱一遍的话，我肯定做不到。

歌听起来很舒服，我感受到了蒂夏声音的另一面。

唱完后，覆盖在蒂夏身体表面的体温，也不能这么说，应该还是皮肤吧，慢慢从我身边退离。我小心翼翼地转过头，她的眼睛就在那里，离得不远。

"不知道唱得好不好。"

面对蒂夏的谦虚，我把自己刚才的感受如实说了。

"哦哦，原来是这种感觉呀。"

"嗯，刚才那首，在你那边属于哪种歌？比如儿歌，或者知名歌手的歌？"

"路边听到的歌，最近外面经常放。听了很多次，就学会了。"

我以为蒂夏应该会选一些童谣和老歌来展示自己世界的文化，结果她竟然选了一首在路边偶然听到的歌来唱。但细细想来，蒂夏这种性格，对自己的出生地不感兴趣，甚至连自己的生活都能随便对付着过，自然也不会把"从小就熟知"当作筛选理由。她选歌选得这么随便，也在情理之中。

"香弥，能让我听听你那边世界的歌吗？"

"啊，嗯。"

事先做好了准备，所以我痛快应下了。等价交换，也容不得我拒绝。

"照着你刚才的操作重复一遍就行，对吧？"

"嗯，声音别太大，我相信你可以的。"

确实没问题，因为我平时说话声音本来就不大。

"能否帮忙指一下你耳朵的位置？我看不见。"

"这里哦。"

蒂夏眼睛的光消失，手指中的一个光点开始浮动，在我视线稍微靠下一点的位置停下了。这个光应该是她的食指吧。她之所以闭上眼，也是为了避免我受眼睛光点的干扰，方便我更快找到耳朵的位置吧。

越犹豫，境况对我越不利。必须赶在心被咬住，无法动弹之前，把歌唱完。虽然刚才蒂夏靠过来的距离近得让我吃惊，但接下来要用同样的音量唱歌的话，我必须跟她靠得和之前一样近。于是我朝着蒂夏耳朵所在的位置，慢慢把脸靠了过去。

在黑暗中，我朝着唯一的印记小心翼翼地靠近。因为担心自己呼出的气息会引起蒂夏反感，我还刻意压抑了呼吸。

差不多到耳边的位置了吧。但当我反应过来时，已经晚了。

鼻尖碰到了柔软的东西。

"抱歉。"

我慌忙后退，蒂夏微微睁眼看向了这边。

"怎么了？"

"我没把握好距离，碰到了你的耳朵，应该是耳朵吧？实在对不起。"

"在香弥的世界里，碰到别人的耳朵，很不礼貌吗？"

"也没有不礼貌，我只是担心你会反感。"

"突然被人碰到耳朵，确实会吓一跳。但我事先知道香弥你会靠近，已经做好心理准备了。况且你不是陌生人，也不是我讨厌的人，所以没事的，不用道歉。"

说完，蒂夏又调整回刚才的姿势。

"要是距离很难把握的话,你可以先用手指摸一下,确认好耳朵的位置后再靠过来,不就好了吗?"

面对她的提议,我犹豫了两秒后,战战兢兢地把手伸向了她指的位置。

我得小心些,别让指甲戳到她了。指肚总算碰到了有触感的某个东西。这到底是耳朵的哪个部位呢?我一边在心里默念着"不好意思",手指一边往下游走。冷冰冰的,软软的,应该是耳垂。那刚才的部位应该就是靠上的耳软骨。她耳朵的形状,应该跟人类差不多。

摸耳朵是最安全的一种触摸方式,应该不会把蒂夏弄疼吧。但我还是尽可能放轻力道,捏了捏她的耳垂。虽然看不见,但她身体的其他部位确实就在这里。她是短发呢,还是扎了马尾呢,又或者她根本就没头发?虽然好奇,但我还是没敢摸她的脑袋确认,毕竟突然摸别人脑袋很没礼貌,至少在我这边的世界是这样。头发的事先放一边,等找到合适的时机再问也不迟。

蒂夏放下了指着自己耳朵的手。

我用手捏着蒂夏的耳朵,把嘴慢慢向她靠近,这次可别再撞到她了。

"我开始唱了。"

离得这么近唱歌,看起来当然像贴身耳语。我的羞耻心提到了嗓子眼儿,堵得慌。于是我看向别处,假装清嗓子,咳嗽了一声后,放开了她的耳垂。

我几乎不怎么在人前唱歌,顶多也就是在音乐课上偶尔唱两句,或者中学交友特积极那会儿被人拉去唱K。我做梦也没想到,有一天自己竟然会为某个人唱歌。

可以的话,我想尽可能回报蒂夏。我也选一首最近常听的歌来唱吧,可这段时间我好像不怎么听音乐,非要算的话,顶多也就是听过收音机里的背景音乐。唱童谣的话,感觉又不太对等。对了,之前假装沉迷于音乐那段时间,我还是学了一些歌的,就从那里面挑一首唱吧。唱整首的话,她可能会听倦,还是只唱副歌部分吧。

唱完,我的嘴马上从蒂夏耳边撤离,退到了"安全范围"。蒂夏慢慢睁开了双眼。要是主动开口问她感受,会显得我上赶着求着她评价似的,还是保守一点,等她先开口吧。

她对我的声音,到底是什么感觉呢?

"香弥的声音,透明又坚定,听起来情绪饱满,很有穿透力呢。"

老实说,我的心意只是在物理上穿过了两个人的身体,蒂夏并没有听懂。但她的形容,还是惊到了我。

"我的感受跟香弥你差不多。就像你说的,虽然能听懂彼此的歌词,但旋律很奇特。不过能更强烈地感受你的声音,真是太好了。"

"啊,我也是。"

真卑鄙。

刚才蒂夏唱完时,我虽然照实说了自己的感受,但唯独漏了对蒂夏声音的看法。因为我觉得一旦对蒂夏身上的特征发表看法,就会暴露自己很关注她这一事实。被软弱支配的我,最终没说出口。

而现在,我竟然用"我也是"这种形式表达自己的心意,真是太卑鄙了。

我的声音究竟如何暂且不论,但有一点我很清楚:自己的心意,绝不像她说的那么透明,也不坚定。

"香弥世界的歌,歌词排列虽然很美,但这边世界也不是没有。如果歌曲真的有意义,那应该在旋律里。可就像你说的,旋律听起来很不可思议,且无法跟着哼唱。"

"哦哦,看来唱歌也没什么意义啊。"

"嗯,但我很开心哦,对我来说,这就是有意义的。"

我也很开心。

如果我这么回答,那现在的画面应该很和谐,我俩心意相通,相视一笑。但我绝不能这么回答,我不能把开心说出口。

"总之全都试一下也好,又没什么损失。"

没错。试过后至少明白了一点:互相不通的音乐,没有意义。比如,新出了一首歌词价值极高的歌之后,我们在交流时只需把歌词告诉对方即可，没必要唱出来。如此一来，这应该是我最后一次听蒂夏唱歌了。一时间，我竟然有点舍不得。

"香弥，你有没有想过把周围变成自己想要的样子？"

此时，我俩还维持着唱歌时的距离，所以她的问题像子弹般，突然从旁边飞射过来，令人猝不及防。我俩今后再也不可能像现在这样，坐得这么近了吧。但我很快打消了自己这个可怕的念头。

"周围？我没怎么考虑过。其他人怎么样，我都无所谓。"

虽然他们很无趣平庸，但我无意干涉他人的活法。不管生还是死，只要不给我添麻烦，我就当看不见、听不见。

"为什么这么问？"

"刚才我也说了，感觉你好像有什么目的。两个世界对彼此具体有什么影响，我不是很清楚。但我在想，有没有什么事情，是我在这边世界能为你做的？"

"……没有，嗯，谢谢。"

蒂夏很温柔，可我清楚得很：人的无聊，并不会因为温柔而减轻分毫。

"蒂夏，你有吗？希望自己周围变得如何如何之类的？"

"嗯——"

距离如此之近，以至于我的心脏也跟着她的犹豫，微微震颤。

"我的想法跟你一样，大家过好各自的生活就行了，别过度介入，互相打扰。如果非要说一个对周围的愿望，顶多也就是××那种程度吧。"

最近，我感觉听不清的单词明显减少了。可能蒂夏为了照顾我，尽量避开了生僻词吧。

"抱歉，有个词我没听清。"

"动物，就是之前咬伤我腿的家伙，就在我家附近，偶尔会叫，会跑过来追着我跑。它要是能走开，去别的地方就好了。"

可能是想象力太匮乏了吧，有那么一瞬间，我竟然觉得她的烦恼很可爱。其实我不该瞎揣测，毕竟那家伙的体形、凶暴程度我都还不知道呢。虽然蒂夏说的时候语气淡然,但说不定她很害怕,正束手无策呢。

面对如此温柔的蒂夏,我真的好想为她做点什么啊。但我的这份心意,只不过是一个正常人在一场等价交换里该有的反应,没别的意思。

"但是,我的愿望也仅限于此了。我有自己的宝贵房间,也有时间跟你和其他朋友见面,我对这些都很满意,没有想要改变什么。"

论起战争的话,当然是蒂夏的境况更紧迫些。我也曾真心祈祷过:要是战争消失就好了。可面对巨大的战争,我这边再怎么努力,再怎么施加影响,也改变不了什么。所以,蒂夏刚才没开口求助战争的事,我反倒松了一口气。我不想体验那种想帮忙却帮不了的无力感。

等一下,我刚刚都在想什么啊?不是我自己主动问她愿望的吗?现在又怕她许的愿望太大自己做不到。听到她的愿望很平常后,我又暗自松了一口气。嘴上说着想帮她,到头来还是只考虑自己。

真够无耻的。

"那个,动物的事情,我会想办法解决的。希望你周遭的环境能变得好一点。"

虽然没想出什么好点子,但我还是妄自许下了诺言。

"谢谢,不过就算你什么都不做,也没关系。你待在我身边,对我来说就有意义。我希望你明白这一点。"

她的话直白而恳切。此刻,我已经全然明白,嗯,一定是。

这份感情,究竟能遮遮掩掩到什么时候?连我自己都搞不清楚了。

考虑了一晚上,第二天,我决定立刻采取行动,为了蒂夏。让蒂夏为难的动物,又和我有关,跟这边世界对应起来的话,貌似只有小步了。之前我随便喂它东西吃,貌似没有影响蒂夏的世界。不过关于两个世界对彼此的影响，暂时还没找到任何规律。所以换个角度想，不管怎么做都没有损失。

我打听到田中今天放学后也会去打工。好机会，我决定现在就去见小步。

这次不是为了摸小狗的头，而是做一些调查：小步的项圈、连接项圈的牵引绳、小步在什么情况下会叫。

为诱拐做准备。

虽然诱拐的念头十分强烈，但也没有必要弄得那么夸张。况且能不能影响蒂夏那边的世界，还不知道呢。先把小步拴在某个地方过上一夜两夜吧，看看那边世界咬人的家伙会不会离蒂夏远一点。嗯，没什么大不了的，我只不过是在做实验而已。

等田中家发现小步"逃走"过一次后，或许会在后院门口围上栅栏，防止它再次跑丢吧。这一举动或许同时也会影响蒂夏那边的世界，要是那个咬人的动物能就此被管好，自然再好不过了。

跟往常一样，小步听到我的脚步声后立马蹦起，从院墙后头伸出鼻头，摇着尾巴欢迎我。

我走到小步面前，停下脚步，摸了摸它的脑袋，算是打招呼，同时扫视了一下旁边的狗屋和项圈处伸出来的绳子。到时候，尽量把现场弄成小步自己挣脱逃跑的样子吧。

我翻起小步脖子上的项圈看了一下，系得很松，跟人的腰带似的可以调整松紧度。把项圈摘掉后，再扣回原来样子的话，看着确实像小步自己挣脱跑丢的。

可怎么带它走呢？我一边思考，一边把手伸到小步肚子附近，抱起了它。

太好了，幸好小步不是大型犬。我还以为小步会大声叫，可它没有，一声不响地乖乖坐着。虽然轮不着我这个外人担心，不过这家伙作为看门狗，真的没问题吗？

我试着解开项圈，这期间小步也没有乱闹，它看起来好像兴致不高。总之，这样一来，借走狗和还回狗，应该都没问题了。当我重新扣回项圈时，小步用鼻子靠近我的胳膊，哼哼了两声，也没咬我。要是狗能听懂人话，我真想跟它说一句：喂，你倒是多点戒备心啊。

找个机会晚上再过来一次吧，确认下田中家的熄灯时间。

按照田中家的生活习惯，说不定她今晚也会带狗出门散步。接下来就只剩场地了，我必须好好想一下把小步拴在哪儿。

大致的计划敲定后，我开始了行动。

当天、第二天、第三天，晚上从车站回家时我都会去田中家看一眼，每天错开一个小时过去，以便摸清田中家的熄灯时间。可连续几天，我都未见过田中家熄灯。最晚去的那一次，只有二楼的灯亮着，是不是田中的房间我不清楚，但我看着二楼的光景，突然生出一股邪火。田中啊，你这家伙不是总在上课时打瞌睡吗？那你倒是早点睡啊。

看来只能先回家，改天再来了。下次找个半夜的时间溜出来吧，可一想到还要行动隐秘，不能吵醒家人，我就头大，真麻烦。

蒂夏不在的日子，第四天，我的上学时间，也如复制粘贴般，一如往常。到教室时，我发现角落里的斋藤竟然在和田中她们有说有笑的。虽然没兴趣，但眼前的光景过于异常，想忽视都难。

入座后，我开始盯着桌子看。本打算像平时一样屏蔽周围，埋头探索自己内心的。可今天，我却竖起耳朵，偷听起了田中她们的聊天内容。既然要带走小步，多了解了解它的主人总归没错，说不定还能搜集到一些有用的信息呢。

可听了半天，毫无收获。大清早的，白白浪费了注意力。

"啊哈哈哈哈，小步真可爱！"

田中她们还在旁边叽叽喳喳说个不停。

我像往常一样一动不动地坐着，静待午休时间流走。

好像是田中正在炫耀她家小狗的视频。要聊天上外面聊去！我心里开始烦躁，同时又想到这三天田中一直没去打工，小步现在的状况如何也无从得知。

偷偷瞟一眼视频吧。但我刚一扭头，视线就跟田中撞上了。

"干什么？你想看小步啊？"

"……太吵了，我正想说你们来着。想聊天上外面聊去。"

"哈？现在是午休时间，你想清静就去图书馆啊。"

虽然语气很让人窝火，但田中的话也不是没有道理。我双脚着力，打算起身离开。这时，眼前突然出现了田中的手机画面。

田中把手机对准了我。

"看，我家毛孩子可不可爱？"

我下意识地看向屏幕。手机里，小步被一条旧浴巾包裹着，滚来滚去。主人田中的笑声像背景配乐一样在随着画面播放。太好了，看起来精神不错。当然，我说的是小步。

"可爱吧？"

的确可爱，但我正在气头上，实在不想搭理田中，便什么也没说，起身离开了。身后的田中不依不饶："搞什么啊！"

这时，旁边的人劝她："哎呀，别跟他一般见识，铃木跟谁说话都那样。"

跟田中起冲突后，有好长一段时间我都没找到合适的机会拐走小步。候车室我也去了好几次，还是没见到蒂夏。我的生活又恢复了日常状态——单调无聊。梅雨季已接近尾声。说起梅雨季，之前有报道说过，这边世界的战争差不多会赶在梅雨季结束前打完。可最近又听报道说，战火可能会蔓延到日本。

自从上次在蒂夏面前说过大话后，我的计划一直没什么进展。直到两周后，我才拿到一些有用的信息：听说田中下周六会去朋友家过夜。既然田中不在，那她家的熄灯时间就会比平时早很多。而且幸运的是，这个消息我并不是从田中本人那儿听来的。所以事发后，应该怀疑不到我头上。

计划实施的当晚，刮着我熟悉的风。要不是大脑里那一丝兴奋吊着，我还真有种夜晚散步的错觉呢。跟以往的踩点不同，我今天骑了自行车。

之前买的小狗用品，我都提前放在了某个候车室，有项圈、牵引绳，还有装狗粮和水的塑料碗。其实在这个车站等到半夜，直接去田中家也行，但我又觉得一直干等有些浪费时间，还是去找蒂夏聊聊天吧，赶在十二点前去田中家就行。虽然现在去另一个候车室，能见到蒂夏的概率很低。

幸好今天没下雨，这样小步就不会被淋湿了。再说，如果真遇上下雨天，小步可能就被主人抱进屋里了。

摸黑到了另一个候车室，停好自行车，我像往常一样打开推拉门。

蒂夏不在。

本来还想跟她聊聊今天的诱拐计划呢，明天她家附近的凶暴动物可能会发生某种变化，请她记得观察下。可惜她不在，算了，这些东西等下次见面时再说吧。

我坐在长椅上，脑海中模拟着诱拐小步的各种细节。说起来，之前我俩再怎么做实验，从来没有对彼此的世界造成伤害。这次的行动计划，可以说是第一次伤害他人。但为了保护蒂夏，这也是没办法的事。当然，我担心的倒不是田中那家伙，而是小步。虽说只诱拐一天，但小狗是无辜的。乍一下从自己熟悉的地方离开，它肯定会紧张吧。唉，当初就该再多买点宠物小零食。扯远了，等成功拐走小步后，再考虑这些吧。

最近，我逐渐摸清了一点：如果十一点半后，蒂夏还没出现，那她当天大概率是不会来了。

安静的时间，独自一人，候车室。

再看表时，十一点半已过，她还是没出现。我心情稍微有些失落，但坦白讲，蒂夏最近没出现，我反倒落得轻松些。我可不想看到自己再被奇怪的感情搞得狼狈不堪。

十一点半已过，我拿起东西，走出了候车室。

今天我第一次感受到了，乡下有乡下的好处。这要是在人来人往的大街上拐走狗，估计很快就会有人报警把我抓住。

前几天我还听蒂夏讲，她住在一个人很多的小镇，还讲了一些当地的风土人情。我根据这些线索上网搜了一下，并没有找到这边世界相对应的地方。

我骑着自行车，飞奔在忽高忽低的柏油路上。要是训练的话，这种坡度刚刚好。下坡时，风扑满了全身，夹杂着新鲜空气，凉凉的，很舒服。

中途还遇到了一台孤零零的自动贩卖机，在那里买了水。我脑海中模拟着带走小步的场景，不禁加快车速，一路飞奔到了目的地。

周围一个人都没有。我找了个稍远的地方停好自行车，小心翼翼地朝田中家靠近，轻手轻脚，尽量不发出任何声音。快速瞟了一眼，一楼和二楼都已熄灯。我又悄悄绕着房子转了一圈，从大门口往里看去，果然一片漆黑。即便如此，我还是不放心。这两辆车应该是田中父母的吧，白天的时候还没有呢。小步一旦乱叫，我必须马上逃走，一分一秒都不能迟疑。

我绕到后门，看到了小步。它正姿势优美地趴着，仰望天空呢。今天是满月。

还没来得及打招呼，我就被小步发现了。它转过头，小鼻头一扭一扭，起身朝我靠近。虽然没有路灯，但月光下的小步，表情清晰可见。它看起来状态不错，很有精神，太好了。

刚才那些都是前戏，接下来才是成功的关键。虽然摘项圈这个动作我在白天已经练习过很多次了，可现在是半夜。练习和实战，只要一个条件对不上，就有变数。如果此时此刻小步把我当成可疑的人，也没什么好奇怪的。话说回来，我确实很可疑，所以就算小步叫了，我也不怪它。

怀揣着不安，我开始了操作。摘项圈时，小步全程都很配合，一声都没叫，也没动。为了把现场伪装成小狗自己挣脱逃跑的样子，我还得把拆开的项圈重新扣好。在这期间，小步依旧保持着坐姿，在旁边等着我。

看着小步乖巧的样子，我又生出了别的担忧：这家伙对陌生人也太没戒备心了吧。

话虽如此，今天计划的实施也太过于顺利了，各方面条件简直不能再完美了。我抱着小步，悄悄离开了田中家。走到自行车前，我小心翼翼地把狗放进了车筐。

车筐虽然看起来很小很拘束，但聪明的小步马上收起四只小脚，蜷缩成一团坐了进去。为了防止小步乱叫，我给了它一个耐嚼的零食。看样子它很满意，于是我趁机把提前备好的新项圈戴在了它脖子上，扣上牵引绳，把绳子的另一头绑在车筐上，跨上自行车，再次出发。

本以为这次"绑架"会困难重重，没想到这么容易。我心里甚至空落落的，生出了一丝沮丧。

来时路上还是能碰上几个行人的，为保险起见，返回时我选了一条人更少的路。我骑着自行车，朝着目的地一路飞奔。我也曾想把小步带到很远的地方，但毕竟调查两个世界的影响力才是首要任务，还是拴在附近稳妥些，但又不能离我家太近，否则会惹人怀疑，到时候可就麻烦了。于是最后我选了某个候车室，这是我在跑步时无意发现的。

进山了。这座山白天还是一片翠绿，到了晚上就只剩下黑黢黢一片了。小步抬头朝我叫了几下。作为一只狗，终究是第一次来山里，面对陌生的道路，它可能有些不安吧。但从音量上判断，这叫声应该不是指责，更像是疑问：你要干什么？

可能这个想法过于天马行空了，我甚至觉得，自己骑车带着小步在山中飞奔的样子，像一对逃亡的难兄难弟。

行至一处陡坡，我站起来使劲蹬，一口气骑了上去。映入眼帘的，是一个公交车站。车站破旧不堪，周围很暗，旁边还附设了一个岌岌可危、随时都可能坍塌的候车室。虽然环境很相似，但这里并不是我平时跟蒂夏碰面的那个车站。这个车站是我最近刚发现的，当时为了给小步找地方，我在附近漫无目的地闲逛，偶然间发现了这个车站。和见到蒂夏那个车站一样，这里已经被废弃了，早就失去了停靠站的功能。傍晚跑步时，我来这边观察了好几次，跟见到蒂夏那个车站一样，这里很少有车和行人通过。因此作为小步的藏身之地，这里再合适不过了。

虽然都是候车室，但还是略有不同的。我打开推拉门，把小步抱了进去。当我把绳子往椅子上拴时，它依然很乖巧地在旁边等着。

"委屈你了，就待一小段时间，完事后我马上送你回家。"

我拿出之前在便利店买的两个塑料碗，一个放了些零食，一个倒了矿泉水，放到小步面前。

好了，目的已达成。我走出候车室，关上门。

正当我跨上自行车准备离开时，耳边传来了小步的叫声。不能心软，我立即踩上脚蹬，踏上了回家的路。

原本打算让小步在候车室待两晚的，但我又突然想起来，狗对时间流动的感知跟人类不同，让小狗在外面待太久，不太稳妥。要不明天就送它回家吧。思来想去，我决定暂时搁置，看下明天的情况如何再说。

回到家，我倒头就睡，醒来时天已大亮，星期日了。

田中已经回家了吧。要是她回家了的话，一旦发现小步丢了，肯定会大闹一场。给同班同学造成不必要的麻烦，这并非我本意。但为了蒂夏的人身安全，我只能这么做。

周末的话，我一般从上午就开始外出跑步，所以就算现在跑去山里看小步，也丝毫没有破坏平时的行动规律，不会惹人怀疑。这次跑步，我只带了食物和水出门。从家到小步所在的候车室，我跑了将近二十分钟。从昨晚到现在，小步已经在这个屋子待了一夜了。一推开门，空气迎面而来，嗯，没尿臊味，也不臭，和外面的空气差不多。我放下心来，看来小步的状况比我想象中的要好，没受什么罪。

候车室坐落在一棵大树下。厚厚的枝叶盖住了整个铁皮屋顶，使它不会被太阳晒到，很凉爽。这也是我当初选中它的理由之一。

一见到我，本来趴着的小步立刻站了起来。我蹲下身子，摸了摸它的脑袋。这时，我发现它肚子的毛还沾了些灰尘。我在碗里补充了食物和水，小步一句怨言也没有，开开心心地吃完了。

还是带它稍微运动一下吧。现在是周日上午，这里几乎没人来。就算有车辆经过，在他们眼里，我也不过是个牵狗散步的行人而已。

解开系在椅子上的绳，我带着小步走出了候车室。小步会不会一出去就朝着它家的方向跑呢？我猜错了，它很老实地跟着我。我带着小步绕着车站周围走了一小会儿，又把它送回了候车室。

要不要继续留它在候车室过夜呢？算了，晚上再过来一趟吧，到时候看它状态如何，再做决定。

拿定主意后，我离开了公交车站。

入夜后，我骑上自行车，去了蒂夏所在的那个车站。

"晚上好，香弥。"

既然摸不清蒂夏出现的规律，那我能做的也只有预测了。

由于我几乎每天都来，每天都预测，对于她的出现，我还是总结出了一些经验的。

但今天她的出现，明显超出了我的经验，完全出乎我的意料。

"我完全没想到你今晚会出现。"

刚一见面，我就试着跟蒂夏说了预测的事，说自己几乎每天都来，一直在预测她什么时候出现，并且已经总结出了一些经验，但她今天的出现让我很意外。蒂夏听完后，认真地揣摩起了我话中的含义。

"其实我今天原本要去另一个避难所的，可是走到半路遇到了突发状况，又慌忙赶回了家，然后就来了这里。你之所以猜错，可能跟突发状况有关。"

"也就是说，你原本的计划跟我的猜测是一致的，两个世界的影响已经波及意识层面，是吗？可影响真能细致到这种程度吗？"

就算两个人的意识真的能互相影响，可目前来看，这个影响并没有发挥任何作用啊。况且预感这东西也有可能作假，毕竟人类的大脑总喜欢在事实浮出水面后，自动追加捏造的记忆。

"可即便如此，这种影响好像没起到什么作用啊。我跟你的关联，如果深入大脑深处的意识层面，在生存上倒是多了一层保障。但是有利就有弊，意识相通也很可怕呢。"

我懂蒂夏说的意思。

两个人的意识相连，想想都觉得恐怖。我倒不是怕自己对蒂夏的心意会暴露，我的恐惧点跟这个完全没关系，我怕的是失去自我。与此同时，对方已经定型的个性也会被动摇甚至摧毁。如此一来，两人之间的"真"浓度就会大大降低。毕竟意识都能互通了，再讨论真假虚实，也就没意义了吧。

但这个事说破天，也就是一个人的意识和另外一个人的计划重叠了。偶然的可能性也很高。再谈论下去没完没了，此刻聪明的做法，是换个更有价值的话题聊。

"对了，关于你之前提到过的可怕动物，我想着调查一下两个世界的互相影响，所以试着移动了一下身边的动物。这个行为对你的世界，有什么影响吗？"

"啊！"

她瞬间睁大了眼睛，声音听起来怪怪的，掺杂着谨慎、恍然大悟和惊讶。

"我说最近怎么看不到它了，现在想想，可能是你那边采取了行动的缘故。"

"嗯，不过你说的最近是什么意思？它几天前就不见了吗？我是昨天才开始行动的。"

也就是说，是蒂夏那边的现象影响了我，让我做出了"绑架"小步的决定？

好不容易搭建起来的认知，仅仅因为一句话就再次被颠覆。语言的力量太可怕了。

"原来我才是受影响的那个？"

"现在下定论还为时过早。后行动的，不一定是被影响的一方。比如，就算两个世界的天气一样，可谁都不知道两边世界在不在一个时间线上。"

可如果是后发生的事影响了前面发生的事，那可就太科幻了。

"尽管两个世界的时间轴是混沌杂乱的，但我还是愿意相信人意念的力量。香弥，多亏了你，我才不用每天担惊受怕，谢谢你。"

"嗯，你没事就好。"

其实她没必要感谢，我只是想让她的生活更安心一点。

"我再测试一次吧，看看彼此之间的影响会发展成什么样。在这边，我会把动物放回到原来的地方。但是可能又会让你陷入担惊受怕的境地……"

"不会的，放心吧。只是回到原来的样子，我不难受的。"

"这样啊？"

果真如此吗？

我试着思考了一下。不，其实根本不用想。

如果回到原来的样子，难受的不是她，而是我。一想到自己再也不能像现在这样见蒂夏，一想到"特别"离我而去的那个瞬间，我的心就像缺氧般，又闷又疼，痛到无法呼吸，脸色苍白，冷汗直流。所以我才一直在寻找，寻找能填充自己人生的某样东西，寻找能让自己心动的某样东西。没有它的支撑，我今后的人生将活在不断失去的恐惧中，无法自拔。

我不难受的。

等到了离别的那一刻，蒂夏还能说出这句话吗？

"香弥，最近你身边有什么幸福的事发生吗？"

"没，嗯，没有。是蒂夏为我做了什么吗？"

她这么问，是想知道实验的结果吧。

可蒂夏摇了摇头。

"不是，跟影响力无关。一直以来都是你帮我，但不能光我一个人幸福。我只是单纯地希望你那边能有幸福的事发生，哪怕是一件也好，我希望你能幸福。"

不是等着蒂夏影响我，而是我自己影响自己。

我应该为自己行动，而不是为她。

幸福感，从来都是自己给自己的。

蒂夏说的，应该是这个意思。

蒂夏为了我，竟然深思熟虑到了这种程度。此时此刻，我应该坦率一点，开心，然后接受她的建议才是。

但是我没那么做。

一会儿说希望我幸福，一会儿又说我的幸福只有我自己能给。

蒂夏这些话虽然自相矛盾了些，却把我拉回了自己的世界，拉回了现实。

她仿佛在告诫我：不要过于沉迷于跟她的相遇。

"谢谢。"

很早之前，我就想到了一种可能，但不太敢确定。现在，我觉得这种可能性越来越大了。

莫非——

莫非我寻求的意义，是蒂夏本身？莫非我已经对蒂夏抱有了别样的感情，只是我一直在逃避着这一切，一直不敢承认？

逃避的结果就是，到现在我依然没搞懂跟她相遇的意义。

我之所以没弄懂，或许是因为需要我弄懂的东西根本就不存在。

蒂夏只是在那里而已，她并不能让我的人生变得幸福。

我一直在逃避，不敢正式面对这种可能性。

如果只是调查两个世界之间的相互影响，其他什么都不做的话，接下来的发展，我都能想象出画面了：时光流逝，某天她突然消失了，再也没出现；我回味着过去时光带来的丧失感，忽然醒悟，跟她一起的时间那么宝贵，我为什么要浪费在调查上啊。

如果能通过调查找到某种特别，帮自己挣脱无聊还好，如果找不到，跟她之间又没进展，那这场相遇就没有了任何意义。

我必须告诉蒂夏，嗯，已经迫在眉睫。就算是为了表明我的个人意志，我也必须说出来。

我们的相遇，很可能真的没什么意义，但我又极不愿意承认这个事实，所以直到蒂夏离开，我还是没把这个结论说出口。

候车室，又只剩下了我一个人。

这场相遇毫无意义。

这个念头在我的大脑中越来越强烈。

但在情感上，我又不允许自己生出这种虚无的蠢念头。可"无意义"这三个字宛若咒语般不断繁殖膨胀，最后终于爆发，化成巨大轰鸣，灌进了我的耳朵。

内心的声音如此清晰，我不能再假装听不见了。

唉。

总之，先去接小步吧，要尽快把它还给它的主人。眼下有一些事情，必须得我去做。

太痛苦了。按照我以往的观察，蒂夏应该不会连续两天都出现在候车室，所以离下次见面，还有些时间。

一直追求的意义，已经化为了泡影。接下来，我究竟该怎么面对这场相遇呢？趁着还有时间，抓紧想一下策略吧。总之，先离开这里再说。

我起身打开推拉门，走出了候车室，骑上自行车，前往另一个公交车站。

夜晚的风有点凉，天气预报说明天有雨来着。这也是我打算今天就把小步放回去的理由之一。

我脚蹬着自行车，心里思绪万千。

面对蒂夏，我确实隐藏了自己的感情。但哪怕她就此消失，再也不出现，我依然想看一看"动物威胁事件"的结局。至少在事件结束之前，我不必考虑离别的可能性。一想到这儿，我的大脑和心脏无一不分泌着喜悦的激素。但后面的一系列事实证明，我空欢喜了一场。

其实任何事情只要往简单了想，就会轻松很多。没必要弄得太清楚，一切跟着感觉走就行，除了呼吸，什么也不做，什么也不用烦恼。能量没必要消耗在烦恼这种事情上。

但我又禁不住怀疑：不思考不烦恼，那还算活着吗？

我甚至对刚才抱有怀疑态度的自己，都产生怀疑了。自己的感情、想法，甚至我的存在本身，都变得模糊起来。

我在脑海中一边默念着，一边蹬着自行车。爬过这个坡，就是小步藏身的车站。我站起来踩着脚蹬，一口气骑了上去。可能是突然剧烈运动的缘故，身体有些吃不消，也可能是脑子里一直想着蒂夏，心肺有些缺氧，我喘不上来气。总之，运动手环发出了警报声，提醒我心率过高。

我把自行车停下，慢慢把空气输入心肺。这一带安静极了，除了风摇晃树木的声音，其他什么都听不到。我从自行车上下来，踢了脚支架，把车停在了边上。换作平时，这些动作的声音是很难被注意到的，但在这一片空旷静谧的衬托下，脚踩地面声和金属摩擦声格外清脆。候车室那边，并没有传出小步的叫声。它能乖乖地待着，真是太好了。

小步也好，其他狗和动物也罢，它们拥有的情感和智商究竟能到哪种程度，老实说我也不是很清楚。当初也不知道是谁下的定论，说动物进化程度比人类低。实际上，说不定这些小动物只是在人类面前装傻。毕竟人类在面对比自己蠢笨的生物时，会用"可爱"这个词来形容对方。

我之所以不觉得周围的人可爱，是因为我深知自己跟他们一样蠢。想到这儿，我再次厌恶起自己来，同时打开了候车室的推拉门。

小步不见了。

我的心猛地跳了一下，似曾相识的眩晕感袭来。哦，我想起来了，当初蒂夏说"我也背负着同样的罪孽"这句话时，我的反应跟现在一样，也是心咚地跳了一下，然后意识开始模糊。

有那么几秒，我呆住了，动弹不得。

但我很快就清醒了过来。事已至此，光是吃惊没有任何意义。

小步不见了，候车室里只有一些小狗的生活用品：项圈、绳子，碗里还剩了些没吃完的狗粮和水。

很明显，小步逃走了。等下，或许它躲在了暗处，此刻正蹲在候车室的某个角落？于是我朝里走了走，但还是没找到它。

是项圈弄得太松了，还是我小瞧了狗的力量？无论如何，现在都不重要了。当务之急，是把小步找回来。

走出候车室，我立马喊了一声。

"小步!"

虽然我不是它主人,但小步听到我的呼唤,肯定会有反应的。毕竟它没啥防备心,见谁都很亲。小步啊,就算你不回来,应一声也行啊。只要你出声,我肯定第一时间跑过去找你。

可是左等右等,周围依旧没有任何动静,我既没看到小步的身影,也没听到它的叫声。

于是我又进树林里找,就算找不到狗,能发现一些小狗留下的痕迹也行。我细细找了一圈,没发现有狗屎狗尿。虽然开着手电筒,但能照到的范围有限。

"小步!"

我提高音量,再次呼喊。

还是没有任何回应。

怎么办?狗丢了,找了半天没找到,现在又是晚上。

怎么办啊?

就在我快要崩溃时,脑海中突然闪过一个念头。

它是不是回自己家了?

听说小狗都有归巢的本能。被陌生人带到这样的地方,小步肯定很想回家,所以才挣脱了项圈,自己跑回去了。

但愿如此吧。其实人也好,狗也罢,我本来就不打算伤害谁。真的,我也不想发生这样的事。

小步啊,赶紧回你那个家吧,然后躲进自己的小窝,一脸悠闲地睡觉吧。

我一边祈祷,一边骑上自行车,朝田中家飞奔而去。

只为自己而活的我,向来不把其他人和其他事物放在眼里。可如今,我却干起了祈祷这种蠢事。

到达目的地。

小步没回家。

田中家二楼的灯亮着。

虽然这种猜测过于乐观了,但我还是抱着侥幸心理,由衷盼望着田中在那个车站里找到了小步,把它带回了家。这也不是没有可能。

世上没有绝对的事,一切皆有可能。

正因为走丢了一次,所以田中才把小步抱回了屋。此时此刻,或许它正在二楼的房间,跟主人玩得开心呢。

又或者小步挣脱了项圈,走到了很远的地方;又或者它没走远,只是想绕个远路慢慢回家;又或许它跑进了某个空房子;又或许它被某个人带出了候车室。

以上种种,都不是完全没有可能。当然,也可能只是我单方面的愿望而已。

总之,先骑着自行车,在田中家附近绕一圈看看吧。可马路上也好,角落里也罢,依旧没发现小步的踪影。

折腾半天,依旧毫无进展。我深知想再多也没用,可内心的焦虑还是抑制不住地上下翻滚。而且这个时间段,能找到的线索有限,还是等天亮之后再找吧。

可我到底还是没回家,在田中家和公交车站之间,无意义地往返了好几次。"好几次"也就是说,我不出意外地没有任何收获。

唉,当初就该早点把小步送回家的。

在无尽的悔恨和焦虑中,我放弃了寻找。回到家后,我努力让自己像往常一样入睡。

总算熬到了周一,我跟家人说了句"想趁着早饭前锻炼一会儿",就出门了。抬头看了看天,应该快下雨了。我骑着自行车去了田中家,小步仍然没在。干脆按门铃,直接问小步的状况?但转念一想,如果真这么做,我很可能会被当成形迹可疑的人。还是等到学校再问吧。

离回家吃早餐还有一段时间,我无事可做,于是又骑着车,沿着昨天的路线,绕着田中家附近转了一圈。路上也遇到了牵着小狗散步的人,当然,哪个都不是小步。我又去了拴小步的车站,还是没它的踪影。为慎重起见,我把绳子、项圈、饭碗、水碗这些,装进提前备好的塑料袋里,带回了家。

小步啊，你去了哪里？在做什么？你一只小狗，要是就这么走丢了，又该如何生存？我好像从来没这么担心过谁，最近的蒂夏算一个，此时此刻的小步也算一个。除了这俩，再没别人了。

　　寻找无果，我只好回家。一切跟往常一样，吃早饭，上学。等到了学校，应该多少能了解到一些小步的情况吧，毕竟田中就坐在我旁边。

　　上学路上，我还在琢磨怎么跟田中开口聊天，既能保证自然而然不惹她怀疑，又能旁敲侧击问出小步的情况。

　　可到了学校后，我的右边座位是空的。早铃响过了，老师也进了教室。第一节课结束了，田中依旧没出现。

　　我越发烦躁起来：这个节骨眼上，你请个什么假啊！

　　但转念一想，我又抑制住了自己的狂躁。

　　正因为在这时候，所以田中才要请假。自己家的小狗走丢了，田中无心上课，也不是没有可能。

　　但无论我再怎么抑制自己，浑身的烦躁和戾气，还是止不住地往外冒。

　　午休时间到了，我在食堂吃了午饭。今天的午餐，味道依旧马马虎虎，不是我真正想吃的。

　　回到教室，我像往常一样，目不转睛地盯着桌子发呆。这时，耳边传来了一阵窃窃私语。在周围人都用普通音量说话时，偷偷说话的声音反而更明显。这些家伙连这点常识都没有吗？不过多亏了他们的蠢，我才能听得一清二楚。

　　"听说了吗？"

　　"什么？"

　　"小步死了。"

　　突然，教室里安静了下来，所有人都看向了我这里。因为我的右膝猛地跳了起来，掀动了桌子。

　　我没有恶意。

　　围观的人里，也有人一脸疑惑：发生什么了？

但我谁都没看。

只是盯着桌子上的纹路。

喂……

搞什么？

搞什么啊？

是吗？

小步死了吗？

但此时此刻，我的想法也仅限于此了。

仅限于此。

我脑海中没再浮现出其他事物。

没有再浮现出其他任何事物。

第一次见面，就对我毫无防备的小步；

被我抚摸头的小步；

面对我偷偷买来的秘密零食，吃得很欢的小步；

察觉到脚步声，就探出脑袋的小步；

对着我胳膊嗅来嗅去的小步；

信任我，蜷缩在我臂弯里的小步……

我让大脑放空，一直坚持到了放学。但耳朵是怎么着也堵不上的，交通事故的传言我不可能装作听不到。

放学后，我像往常一样走向了鞋柜处。学校的日常生活单调枯燥，每天过得像复制粘贴的。

可今天出现了不寻常。前些日子斋藤还跟我蹩脚地道别，可今天她一看到我的脸，就仿佛被吓到了似的，什么也没跟我说，就离开了。

我也默默地回了家，放下书包，就那么穿着校服再次出了门。我没换衣服，也没必要换。

外面正下着雨。

也就是说，蒂夏那边可能也在下雨。这场雨，对她那边究竟有什么影响呢？希望她有好好带了伞吧，也希望她上下楼梯时别摔倒。

我本来打算按门铃，要是田中家里有其他人，我也做好了打招呼的准备。

但转念一想，其实没必要把人叫出来。

为慎重起见，我先绕去了后院。

果然，田中在。她打着伞，一动不动地盯着空了的狗窝。

我慢慢靠近，走到了后院的入口处。我的脚步声应该不小，但是田中依旧没有回头，只是盯着不到自己膝盖高的狗窝看。因为背对着我，她的表情我看不到。

我叫了声她的名字，她却什么反应都没有。我又叫了一次。

田中这才缓缓地转动脖子和腰，看了过来。我终于看清了她的脸。田中的表情跟蒂夏的声音一样，各种感情交织，错综复杂。

"干吗？"

你干什么？为什么在这里？为什么跟我搭话？

为什么小步死了你还活着？

从她的声音里，我听到了所有的情绪。

还是尽快切入正题吧。

"我来这儿，是有话跟你说。"

小步的主人——田中，没有任何反应，连一丝表情都没有。

不管了，我决定继续说下去。

"小步是我害死的。"

田中没有任何反应，只是盯着我。

"我趁着半夜来到这儿，把小步带走了，把它放到了别的地方。但由于我的管理过于松弛，小步挣脱项圈逃跑了。所以它才死了。"

"啊？"

田中声音小小的，小到几乎要被雨声吞没。

"你报警也行，我都认。"

"……啊，你。"

她只有嘴一张一合的，其他部位一动不动。

"我不奢求你的原谅。"

"你……"

田中喉咙深处挤出一个音节。

我盯着田中的脸。她半张着嘴的静止状态,变成了颤抖,颤抖波及了全脸。我一动不动地看着田中。

"你说什么?"

我看着田中。

"你都干了什么!"

田中把伞扔向我。但因为是撑开的,受空气阻力,伞还没砸到我脸上就落下了。

此时,小步的主人田中似乎已经崩溃,弯膝跪在了地上,抽泣起来。豆大的雨滴落在田中的黄色T恤上,洇出了一个又一个圆形斑点。

田中身上已经淋湿了大半。就这么放任她不管,也是一种冷暴力吧。

但面对正哭得天昏地暗的田中,我不打算再说什么,也没必要再说什么。我默默地离开了那个大房子的后院。

到家后,做了会儿肌肉训练,吃过母亲做的饭,我再次回到房间。看窗外,雨已经停了。

虽然知道可能性很低,但为保险起见,我还是决定去一趟公交车站。当然,这个车站不是隐藏小步的那个,而是我跟蒂夏经常碰面的那个。

来这个候车室,已经成为我生活中的一个习惯,是下意识的行为,跟感情和目的无关。我今天想见蒂夏的意愿,没有平时那么强烈。当然,小步消失了,蒂夏那边也有可能发生了什么,等见面时确认下吧。我怀着今天已经过完的想法,打开了候车室的门。

等一下眼前要是出现发光的眼睛和爪子，我可能会大吃一惊吧。但实际上，我并没有多惊讶。

这是我第一次连续两天见到蒂夏。

"啊，蒂夏。"

"嗯，香弥。"

可能为了配合我极短的寒暄，蒂夏的回答也很简洁。

但她接下来的话，完全推翻了我的推测。

"你周围，有谁死了吗？"面朝着我的两个光点之间，发出了忧伤的声音。

"没有人死。"我一边回答，一边坐了下来，当然，这样做也有遮掩情绪的因素在。我尽可能调整语调，不让蒂夏察觉出我的动摇。

"为什么这么问？"

蒂夏吸了一口气，嗖的一下，很小声，小到我几乎听不到。

"我家附近死了几个人。虽然具体情况还没摸清，总之是发生了一场战斗。

"在这场战斗里，死了好几个战争从业者，是我们埋的。我猜这可能对香弥你的世界有影响，所以就来了。"

蒂夏中间停顿了一次，换了换气，眨了眨眼睛。

"因为现在，你看起来好像很悲伤。"

不是好像很悲伤，而是真的很悲伤。

不过，她刚才那句话究竟是何意呢？

是说我的脸色已经凝重到无法隐藏了，还是说我的表情一看让她也跟着悲伤了起来？

但无论哪一种，都算不上什么好表情。

"发生什么事了？"

小步的事，有必要告诉她吗？

如果是为了调查影响，还是很有必要跟她讲一下的。

"狗死了。"

"gǒu？是指和人一起生活的动物吗？"

"狗的事，我好像跟你说过来着。对，我害死了它。"

"原来是这样。"

蒂夏并没有露出悲哀和责备的神色，反而追问了一句："狗做了什么？"

虽然前言不搭后语，但我瞬间就明白了她的意思。人害死跟自己一起生活的动物，大多是逼不得已。可能在蒂夏的认知里，我之所以害死狗，是因为狗犯了什么错吧。

"没做什么，狗很乖很好。"

我纠正了蒂夏的误解。

"狗虽然也有野生的，但在我的世界，基本上就像你说的那样，狗跟人一起生活，它们类似于人类的家人或者朋友。我认识一个人，她家里有一只小狗。我害死了她家的狗。这只狗既不凶残，也没犯别的错，相反它对谁都很亲昵，完全无害。我把食物放在手上，它也会很开心地吃掉，很信任我。"

"你为什么……"

"我把它从主人家带走后，放在了某个地方。在这期间，它遇上了事故，死掉了。"

"啊，抱歉，但我问的不是这个。"

啊，看来我俩的脑回路出现了偏差。等等，蒂夏不会觉得小狗的死，是它自己的责任吧？但刚才说出去的话，已经无法收回。

为了不让她误解，我再次解释道："带走它，是因为我打算瞒着你，自行调查两个世界之间的相互影响。它逃跑，是因为我疏忽大意了。"

"哦哦，你昨天提到过。"蒂夏似乎想起来了，点了一下头。

但她很快又摇了摇头："可我问的，不是你对狗做了什么，也不是你带狗走的理由。"

"那你……"

你到底想问什么？

但我忍住了，没问出口，只是带着疑问，看着蒂夏的眼睛。那两个光点一动不动，只有声音传了过来。

"你总说一些让我同情那只狗的话，为什么？"

蒂夏丢出这句后，陷入了沉默。

候车室里一片静谧，没有任何声响。这份寂静没有质感，也没有重量，干瘪轻飘。

我的头皮开始隐隐作痛，有种头发被狠狠揪起的感觉。

感觉心脏都被拉出来了，从身体里。

不可能。这一定是幻觉，一定是我大脑想象力过剩了。

我到底在干什么啊？

"我没博取同情，只是在阐述事实而已。"我看着蒂夏的眼睛答道。

嗯，我没说谎。

她眨了好几下眼睛，然后两个光点消失了。她应该是闭上了双眼。

"香弥，你一定痛苦了很久吧。"

"……啊？"

没有。

"我没有。"

"可是你看起来很难过。"

"才不是。痛苦的不是我，是小步，还有失去小步的人们，我夺走了他们的家人。"

关于小步，无论我说什么，蒂夏都不会明白的。

"我觉得那些人也很痛苦。"

"不，痛苦的只有他们。"

我一点也不难过。

"可这种痛苦，我不懂是什么感觉。"

你当然不懂，你什么都不知道。

"但我觉得，你还是喜欢那只狗的，虽然比不上狗主人那么疼爱它，但你现在也一定很痛苦。"

"不，我不痛苦。"

"可是，你看起来很难过。"

"都说了，我一点也不难过！"

才不是那样。

"是我害死了它。"

我是恶人。

痛苦？开玩笑，我怎么可能会痛苦？

面对小步的疼痛，主人的痛苦，我没有一点感觉。我不痛苦，一丝一毫也没有。

我深知自己都做了什么事。蒂夏的话，显而易见是温柔的，偏向我的。可她越这么说，我越是烦躁得不能自已。

"你懂什么，你什么都不懂。"

对，她什么都不懂。

她根本就不认识小步。

我根本不需要她的安慰，毫无意义。

"求你别说了。"

真的，别再说了。

"香弥，我感觉你正在朝一个很不好的方向走。"

"对啊，是我不好，是我做错了，所以呢？"

"所以，你必须要强迫自己去更痛苦的地方。"

"别说了！"

我想听的不是这些。

不该是这样的。我本该是某种感情的发泄对象的，我本该被骂、被谴责的，我本该被吼叫的。除此之外，我没资格收到任何别的话。

我不能接收任何别的话。

"没关系的，你可以待在这里。"

"可我害死了小步啊！"

我是坏人。

我没资格被温柔对待，更没资格被拯救。

这一点，我很清楚。

所以，别再说了。

"就算那边世界的你，变得再怎么不好，在这里，你就是你。"

"为什么？"

我很清楚。

自己是个坏人，就应该被审判。

同时我也知道，自己平庸、软弱，且无聊到让人反胃。

所以，这么下去不行。

我应该受到惩罚。

真的。

但人类软弱又贪婪，在面对伸出来的手时，还是会禁不住看过去，还是禁不住想要握住。这一切压得我喘不过气，我想变得轻松一点，哪怕是一丁点也好。自己一旦扭动挣扎，势必会变得狼狈又丑陋。

所以别这样，不然我会——

贪婪的我就会忍不住看向帮我的人。

忍不住想要马上靠过去。

忍不住想握住那只伸过来的手。

那只从蒂夏心里伸出来的，看不见的手。

可我知道，自己一旦抓住这只手，就会失去很多重要的东西。

心中有个声音一直警告我：不能看，也不能碰。

好吵。

我塞住耳朵，试图屏蔽那个声音。这时耳边又传来了似乎是警报的轰鸣声。

可是，尽管如此，尽管如此，我还是——

我还是——

不行，要窒息了。

喜欢与否、有无兴趣、对自己有没有好处，这些价值观，只要人活着，就不可能完全避开。我其实不讨厌做任何事都把目的放在第一位。相反，这是我的行为准则。

狗死了，仅此而已，跟吃饭、睡觉、跑步、呼吸这些没什么区别。

我太弱了。

蒂夏的手映入了眼帘。

我下意识地握住了，回过神来为时已晚。

我知道自己很没出息，但嘴上还在硬撑。

"小步很乖！"

"它不在了，你很悲伤，是吗？"

我摇摇头："没它的主人伤心。"

"你要是难过的话，说出来会好受一点。"

回过神来，我发现自己已经开始说了。其实我根本不想倾诉，只是嘴比脑子快而已。

"伤心。嗯，我很伤心。它竟然对我这种人毫无防备。当初带小步走时，它要是叫两声该多好，要是跟周围求助该多好。但是它没有，它从头到尾都很乖。正因为它不吵不闹，所以才被我害死了。"

"香弥，你是在自责吧，无法原谅自己。"

"嗯。"

这个除了眼睛和爪子其他部位都看不见的少女，比我年长两岁的少女，在我面前丢出一句话。

"那我原谅你。"

虽然只能看到对方的眼睛和爪子，但不知为何，她的这句话变得柔软甜糯起来。

"我原谅你，虽然这可能对香弥你来说没什么意义。"

"我不能被原谅，也不需要你这么温柔地对待。"

"香弥。"

蒂夏眨了好几次眼睛，这是她心怀歉意时的习惯动作。

"这不是温柔。"

她眼睛的两道光一动不动，一种被刺穿的感觉传遍我全身。

"是我自己想原谅你。我跟你一样，也是个罪人。那些在战斗中死去的人，也不过是在讨生活而已，而我却对他们见死不救。这件事，我越是认真想越不知道该如何自处，所以我想至少做点什么，弥补自己的罪过。我想原谅你。"

她的声音很柔软，仿佛在抚摸一种悲伤又美丽的东西。

蒂夏的声音太过舒缓，我感觉自己仿佛置身于梦中，以至于根本来不及思考她话中的含义，就下意识接了话。

"那——"

我咽了口唾沫。

"……我也原谅你。"

如果内心一直停滞不前的话，我将永远都摆脱不了小步的死给我带来的影响。我竟然没察觉到这一点。

不，我或许已经察觉到了。甚至有那么一瞬间，我都放弃挣扎了，觉得就算永远摆脱不了也无所谓。

"我也原谅蒂夏。"

"那我俩就要再次背负同样的罪了哦。"

"……嗯，没关系。"

虽然只能看到眼睛，但我能感受到蒂夏的情绪。她平静得很，没有开心也没有悲伤。

"是我自己想原谅你。"这时候能交流的工具，就只有声音了。

毕竟我俩对彼此世界的情况和价值观，知之甚少。

于是，生活在不同世界的两个人，就这么擅自给彼此免了罪。

我原谅你。

就这么简简单单的一句话。

不可思议的是，窒息感没了，我感觉自己的呼吸好像顺畅了些。

"好，那就这么定了。"

蒂夏说话的间隙，我突然想起来了。

我终于明白了。

也许——

也许她的出现，并不会改变我的日常生活。

这一切可能没我想的那么复杂。蒂夏之所以出现，可能只是为了我，为了软弱的我。

为了让我在做自己的前提下，实现在这边世界的目标；为了让我在此时此刻原谅自己。

如果没有蒂夏的话，我就失去自我了，就会变得跟其他庸俗无聊的人一样，被罪恶感之类的东西压得喘不过气，变得软弱胆怯，畏缩不前。

细细回忆，不难发现：蒂夏从来没有试图改变我。

指导、说服、斥责、鼓励这些，她统统没有，她从头到尾都只是个旁观者。

她只是坐在那里，就算陈述想法，也都是为了自己。

我们都是软弱的、罪恶的，接纳真实原本的自己就好。

她原谅我，也是为了原谅她自己。

非要给这场奇遇赋予某种意义的话，或许蒂夏本身就是意义吧。

这样冷静甚至可以说冰冷的蒂夏，确确实实存在，不是我的幻觉，是事实。但可能正是这份真实，支撑我走到了现在。

一定是这样。

既然弄清了蒂夏出现的意义，那事情就简单多了。

我像初次相遇时那样，直勾勾地盯着蒂夏的眼睛。

不掺杂任何意义，只要目不转睛地看着她就行。

嗯，现在那边有她的眼睛和爪子，她眼里只有我。被她这么注视着，确实有种内心被拯救、被治愈的感觉。

我从来没想过自己有一天，会需要别人来拯救。但现在，她确实救赎了我。

蒂夏刚刚那些柔软甜糯的话，还回响在我的脑海里，像碎片一样扎在我的喉咙里。不过没关系，很快就能咽下去，扎就扎吧，随它去。

我本来打算把感谢放在心里的，但声音还是从嘴边溜了出来。

"谢谢。"

人类内心的想法，一定是有负重的。如果有一天嘴唇承受不住它的重量，想法就会从口中掉出来，滚落到对方面前。如果这个念头是生平第一次有的话，那这个想法的分量会更沉重。

"幸亏有你在，把我拽了回来。"

对方只是陪在身边，自己就很幸福。这种感觉，我之前从来没有过。

"只要你在我身边，我就离目标越来越近了。抱歉，刚刚那么大声吼你。"

我低下头，深刻反省着自己。

要想实现目标，就不能一味地后悔、难过。

就算我再怎么后悔，也回不到过去。

就算我再怎么给小步道歉，也救不回它的命。

所以，绝不能让小步白白死掉。

光悲伤没用，完成实验，达成目的，才算是对小步的报答。这是我唯一能为它做的。

仔细想想，小步的死可能只是象征性事件。

如果我只是悲伤，不敢面对也不付诸行动的话，那就太自私了。就像当年和泉自杀未遂一样，我只是一味地担心，其他什么也没做。虚伪的人，犯下罪孽后通常是这样做的：只有在罪行一目了然，无从抵赖时，他们才会像个英雄似的面对，还装出一副很悲伤的样子。可若这罪行是无意识犯下的，他们就会马上变一副嘴脸，躲躲藏藏不敢面对了。

为了让自己变得特别，我夺走了大多数人的特别。就像有些人为了生存，势必要抢夺别人的食物。我们之所以平时注意不到这些，是因为争夺披着各种外衣，没被摆在明面上而已。你争我抢，人类就是这样活着的。所以无论在哪个世界，都会有战争。人活着总要伤害别人的。所以，我很能理解有些人犯了错后，不敢面对，要么假装伤心，要么逃避。

可是我太弱了，要在各种各样的争夺中，直接面对自己的罪孽，我一个人肯定扛不住。

如果有蒂夏陪着,那就另当别论了。她会包容我,原谅我。在她面前,我能做真实的自己。只要蒂夏在,我就能坚持战斗,不断抗争,把自己无聊的人生彻底掀翻,让自己变得特别。

　　是蒂夏拯救了我。

　　此时此刻,我的内心一片明朗,没有任何怀疑和犹豫。在我心里,蒂夏已经不单单是异世界的居民了,是更为深远的存在。

　　可我对她的这份情感,究竟算什么呢?一时半会儿我还真找不到合适的词来形容。

　　算了,不想了。这份情感是我一个人的事情,跟我的目标无关,跟蒂夏也无关。

　　好吧,我承认,待在我身边的蒂夏,是不可替代的存在。

　　与此同时,一个担忧涌上了我的心头。

　　蒂夏只是陪在我身边,我的呼吸就能变得顺畅,我就能免受窒息般的折磨。

　　是她救了我。

　　可我待在她身边,就只是待着而已,并不能救她什么。

　　我也想回报点什么给她。

　　我一动不动地盯着蒂夏看了一会儿。她眨了几次眼,然后轻声吐出一句:"或许伤比较容易互相影响。"

　　"伤?"

　　"嗯,谁先谁后我不知道,但我家附近有人受伤了。之前的打雷也是,树受伤了。这些受伤的东西,现在还保持着受伤时那个样子。"

　　"一旦有生物受伤或有东西被损坏,两个世界就会互相产生影响,是这个意思吗?"

　　"对,还有之前首饰坏了的时候,貌似也有影响来着。"

　　"等一下,什么首饰?之前没听你提过啊。"

　　"是吗?"

　　面对自己的记忆偏差,蒂夏仿佛自嘲似的,扑哧一笑。

"这个对你达成目的有帮助吗？要不要我顺着这个方向调查下？"

"……不用，暂且先放一边吧。"

要是放在以前的话，我可能会高兴得跳起来吧。毕竟一向冷静的蒂夏，竟然主动要帮我。但我拒绝了她的提议，至少今天我不打算再揪着世界影响什么的不放了。对蒂夏的心意，我刚捋清楚没多久，现在，我想测试一下这份心意是不是伪装的。

所以，我说了这么一句话："我的目的是和蒂夏见面。"

当然，这句话仅仅是测试而已。

我们一动不动地看着彼此的眼睛。她看着我，没有眨眼。

"你之前说想听我聊聊自己。虽然这么讲听起来好像在学你说话似的，但我还是要说。蒂夏，我想听你多聊聊自己。"

蒂夏反复眨了几下眼睛，然后慢慢眯起了双眼。

"那这样好了。下次再见面时，我们不聊世界了，多聊聊彼此的事。我也觉得这样挺好的。"

我原以为约定不过是诅咒而已，现在看来是我片面了。这次，我很坦率地表现出了开心，说道："嗯，说好了。"

话说警报是不是该响了？因为蒂夏的言谈之中无一不透露着：时间不多了。

可事实上，我猜错了。

"我差不多该走了，再晚家里人会担心的。"蒂夏站了起来。

很不可思议，她今天跟平时不一样，并没有表现出厌烦，看来警报没响。

可能是我脸上的疑问太明显了，蒂夏解释道："今天没有战斗，我本来不用来避难所的。可这边死了很多人，我担心你那边是不是也发生了什么，所以来了。"

啊？

"来这里能不能改变什么我不知道，但看你刚开始一脸痛苦，现在稍微好了一点，我就放心了。"

我以为按照蒂夏的性格，没有利益她绝不会行动。但现在她为了我，竟然主动来了地下避难所。

事实证明她在关心我。当然，我可以坦率地表现出喜悦，并接受她的关心。可一旦卸下伪装，坦诚相对，我总感觉会有不好的事情发生。可惜嘴跟不上脑子，话说出口后，连我自己都震惊了。

"你是不是……"

"什么？"

"你是不是知道我的心意？你全部知道？"

心意，对蒂夏的这份说不清道不明的感情。

或许她早就看出来了。

话一出口，我就后悔了。但我真的怀疑自己早被她看穿了。

但是蒂夏摇了摇头。

"我不知道哦，我哪里会什么读心术！你在想什么？说给我听听吧。"

我整理了下自己杂乱的心绪，说了句："我在想，我喜欢蒂夏。"

我在说什么啊？我回过神来，发现已经晚了，话已经说出口了。

"谢谢。我也喜欢香弥。我该走了，再见。"

"啊，嗯，再见，别被发现了。"

看蒂夏的反应，她好像完全没理解我刚才那句话什么意思。我悬着的一颗心，又放了下来。

话音刚落，眼睛和爪子的光，就隐入了一片黑暗。

意志的力量，到底能不能对我们的关系起作用呢？

虽然暂时不清楚，但我的心比之前坚定多了。之前是小小的希望：好想再见她一面啊。现在是抱有极强的信念：我们肯定还会再见的。

约定，不就是为了实现才做的吗？

不过话说回来，我为什么突然说那样的话呢？

一回想起自己刚才那句羞耻的告白，我的胸口就像被撕开了一样，开始疼。算了，还是别想了。我掐灭心绪，决定先离开这里再说。

推开门，发现外面下起了小雨。

伤会互相影响。

如果蒂夏的假说确有其事，那我要是感冒的话，她肯定也会感冒。趁着雨还没下大，我匆忙赶回了家。

蒂夏说："下次见面时，我们再聊聊彼此吧。"

可事与愿违，我们的约定没能实现。

人类的意志就算再怎么强，面对有些事依旧无能为力。其中最强大最不可抗拒的，就是死亡。虽然死因各种各样，但死亡本身是铁一般的事实，谁也逃不掉。

除了死，还有什么呢？疾病？啊，正因为逃不开，所以才有了"百病生于气"这句话。那衰老呢？人们在衰老这种巨大的不可抗力下，恐惧与日俱增。

不止这些，肯定还有其他的。

比如，因人类愚蠢招来的意外事故。

天将亮未亮之际，一声巨响把我吵醒了。

虽然脑子还没反应过来怎么回事，但我迅速坐起，在黑暗中环视了下四周，第一反应当然是打开灯。于是我起身下床，但脚刚一落地，立马传来一阵剧痛。

"哗——"

脚底又疼又麻，应该是被某种东西扎到了。这时，我终于反应过来了：刚才那么大动静，会不会是玻璃破裂的声音？我坐在床上，拔出扎在脚上的小碎片，再把枕头放在地板上，用脚踩着枕头，一步一步，总算平安到达了房间灯的开关处。

打开灯后，屋里和预想中的一样，到处散落着玻璃碴儿。我的第一反应，就是后悔自己生活习惯不好。该死，平时就该拉窗帘睡觉的。地上除了玻璃，还散落着几张CD（激光唱盘）。

CD附近还有一块铁板模样的东西。可我房间里没有铁板，应该就是这玩意儿砸碎了窗户吧。

刚理出一些眉目，外面就响起了敲门声。

"香弥，怎么了？"

是哥哥，我立刻打开了门。

"不知道什么东西撞上窗户了。"

看到手掌大小的铁板，他也露出了不可思议的表情。虽然不知道这块铁板到底为何物，我俩还是决定先打扫房间再说。哥哥用扫帚和簸箕打扫完屋子，又对窗户做了些简单的处理，贴了些纸板上去。

可能是掉落的角度不好，有两张CD的盒子已经碎了。不过问题不大，反正总有一天要打开听的，先随便放着吧。架子最上面没受到波及，还是老样子，放着小步用的项圈。

一种不安涌上心头，越发强烈。

我拼命让自己不往那儿想，但失败了。人只要活着，就不可能停止思考。

这起意外事故，应该对蒂夏那边没影响吧。

当然，我第一个念头就是希望蒂夏周围别发生什么危险的事。可就算她自己安全，我也很担心。毕竟对我俩来说，房间的重要性完全不同。

我脑海中闪过了一种可能性，也就是蒂夏说过的：伤会让两边互相产生影响。

如果这场意外对蒂夏房间也有影响的话，希望她那边的损失能降到最小，跟我的房间一样，顶多是旧CD碎了的程度而已。

其实我这边还好，房间破坏程度在我可接受范围之内，我只是受了点伤，但无性命之忧。

我担心的是蒂夏那边，我不想看到她悲伤的表情。

虽然只能看到她的眼睛和爪子,但我真的不想她难过。

担心归担心,但眼下除了祈祷,别的我什么都做不了。

但愿蒂夏和她的房间平安无事吧。

至少先弄出一些好的影响,于是我把刚刚随意摆放的书和CD又仔细重新排列了一下。

打开窗户,房间通风好了许多。趁着还有时间,我又睡了一会儿。

吃早餐时,我跟父母说了窗户的事。父亲看了铁板后,也是半信半疑,说出了自己的想法。

"不会是飞机的零部件吧。"

窗户事件的真相到底如何暂且不论,飞机零件掉落的可能性,也不是没有。父亲之所以这么说,是因为最近城市上空总有战斗机飞来飞去。就算日子再怎么无聊平淡,可毕竟还在打仗,整个国家都兵荒马乱的。一架飞机装备不良,零件坠落,也不是什么怪事。

到学校时,邻座的田中已经来了,正坐在椅子上跟其他人说着什么。田中完全没看我,甚至连瞥一眼都没有。原以为她会对我表达什么情绪,比如怒视、谩骂之类的,但什么都没有。我已经做好了心理准备,无论她对我做什么,我都受着。但什么都没发生,一个小时过去了,两个小时过去了,田中表现得仿佛一切都没发生过似的。

我试着做了一个假设。

或许在田中眼里,我现在已经变成了根本没必要结识的"其他人",行走在拥挤道路上的路人。这样一来,害死小步的凶手也就消失了。她就能控制住自己心中的憎恨,回到日常生活中了。实际上,田中也是这么做的。班里发放资料时,她没有任何犹豫,就递给我了。

如果我的假设是正确的,那我总算解脱了。坐在旁边的田中,总算把我归入了看不见,也不想了解的路人。我俩终于对等了。

也可能田中的突变没什么含义,只是我想多了。但她这么做,是明智的。因为我跟田中根本不是一路人,只有互相不发生任何关联,才能过好各自的人生。

到家后,我像往常一样外出跑步。入夜后,我去了车站候车室。

蒂夏不在。

蒂夏的房间怎么样了?不会也遭到破坏了吧?

虽然担心,但我俩的碰面时机一直由她掌控,并不是我想见她就能见的。就算能逮着机会见到她,也是偶然。直到现在,我仍然没弄清楚她出现的规律。

算了,只能和往常一样,耐心等待了。最坏的情况就是房间被毁,我已经做好了心理准备。

可是三天过去了,五天过去了,一周过去了,两周过去了,蒂夏还是没有出现。我卧室的窗户修好了,恢复如初。学校的生活一如既往,暑假越来越近,我的心也跟着越来越焦躁不安。

她会不会受伤了?

又或者是她最重要的东西被弄坏了?

等一下,不会吧?难道跟房间什么的没关系,她只是厌恶我了,不想再见面了?

还是上次我说的话欠考虑,惹她不快了?可是不对啊,上次她根本没听懂我什么意思,哪儿来的欠不欠考虑。

各种可能性在我脑海中转来转去,我越想越不安,心像火烧似的焦躁难受。我坚决不让自己朝"再也见不到"这个方向想。在某种程度上,这个方法挺奏效,我的焦虑也减轻了一些。

虽然耗费心力,但我还是每晚都去车站候车室。仿佛向神明祈祷似的,我奉献出了自己全部的心,用尽全身力气祈祷她出现。今天,我一如既往怀揣祈祷,打开了候车室的门。

当我看到蒂夏眼睛的光时,她仿佛要倒下去似的,双手撑着椅子,以极不自然的姿势坐了下来。

"啊,抱歉。"

之所以道歉,是因为自己刚才那个动作可能会让她担心我的身体状况。但实际上，我的身体现在充满了安心感，声音里也夹杂着喜悦。

"没关系。"

蒂夏只回了这么一句。

要是我再细心一点就好了，或许能从她的音调里捕捉到一些信息。但也有可能是我被安心和喜悦包围着，丧失了对信息的敏感度。

"我一直担心你来着。看到你没事，真是太好了。我这边房间的窗户碎了，你那边怎样？没受伤吧？"

"我没事。"

蒂夏的眼睛没有看向我，此时我还没察觉出她的异常。

"那就好。"

蒂夏无视了我的回答，没再说话。

这时，我总算感觉到哪里不对劲了。

今天的蒂夏，话太少了。

再怎么发呆，也该有个限度啊。于是我探出身子，试图从侧面窥探出一些线索。

到底哪里不对劲呢？一下子还真看不出什么眉目。这时，蒂夏察觉到了我在看她，转过脸来。这下，我总算明白了。

"蒂夏，你的眼睛怎么了？"

"欸？"

"光线很暗。"

我没夸张。细细看的话，蒂夏的眼睛的光比平时要弱，光的颜色变了，简直就像荧光材料突然被擦掉了一样。

蒂夏的反应也很奇怪，听到我这么说后，她突然挪开视线，再次背对着我。然后可能觉得既然被看到了，再躲也没意义，她就又把脸转了过来。我好像能从眼睛光的浮动轨迹，感知到她的情绪。

"很快就能恢复，没事的。"

想到刚才蒂夏躲躲闪闪的，不敢看我，我一度犹豫要不要开口问她，不过到底还是担忧占了上风。

"看来我猜得没错，你受伤了吗？"

"受伤？没有，我……"

蒂夏吞吞吐吐的。在她停顿的那一秒，我陷入了深深的后悔。果然，自己刚才就不该贸然开口问的。她不想说，还是算了吧。但我安慰的话还没说出口，就被打断了。

"香弥，你那边的世界也这样吗？一哭眼睛就会肿。"

"啊，嗯。"

"这样啊……原来是这样。"

这边的人也会哭，不过人们流泪的原因很复杂，也不能全归结于悲伤。所以听了蒂夏的话后，我的第一反应不是同情和担心，而是觉得她哭泣时的样子很美。眼泪被光芒反射，落在双颊，美极了。

但我很快就后悔了，自己不该这么想的，蒂夏也有可能因为难过而流泪。

"蒂夏，最近你房间里是不是有什么东西坏了？"

蒂夏没有马上回答。提问和回答之间，有时候确实得留出一点缝隙，让回答者思考。眼下我能做的，只有等待。

蒂夏眼睛的光比平时更加纤细，无声地来回摇晃着。

"那你的房间呢？"

"嗯？"

"香弥你的房间，除了窗户，都没事吗？"

"啊，嗯。只是东西散了一地，其他没什么事。"

"是吗？那两边世界究竟是怎么互相影响的，我就不知道了，因为没了。"

"没了"是什么意思？是有东西不见了，还是谁死了？正当我揣摩她话中含义时，蒂夏主动开口解释了，压根没给我追问的机会。

"房间没了。"

"……欸？"

"什么都没留下。"

"没留下是什么意思？"

她刚才那句话，是字面意思呢，还是有什么深刻的含义？如果真如她所说，房间没了的话，那房屋的受损程度想必已经严重到了令人瞠目结舌的程度。

但我的房间，明明只是东西散落一地的程度啊，为什么她那边……

我脑海中浮现出了因为火灾房屋被毁的场景，之前在电视上看到过。但那毕竟只是想象，真实情况肯定不一样。

她的房间怎么会没了呢？跟我的房间一样，被飞机的碎片砸到了吗？是战争？被烧毁了？被人为破坏了？还是被谁夺走了？

她会怎么回答呢？

正当思考之际，我看到了她的侧脸，脑海中的那些肤浅的想法，瞬间被另一个令人震惊的事实冲走了。

蒂夏的脸和下巴，跟人类一样。

光在流动。

我之前关于落泪的美好想象，是错的。

光没有反射泪水，而是混在眼泪中，悉数落下。

一粒一粒，一点一点地落下。同时，眼睛的光也变弱了。

她在无声地哭。

"蒂夏。"

可恶，我在干什么？安慰的话也好，直面悲伤的勇气也罢，这些我统统没准备好，却只是因为害怕无声的沉默，就擅自开口叫了她的名字。

蒂夏把脸转向了这边。

是我叫了她，话头是我先挑起来的，我必须承担起这份责任。

"我能问一下，发生了什么事吗？"

"……嗯。"

我已经充分做好被拒绝的准备了，但蒂夏没有抗拒。她点点头，告诉了我事情的原委。

果然是因为战争。

平时，蒂夏居住的地区基本不怎么发生战斗。但由于战场的扩大，她家附近也沦陷了，死了许多士兵。小步死的时候，蒂夏说的突发事件，指的就是这个，终于，蒂夏的家也被卷入了战场。具体细节蒂夏没有说，所以她的房间到底发生了什么，我还是不知道。蒂夏目前掌握到的信息很宽泛也很少，顶多就是传闻的程度。战场之所以扩大，是因为蒂夏国家的战斗者们选择了更具杀伤力的武器。比起保护国民的生活，战斗者们优先选择了杀敌。这些武器，对本国居民的房屋造成了巨大损害。打仗时，蒂夏躲进了另外一个避难所。等战斗结束她再回到家时，眼前只剩下一片废墟。墙壁已被炸飞，里面的东西也被摧毁殆尽，她的房间没了。

　"听说被当成了战场的隐蔽所。"

　这时，我才明白了蒂夏话里的含义。

　也就是说，那些人不是故意的；房屋虽然被损毁，但也起到了保护他人性命的作用；周围一直在打仗，受到波及在所难免；自家房子能撑到现在，已经算是幸运了，毕竟在这次之前都没有被卷入过战场。

　蒂夏想说的，是这个意思吧。但那一定……

　"无所谓了。"

　虽然很小声，但听起来像悲鸣。

　她这个反应我能理解。人在过于悲痛时，要是不强行压制情感，会被负面情绪吞噬而陷入自我毁灭。

　"我的世界消失了。"

　微弱的光斑中，又有一粒光溢了出来，顺着脸颊落下。

　我很想马上说点什么安慰她，但失败了，一是觉得为了回应而回应不太好，二是真的不知道说什么。她失去了那么重要的东西，而我没有。她失去了自己的世界，而我没有。

　小步死的时候，境况也是如此吧，只不过这次角色调换了。

　看到她难过，我的心也跟着痛得厉害。蒂夏的心情沉重到无法被估量，但我却无法亲身体会。一想到这儿，我心里泛起一阵剧烈的疼痛。"蒂夏，我跟你一样难过。"虽然我很想把这句话告诉她，但既然做不到感同身受，说了又有什么意义呢？我还是尽量控制好自己的表情和音调，别让她发现我的难过。

可我能说什么，又能做什么呢？

思来想去，我发现自己不管做什么都没用。我既不能给她一间新的房屋，也不能把屋里的东西复原，把她的世界还给她。

蒂夏最想要的是什么呢？哪怕是弄清楚一件也好啊。可眼下无论我送什么给她，也抹不去她的悲伤吧。

深深的无力感涌上心头，我真的太没用了。

不过你能平安无事，真是太好了。这种程度的安慰，应该没问题吧。

但我很快就发现，这句话存在着根本性的错误。因为蒂夏说过，在她那边的战争里一般民众不会死。如果真是如此，那我刚才那句话起不到任何安慰作用。自然灾害中，可能有些东西具有不可抗力，人类用尽智慧，到底还是反抗不了。但战争不是自然灾害，战争是由人类的愚蠢引起的，原本就没必要发生。所以"你没事我就满足了"这种话，我可说不出口。思来想去我决定保持沉默，一句话都不说。

况且对蒂夏而言，活着的唯一意义，就是感受自己喜欢的东西。

只是无病无伤地活着，对她来说没有任何意义。

"蒂夏，你可别死啊。"

我正在失去她，我再也见不到她了。深深的恐惧刺穿心脏，转换成语言，从我口中溜了出来。

糟糕，我到底在说什么啊？

但蒂夏很快摇了摇头，没给我后悔和解释的机会。

"我不会死的。"

虽然看不到蒂夏的五官，也察觉不到她的表情，但我清楚得很。她刚才的那句否定，并不是出自坚强的意志。

"可是我又该在哪里活呢？"

我不知道。

迄今为止，我连自己活着的意义和归宿都没搞清楚，又怎么会知道她的容身之地在哪里？

"那个，我知道现在问这个可能不太合时宜，你的房间还能修好吗？"

"这个我不太清楚，据说打仗期间还不能进行修复工作，而且现在我住在附近的××家里，如果有地方可住的话，国家就会推迟修复房屋。很奇怪的规则，对吧？临时住在一个陌生场所，这还算活着吗？"

"那你现在住的地方，有自己的房间吗？"

"没有。他们说，能活着就行，不需要个人的房间。"

失去了自我世界，生存空间被挤压，却无能为力。蒂夏现在一定很悲伤，很绝望吧。

蒂夏刚才的回答虽然简洁，但字字句句都沉重无比。

越想胸口越沉闷压抑，疼得我心都要碎了。

要是我现在跟蒂夏身处同一个世界，该多好啊！那样我就能伸手救她了。

如果我在蒂夏那边的世界，就算不能帮她重建房屋，就算不能阻止战争，但起码能知道房屋被毁的惨烈程度，起码能陪在她身边。

可妄想、幻想、空想，这些都没有任何意义。

妄想也好，幻想也好，空想也罢，都不会让蒂夏的房间恢复如初。

我这不是消极，只是说出了事实而已。虽然我俩现在身处这个候车室，却生活在不同的世界，也没办法在两个世界之间来回穿梭。就算能，现在不是还没找到方法吗？

眼下唯一清楚的，就是貌似两个世界会互相影响。

仅此而已……

"我说——"

脑内轰鸣，这种声音我之前从来没听到过。

"如果战争消失的话，蒂夏的房子能修好吗？"

"……应该能吧。但这次战争胜败已定，且下一场战争也不会马上开始。其实就算战争不结束也有机会修复房屋的，只要一直下雨的话……等一下，我想想。停战也好，持续降雨也罢，都要花费一些时间等待,所以马上修复是不太可能了。"

其实刚才的那句"战争消失"不过是我临时起意,随口问的,但讨论到现在,已经上升到正式问题了。不能再遮遮掩掩了,我必须鼓起勇气,直截了当地问她。

"除了分出胜负和持续下雨,还有没有其他情况能中止战争?"

问这个问题时,我其实心里是有点怕的,怕自己作为局外人,要是措辞没个轻重,会惹她生气。担心她听了,会回我一些比如"别侮辱我了""事情又没发生在你身上,别站着说话不腰疼""你又不是当事人,不需要你来同情我"之类的话。

事实证明我想多了,蒂夏一如既往地冷静。

"战斗者之间暴发传染病时,战争会中止,还有——"

面对她的悲痛,可能我的提问冒失了些,但我的心是一片赤诚的。为了她,我什么都愿意做,真的。

我没说谎,更不存在之前说的"装"。蒂夏只是坐在那里,对我而言就是救赎,所以现在我是真的想为她做点什么。

"还有,警报不响的时候。"

"哦哦,我想起来了,你之前说过警报很神圣。"

"嗯。虽然不常发生,但警报确实有好几次没按照规定的时间响。你刚刚也提到了神圣,所以警报不响的时候,基本没有东西能代替它。而且警报失灵后,修复也要花上好一段时间。警报维修期间,是没有战争的。"

"如果警报被破坏了,会怎么样?"

"警报的防护系统做得很好,你说的这种情况几乎不可能发生。而且我之前在书上看到过,说警报是由一种古老而复杂的技术打造而成的,所以一旦被破坏,用现代技术很难修好。"

"……这样啊。"

此时,我脑海中突然萌生了一个念头。

嗯,就这么干。

人类的行动一向如此,想好了就做。

"看来就是这个了。"

"欸？"

或许就是这个。

此时此刻，我所有的想法和意志，都转化成了一个目的。

"我能做的事。"

"你要做什么……"

"我是说两个世界连起来了。"

"欸？我没太懂。"

对，就这么做。

炽热的意志在心中瞬间燃起，散发着闪耀的光芒。我沉迷于接下来的计划里，一时间，竟忽略了旁边一脸困惑的蒂夏。

我立刻跟她道了歉，随便搪塞两句算是遮掩过去了。蒂夏有没有被糊弄住我不知道，但至少从反应上来看，她似乎是接受了。嗯，这样就行，不必让她知道，不能随便给出许诺让她期待。等下次吧，下次我再告诉她。接下来直接行动即可，如果我的猜想被证明确实有效的话，我俩直接手拉手庆祝就行。如果猜想是错的，再找别的方法就是了。总之，现在不能告诉她。

其实说了半天，上面这些也并非我的真实想法，我只是假装在思考，假装自己很有规划罢了。

实际上，我对接下来的行动有十足的把握，这么做肯定没错。

这次不是妄想，也不是幻想，更不是空想。

嗯，如果——

如果能阻止蒂夏那边的战争，一切就有了意义。

此时此刻，我的意志前所未有地强。

影响。

我深信，既然蒂夏能把我从绝望中救出来，那我也能救她。

当然，我也可能做不到，"救她"或许只不过是我的一厢情愿罢了。

我要毁掉警报。

如果我在这边找到跟警报对应的东西，把它弄坏的话，蒂夏那边世界的警报就算没人动，也会跟着坏掉吧。

话说两个世界究竟是怎么互相影响的呢？这个问题，我跟蒂夏已经讨论过好几次了。是只在我俩之间发生，还是跟场所有关系？我一度以为影响跟场所有关，但后来发生的一系列现象推翻了我的推想。

连接两个世界的关键因素，能触发影响的，似乎是我俩本身。虽然这个结论略自大了些，但从腿受伤、鞋子破了一个洞，还有房屋被毁事件等一系列线索来看，影响极有可能是我俩本身引发的。

要真是这样的话，事情就简单多了。只要找到这边世界的警报，然后毁掉就行。

有什么东西是我每天都听，并且能左右我行动的呢？思来想去，只有一个。

我每天都在听，用那个声音来左右行动的东西，只有一个。

对，就是电铃。弄坏学校的电铃即可。

对于接下来的行动，要说我完全没有顾虑，那肯定是假的。毕竟自己之前已经害死了小步，现在要是再破坏学校电铃的话，可谓罪上加罪。可这次跟小步的情况不一样，就算电铃坏了，也不会危及任何人的生命。相反，我的破坏或许能救很多人的性命。

准备工具，花了一天时间。

半夜偷偷潜入学校，摸清楚警卫和加班老师的情况，花了两天时间。

对于这场行动，我已经做好了被发现、被抓住，甚至被责骂的准备。其实现在就实施计划也不是不可以，但随机作案不稳定因素太多，说不定还没成功就被抓住了，最后落个全盘皆输的局面。所以事先踩点一定不能懈怠，我必须做好万全准备，一击即中。

行动日来临之前，我没再见过蒂夏。生活一如既往地无聊，每天过得像拿章盖纸一样，机械单调。在此期间，我上网搜了破坏学校广播机器的方法，包括之前做同样傻事的人受到了什么处分，我也查了一下。

大部分时间，我都在想蒂夏的事情，也很享受这种挂念他人的感觉。并且对于接下来要采取的行动，我一点也不觉得有什么错。

可我终究是个不上不下的半吊子，无法理直气壮地做坏事。制订计划的同时，心里也生出了一丝对家人的歉意。

我的家人虽然平庸，但是都很善良。他们根本不知道自己的儿子接下来会破坏学校公物，会闯大祸。很快，他们就会体会到家里有个坏学生是什么滋味了。儿子被学校记严重警告处分肯定是没跑了，他俩作为家长还得被叫去学校听训，还要遭受周围邻居们的奇怪打量，亲子关系也会就此产生信任危机。总之，我接下来的行动，绝对会伤了家人的心。

但细想一下，这跟小步那时候的情况一样，伤害并非我本意。我只是在行动而已，而在这场行动中，他们刚好是我的家人。人活着注定会给他人添麻烦，会伤害到他人。我不能因为怕伤害到谁就止步于此，我必须跨过心理障碍，达成目的。

为了保护重要的人，我必须这么做。

"我吃饱了，谢谢。"

行动当天，我吃过晚饭，起身离开了座位。在我们家，吃饭有一套完整严格的规矩，是母亲定下的。孩子吃完饭时必须表达感谢，母亲会回一句"不客气"；然后，我还得再回一句"嗯"。哥哥更是夸张，每次回答都拖着长长的尾音。饭前饭后的仪式必须到位，这是我们家的日常惯例。说实话，每天都这么做，谁会开心啊。但我们一家能坚持这么多年，想来也是不可思议。

"啊，对了，香弥。"

正要回房间时，我被母亲叫住了。转过身，发现她在看我，手里的筷子正夹着南蛮风味腌渍竹荚鱼。电视关着，收音机的声音宛如背景音乐一样，完美地融入了这个家，毫无违和感。

"今天你奶奶给我打电话了，说她很想你。而且现在正打仗，她很担心你嘞。还说让你在盂兰盆节的时候，过去一趟。"

"嗯，我先想想。"

母亲先是愣了一下，随即笑道："你这么说，肯定是不想去了。偶尔也要孝敬下奶奶呀。"

虽然我对尽孝道没什么兴趣，但她老人家要是知道接下来我会闯大祸的话，应该不会想见我了吧。

"再说吧。"我丢下这么一句，打算回房间。这时，背后突然传来一句："这孩子，真的随我吗？"

虽然母亲对我有养育之恩，但她的说法完全是谬论。真是的，别什么事都归结到遗传基因上好吗？

在房间休息了一个小时后，我像往常一样出了门。我计划在后半夜实施行动，从家里出发。眼下时间还早，我打算做点别的事情打发时间，所以什么都没带，空手出了门。

我来到了平时跟蒂夏碰面的车站候车室，她不在。候车室里只有我一个人，我走到长椅前坐下，只是一动不动地坐着。

脑子里想的都是蒂夏的事，这次我没再琢磨她的身份，也不再思考我俩相遇的意义，只是单纯地想她。

时间过得很快，蒂夏依旧没出现，也没发生别的什么特殊事件。

差不多该行动了，我起身回了家。

此时凌晨已过，家里变得安静极了。把几个工具装进帆布背包后，我再次走出了房间。走廊里鸦雀无声，之前我还担心这个时间点，哥哥还没睡，怕被他发现什么的。看到他房间没有灯光漏出来，我总算放下心来。

下楼，直接朝门口走去。本打算就这么出门的，可正当我伸脚准备穿运动鞋时，脑海中突然闪过了一种可能性：收音机。

我陷入了迷茫：电铃和收音机，到底是哪个呢？罢了，全都毁掉。之前我怎么没想到呢？哪怕是有一丝可能性，我也得做好应对的准备，于是转身向客厅走去。

这个客厅是一家人其乐融融的地方，至于那台收音机，从我上小学起就摆在那儿了。

我拿起收音机，再次走向门口。穿上运动鞋后，为了不吵醒家人，我以极慢的动作，打开了门。开门时，总感觉后面有人叫我，回头一看没人，看来是我太紧张，胡思乱想过头了。

我侧身迅速溜了出去，锁上门。

半夜的空气，慢慢浸入我的心肺。

呼吸顺畅后，我感觉身体变得轻盈了，情绪也跟着高涨起来。

把收音机放进车筐里，我出发了。中途路过了一栋空房子，后院丢满了大件垃圾。我把收音机扔了进去，机子很旧了，撞上混凝土地面后瞬间破碎，零件散落了一地。显而易见，收音机是彻底坏了。虽然动静很大，但貌似没惊动任何人。我蹬起自行车，再次出发。

我们学校是一所有些年头的公立高中，根本谈不上有什么先进的安保措施，正合我意。当然，一旦打破窗户，警报就会响，所以我必须在一瞬间完成操作，逃离现场。

说是操作，其实很简单，只不过是翻过一楼广播室后面的围墙，砸破窗户，毁掉广播机器罢了。

警报声也好，监控摄像头也罢，我都不怕，我也没打算给自己脱罪。我是为了守护自己的重要之物才这么做的，我问心无愧。如果破坏学校电铃，在这个世界算是罪恶的话，那我也没办法。

此时的我，完全没想过"阻止战争"会给这边的世界带来什么影响，比如我这边的战争可能也会中止。不过无所谓了，这边的世界会怎样，我根本不在乎。

我现在干劲满满，纯粹是因为蒂夏。

我绕着学校的围墙转了一圈，来到之前踩点就找好的地方。停好自行车，从背包里拿出一把小斧头，先扔了进去，然后轻轻一跳，翻过了围墙。

捡起斧头，我看了下时间。

能不能成功破坏且顺利脱身,我不知道。也许这次行动,会以惨烈的失败告终。

成功与否,就看天意吧,眼下我只需遵从自己的意志,行动即可。

为了她的房间,我必须毁掉电铃。

这份意志如烈火般灼热滚烫,除了靠行动排解,别无他法。

我对着窗户,握紧了斧头。

半夜潜入学校也好,打碎窗户、砍坏学校广播的设备也罢,无论哪一种,都够警告处分的了,但我竟丝毫不觉得紧张。

我不但不紧张,反而情绪高涨,兴奋不已。此时,我心中只有一个念头,只有一个。

也是我一直都在期待的,嗯,肯定是。

啊,我能成为她的英雄吗?

月光洒在窗户上,映出了自己那张满是笑容的脸。

我挥起斧头,砍了下去。

当你想见某人想得不得了时,千万不能跑着去见。

当然,这只是我个人的感觉。

因为身体剧烈震动时,思念会跟着汗水和紊乱的呼吸一起烟消云散。这理由可能听起来很扯,但我真的是这么认为的。

所以,为了不让自己的这份心情跟着二氧化碳一起排出,我轻吸轻吐,把呼吸力度控制到了最低。

现在,我正朝着跟蒂夏碰面的车站候车室走去,一步一步,不急不缓。

风吹得树叶沙沙响,脚步声也在这一片静谧中,听得格外清楚。

我把自行车扔到了之前拴小步的车站后,没回家,直接奔这里来了。

计划实施得很顺利，迅速弄坏广播设备后，我成功逃离了现场。

现在学校应该乱成一团了吧，校方很可能已经知道是我作的案了。

可我也好，这个车站也罢，眼下都是自由的，跟那边的热闹没有任何关系。

如果学校电铃跟那边世界的警报真能互相影响的话，那刚刚其实没必要砸碎全部的设备。

袜子对应鞋子，窗户对应整个房间，小步对应好几个人。

我猜两个世界在破坏程度上是有差别的。在这边，就算是很小的伤害，到了那边就会被放大，人和物件都会遭到损毁。尤其是受伤，可能是两边生物的体力和个头有所不同，蒂夏那边的人伤势更重。

当然，这不过是带有主观愿望的猜测。但不知不觉中，我已经开始相信这个规律了。没什么根据，只是一种感觉。

计划已经顺利完成，学校处分什么的暂且先放一边，总之我现在迫不及待地想见蒂夏。

我感觉自己马上就能见到她了。

当然，这也是带有主观愿望的猜测。

此时天空已经变成了鲜亮纯净的群青色。之前我从来没在这个时间点来过车站，今天是第一次。

等会儿蒂夏如果真的在候车室，我该跟她说什么呢？罢了，说什么是次要的。只要她能开心，她能再次展露笑容，我就满足了。

想着想着，不知不觉中我已经到了车站。

当我伸手准备打开推拉门时，却手滑了，看来身体比我想象中的还要疲惫。我再次把手挂在把手上，打开了门。

映入眼前的，是蒂夏。

"你怎么……"

虽然已经有预感她会来，但见到真人时，我还是不禁叫出了声。你怎么会在这个时间点出现？为什么我想你，你就出现了？为什么？

"我想早点见到你。"

"我也是。"

我没说谎。

"不过，我没想到你真的会来。"蒂夏说。

我也是。

我走到长椅前坐下。大概是之前骑自行车过于用力的缘故吧，大腿僵硬得很。

我看了眼蒂夏，感觉她的眼睛似乎跟平时不一样了，充满了感情。虽然我读不懂全部，但她内心好像在动摇。

"呐，香弥。"

声音在颤抖。她在哭吗？莫非又发生了什么让她伤心的事？

正当我担心的时候，蒂夏眨了几次眼，小声说道：

"警报坏了。"

我瞬间像泄了气的皮球一样，再也提不起力气。

刚才身子僵硬，果然是因为处于精神紧绷的状态，所以当紧张、不安、担心等负面情绪从身体溜走后，我仿佛失去了核心，整个人瞬间散了架。不过身体很快又被安心感填满，旁边的蒂夏就像备用电源一样支撑着我。我张了张嘴，总算有力气说话了。

"太好了，我成功了。"

蒂夏眼睛的光，瞬间变大。

"原来是你干的啊！哦，不对，警报坏的时候，我就猜是不是你干的，所以才来了这里。"

"嗯，是我干的，原来你早就猜到了。我找到警报的对应物，把它弄坏了。"

"你竟然……可那东西不是很重要吗？"

"没关系，这东西在我们这边很普通。虽然弄坏它多多少少有点罪过，甚至可能因为这个，接下来有十多天我都不能来这里。不过无所谓了，最重要的是我成功了，真是太好了。"

蒂夏直勾勾地盯着我，没眨眼。

"怎么样？现在战争停止了吗？"

眼睛的光，上下晃了晃，她在点头。

我的幸福感，刹那间达到了顶峰。

"我接到了通知，说是从明天开始，战争暂停。"

"那蒂夏的家呢？"

"停战期间，可以修建房子。"

"太好了。"

我心中充满了喜悦。蒂夏的房间回来了，她的世界回来了，她又有了活下去的意义，她不用再悲伤了。心爱之物失而复得，真是太好了。

可为什么……

为什么蒂夏是这个反应呢？我原以为她会松一口气，或者声音会听起来开心些，但统统没有。

"香弥。"

蒂夏呼唤着我的名字，声音沙哑。

她怎么了？

莫非？我突然有种不好的预感，还是最坏的那种。

我这么做，是不是操之过急了？要是给她添麻烦了可怎么办？毕竟我没跟她商量，就擅自弄坏了跟警报对应的学校电铃。要是神圣的警报对她来说也很重要，可怎么办？我以为按蒂夏的性格，应该对自己以外的任何事物都不感兴趣，却没考虑到常识层面的后果。完了，我是不是弄错了？这下可怎么办啊？

一想到这儿，我浑身难受，越发不安。

"哦……喔……我……"

可能是嘴唇在发抖吧，她说话磕磕绊绊，无法顺畅地组织语言。我咕噜一下咽了口唾沫，耐心等她说完。

"香弥。"

"……嗯。"

"我能为你做什么？"

虽然刚刚做了各种设想，但我完全没料到她会问这个。蒂夏语气平淡，听不出任何情绪。

"欸？"

"香弥，你保护了我的世界，那我能为你做点什么呢？"

蒂夏慢慢闭上了眼，一粒光从右边溢了出来。

"啊，那么，怎么说呢……要是惹你伤心了，我道歉。"

两道光线剧烈地左右摇晃。

"我才没有伤心。"

这是我第一次听她这么大声说话。不过无所谓了，重要的是她没伤心。

"那就好。"

"……为什么？为什么帮我做这些？为了一个异世界的人。"

我想了下，理由只有一个。

"我只是想让你开心点。"

蒂夏深吸一口气。

"香弥。"

"嗯。"

"我来实现你的愿望。"

我歪了歪头，表示不解。

"关于这边的世界，如果你想知道什么的话，我都告诉你。你帮我中止了战争，我想回报你点什么。我想尽可能地报答你的温柔。"

"啊……原来是这样。"

我总算回过神了，她这是开心。

"你对我很重要。"蒂夏又补充了一句。

啊，还有比这更——

是我的意志，让她获得了幸福。

还有比这更独特、更美妙的体验吗？

应该不会再有了。

但她刚才的话里，有一点我很在意。

有一点，只有这一点，蒂夏说错了。

我不是出于温柔，才去破坏学校电铃的。
我的动机，才不是"温柔"那种轻飘飘、随随便便的东西。
我之所以帮她，是想证明那件事。

一定是刚才作案时的奇妙兴奋感还没平复，我感觉自己现在像喝醉了似的，精神恍惚，有点忘乎所以了。等恢复正常清醒状态时，再回想自己破坏学校设施的疯狂举动，还有蒂夏的喜悦，自己想必会羞耻得面红耳赤吧。

"蒂夏。"

"嗯。"

"我还真有一个请求。"

"嗯。"

"一点点也行。能让我触碰一下你吗？"

"啊？可以是可以，不过，真的就这么简单吗？"

"嗯，就这么简单。"

听完我这句话，蒂夏虽然一脸不解，但应该是接受了。她点点头，看向了我这边。我轻轻抬起臀部，身子朝蒂夏靠近。

两具独立的身体，现在靠在了一起，距离前所未有地近，我俩互相斜靠着身体坐着。刚靠近时，我的膝盖碰到了某种硬硬的东西。嗯，从触感上判断，那应该是她的膝盖。

"中途你要是觉得不舒服的话，一定要和我说。"

看到蒂夏点过头后，我把右手慢慢伸向了她的身体，虽然看不见。

如果一个人想触摸异性的身体，大多是性欲所致，这是常识。可现在我俩身处常识之外，所以就算蒂夏的身体构造跟人类女性相同，我碰她也并非出于性欲，更不是想摸胸之类的。

我只是想证实，她的确在那里。我想通过这个动作，弄清自己的真实想法。

我并不是出于温柔才想让蒂夏幸福。温柔这种暧昧温暖的心情，还不足以让我付诸行动。

事到如今，再怎么遮掩已经没用了，自己的心思早就暴露无遗。

我之所以这么做，是因为蒂夏对我而言，是特别的、独一无二的存在。

刚开始，她在我眼里不过是个异世界人类。可现在不一样了，她说的话所以好，她心里的想法也罢，对我来说都无比珍贵。

我的所有想法，终究是为了满足自己而已，根本不是什么温柔。

我这么做，只是想让自己看清自我。

我这么做，只是想告诫自己：别再拿正义感、慈悲什么的当幌子了，全都是谎言。

指尖触碰到了蒂夏散发着微光的手。

她的手依旧凉冰冰的。这里应该相当于人类的手背吧，青筋隆起，这点也跟人一样。

我用手指一边探索，一边抚摸。这里是手腕附近吧，再往上走一点，我碰到了质地柔软的东西。我原以为是长袖衣服，没想到那块布料并没有贴在胳膊上，而是散搭着。

"你穿的什么衣服？"

"这个叫×××，你那边可能没有。从上而下，能盖住全身。"

应该是长袍、斗篷之类的吧，摸起来又轻又软。

"真的，你要是不舒服的话，请马上告诉我。"

"嗯。不过，我并不讨厌你碰我。"

她能如此信任我，老实说我很高兴，但也很害怕。

顺着衣服再往上，应该是她的胳膊。我小心翼翼地握住，手指一点点地往上探索，中途摸到了像骨头一样的隆起部位，应该是肘关节吧。就是从这里开始，蒂夏的手臂慢慢变粗变软。再往上走，又摸到了隆起的骨头，触感很像肩膀。

"你的身体构造，跟我们这边的人一样。"

"嗯，这点我早就知道哦，毕竟我一直能看见你来着。"

蒂夏眯起了眼睛，仿佛在笑我说了很奇怪的话。看来，这应该就是她的笑容了。我还是第一次这么近距离地看她，心脏都漏跳了一拍。

嗯，目的已达成，也差不多该停手了。但"差不多了"这句话，我却没能说出口。

手指依然不由自主地向着她脖子的方向爬去。

一碰脖子那儿，蒂夏眼睛的光立刻微微摇晃起来，我慌忙撤回了手。

"怎么了？"

"我在想，你是不是烦了。"

"……香弥，你好温柔啊。"

蒂夏再次眯起双眼，爪子的光也浮动起来，她轻轻握住了我的手。她引导着我，朝她脖子方向移动，然后在我之前撤回的地方停下了。我的手抵着她的下巴，从旁人的视角来看，我现在的姿势，很像在驯化可爱的小动物。

蒂夏的脖子和人类一样，有脉搏跳动着。啊，就算她跟我的构造略有区别，就算这里流动的血液会发光，她也是一个鲜活的生命啊。

手指顺着下巴往上爬。

脸有轮廓，小小的。当我用手指描绘轮廓时，蒂夏好像发出了怕痒的声音，指尖瞬间感受到了她呼出的气息。

我把手指放在了她的脸颊上。为了不让指甲刮到她，我轻轻确认过触感后，改用了手掌触碰。她的脸被我手掌的温度沾染得热乎乎的。好神奇，我俩明明身处不同的世界，却在分享体温。

蒂夏在那里。

"呐，蒂夏。"

我必须直接面对，不能再找"气氛烘托""当时脑子不太清醒""随口一说"等这些话当借口了。

"嗯，怎么了？"

我原本以为感情这种东西，就算不说，也一定能跟着体温传达给对方。

但事实并非如此，语言是十分必要的。

既然如此，那现在就拼尽全力，告诉她自己的意志吧。

"抱歉蒂夏，接下来，我有一些话想告诉你。这些话你可能理解不了，我也没打算让你理解，只是我单方面想表达而已。"我的手依然捧着蒂夏的脸。

什么话？她脸上闪过一丝迟疑，但很快就接受了，把手叠放在我的手上，说了句"你说吧"。

她肯定把我当成了自己重要的朋友。

究竟要有多大的勇气，才能说出口呢？

"蒂夏，我喜欢你。"

"嗯，我也喜欢你，香弥。"

"我不是那个意思。"

蒂夏应该是歪了歪头吧，我感觉自己的手掌也跟着动了动。

"之前有跟你聊过的。在我们这边，有一种关系叫'恋爱'，恋爱的感觉跟友情亲情都不一样。老实说，我也不知道该怎么跟你阐述恋爱这个词的定义。也不能说它就是友情的延伸，至于跟性欲有无明确关系，我也不是很清楚。但我清楚的一点是，现在，我心中对你抱有'恋爱'的情感。"

我咽了口唾沫，让自己换一下气，来缓解内心的忐忑不安。

"我对蒂夏的喜欢，是那种恋爱的喜欢。所以，我想触碰你。但说'恋爱'这个词你又听不懂，就像我经常听不懂你的某些词一样。抱歉，你不用太在意，只是我单方面想说给你听而已。"

我现在的样子，一定可怜又狼狈吧。

"抱歉，自顾自说了这么多。"

蒂夏盯着我，脸离我超近。

因为只能看到眼睛，且我也没有那种能读懂她的全部感情的敏锐，所以此时此刻她心里到底在想什么，我根本无从得知。她是在动摇吗？还是面对一种全新的未知的情感时，她心生畏惧了？又或者她现在正被异世界独有的负面情感缠绕，动弹不得？

她到底在想什么呢？算了，想再多也无济于事，只能静待她的反应了。

我一动不动地盯着蒂夏的眼睛。

"香弥。"

只是被叫了名字,就如此紧张,这种感觉我还是第一次经历。

两个人互相看着对方,都没有移开视线。

"教我怎么接吻吧。"

咚——

又来了。我的心脏猛地跳了一下,跟那天一样。

"欸?"

"抱歉,正如你所说,我不懂'恋爱'是什么感觉。"

"嗯。"

"无论它有多么强烈,我还是无法理解,不过我想跟你一起珍惜这份情感。所以,教我接吻吧。在你们那边,谈'恋爱'的人,不都是要接吻的吗?"

面对她如此清晰明了又羞耻的请求,我一下子愣住了。

"呃,但是,接吻这个……"

"你之前说过,好像是嘴唇碰嘴唇来着?"

"啊,是这样没错……"

蒂夏直勾勾地盯着我。

"那我要怎么做?"

"那什么,蒂夏,你不是讨厌接吻吗?"

这一点,我必须提前问清楚。

"如果是因为我弄坏了警报,你出于报答,强迫自己跟我接吻的话,还是算了吧。"

"不是你想的那样。"

蒂夏马上反驳了我。

"我们这边没有嘴碰嘴的文化,所以在这件事上,我压根没有忍耐的感觉。我之所以想接吻,是想珍惜你和你的这份感情。不过你要是不喜欢的话,就不用教了。"

说话间，蒂夏把手从我手背上拿开，放回了自己膝盖上。

看来只能听她的了。

蒂夏那边的世界没有"恋爱"这个思维方式，也没有接吻文化，所以只要我想找，总能找到理由来回避她的请求。

但事到如今，我已经无法从这份恋爱情感中逃离，更不想因为拒绝，就让她觉得我刚才的表白是说谎，一点也不想。

哦，不对，这些都是借口。

我想触摸她，我想尽可能地靠近她。

我想知道她嘴唇的触感。

我是凭借自己的意志，才这么做的。

要开始了。喉咙黏糊糊的，我紧张得说不出话来。

我先是顺着她的脸颊，从眼睛附近的位置往鼻子方向摸索。

手指止不住地在颤抖。

"接吻很可怕吗？"

她感觉到了我颤抖。

"没有，啊……嗯……不过确实有点可怕。怎么说呢？感觉一旦亲吻，那这份感情就已经没了回头路。"

"你害怕回不去吗？"

"有你在身边，我就不怕。"

"我在哦。"

从光的浮动轨迹看，蒂夏眯起了眼，脸也在动。我的手指顺着她的鼻子往下挪了挪，碰到了格外柔软的部位。这时，蒂夏的眼睛又变圆了，同时那个柔软部位也缩了缩，应该是她扬起了嘴角，嘴唇往里靠了靠。

啊，原来这就是她的笑容啊。我第一次读懂了她眯眼的表情。真是太好了。我拼命忍住眼角快要涌出的奇妙液体。

"这里是嘴唇，对吧？"

"嗯。"

"好，蒂夏，闭上眼。"

很快，两个光点消失了。

映照在我眼里的，只有一片漆黑，什么都没有。

但是，触摸的话，她确实在那里。

从路人视角来看的话，这副光景看起来一定很傻吧。

但是没关系。我们两个之间，除了真，其他什么都不需要。

"亲吻的话，嘴唇该怎么做？"

"能合上自然最好。啊，不过也不用闭得那么紧，放松点。"

"哦哦，感觉跟睡着时差不多，对吧。"

在指尖触碰到她嘴唇的那一瞬间，我心中炙热的意志一下子消失了。指尖描绘着柔软的部分，嗯，形状跟人类嘴唇差不多。上下没有彻底合上，留出了一些间隙。

"我就这么待着不动，可以吗？"

"嗯，这样就行，等我一会儿。"

请你再等一会儿，我的嘴唇马上就到。

一想到自己刚才似乎说了荒谬无比的台词，我忍不住想笑。当然，这股笑意，也有可能是为了缓解自己的紧张感。但实际上，我并没有真的笑。

咚——咚——咚——

每一声强烈的心跳，都清晰无比。我甚至有点担心再这么跳下去，自己的紧张会传染给蒂夏。

可担心归担心，我并不打算临阵退缩。意志、逞强、爱慕，各种情绪混杂交织，色彩越来越浓。换作平时清醒理智的我，可能会就此停下，从这片近乎幻象的朦胧中抽身。但眼下，我决定放弃理智。

"那我开始了，那什么，如果你不喜欢的话……"

"没关系。"

蒂夏强行打断了我的废话。她应该是怕我再说下去的话，决心会跟着语言一起溜走吧。

右手中指和无名指顺着蒂夏的嘴唇，往脸颊方向移动。不做记号的话，嘴唇的位置还真不好找。于是我把左手贴在她的脸颊上，用大拇指触碰她嘴唇的边缘。

"告诉我怎么做。"蒂夏说。

首先，这个问题本身就很奇怪。接吻方法什么的，根本没必要刻意说明吧。试一次就知道了。

等下，人一般是怎么接吻的来着？

我并不是没有经验，但细想下，我好像从来没有留意过接吻的方法。应该先碰对方的上嘴唇还是下嘴唇，要亲多久，用什么力度合适，这些我都没想过。

看来我自己也不懂啊。

可能接吻是下意识的动作，所以才没有方法吧。

想了半天，到底还是没想出个结果来。让蒂夏等太久也不太好。

再说了，知识、经验这些东西，如果只是持有而不知其缘由的话，跟不懂也没什么区别。不懂就是不懂，现在后悔也晚了。事到如今，只能硬着头皮上了。

我脸朝下，做了一次深呼吸。

我抬头再次看向蒂夏脸的位置，靠了过去。

接吻时，嘴唇应该摆什么形状来着？

对了，蒂夏说像睡着时的感觉，我也按她说的感觉走吧。

吞了口唾沫，嘴唇放松，上下之间留一点空隙。

我一边确认自己大拇指的位置，一边靠近。为了不撞到她的鼻子，我稍微歪了歪头。

我俩都意外地很沉默，周围寂静无声。

这一刻，蒂夏在想什么呢？在体验异世界文化是什么感觉吗？

新奇之外呢？真希望她心里某个地方，也会有某种强烈的情感，紧张也好，其他随便什么也罢。总之，我希望她现在的心情，跟我是一样的。

因为我现在极度紧张，心跳得也厉害。我这副精神紧绷，一脸严肃的模样,在这一片静谧中显得格外吓人。

左臂传来手表走动的声音,无视它。

然后——

触摸。

上唇猛地一下撞上了。

蒂夏的嘴唇条件反射似的,微动了下。当时我心生顾虑,一度想撤回,但看她似乎并不抗拒,我决定相信她刚才的那句"没关系",继续。

和蒂夏一起呼吸。

我先试探性地只是碰了她的上唇,然后我俩就像动物般互相轻咬起来,下唇也碰到了一起。

感觉就像有一股电流穿过,我全身发麻。甚至有几秒我僵住了,动弹不得。

距离如此之近,我感受着蒂夏的体温、唇端的灼热和潮湿。

我集中全身的力量到嘴唇,把下唇从她的下唇离开,开始轻啄她的上唇。蒂夏没什么反应。不过,这次我碰到了她嘴唇表面以外的部位,感觉滑溜溜的,身体再次陷入一阵酥麻。

酥麻,再普通不过的感受。

蒂夏的嘴唇很甜。

虽然她舌头上什么都没放,但我切切实实感受到了甜。

蒂夏嘴唇微张,间隙比刚才更大了些。

差不多了。

这场奇妙的亲吻即将结束。老实说,我有些舍不得。这次亲吻,怕是最后的告别了吧,一定是。

可吻得太久,会给蒂夏造成困扰。

此时,我的嘴唇还在轻轻夹着她的上唇。犹豫片刻,我缓缓离开了她的嘴。

顺便把贴在她脸上的手也撤了回来。该死的手表刚才一直吵个不停,我把它摘下来,放在长椅上。看向蒂夏脸的位置,我悄悄深吸了一口气，吐出。等了一会儿，我发现她眼睛的光点处似乎溢出了水。

面对这样的场景，感觉自己好像说什么都不对，还是看她接下来作何反应吧。虽然接吻已结束，但我的心还是一直怦怦怦跳个不停。

第一次接吻，蒂夏是怎么想的呢？希望没惹她不快。希望她能把我当成喜欢蒂夏的人，而不是持有接吻文化的异世界生物。

"原来这就是接吻啊。"

刚才还在我指尖的嘴唇，毫无征兆地吐出这么一句话。听到这里，我的心脏运转得更快了，气血翻涌，涨红了脸。

她刚才还说接吻时嘴巴微微张开的感觉"跟睡着时差不多"。看来这次初体验，到底还是变成了形式上的接吻教学。面对游刃有余的蒂夏，我瞬间感觉精神紧绷的自己，可怜又狼狈。

"感觉如何，香弥？"

感觉如何？

"怎么说呢？嗯，我很开心，虽然这种感觉你可能不太懂。"

正是因为知道对方听不懂，所以在这种关键时刻我反倒没了负担，人也变得坦诚起来。

此时天还没亮，还能再跟她待一会儿，真是太好了。

"希望刚才没惹你不高兴。"

"我没有不开心哦，只是觉得很不可思议。感觉像跟朋友拥抱时，因为扑得太猛而撞到了对方的脸。又感觉到了你的小心翼翼，你仿佛很珍惜这次接吻。"

原来如此。但我从来没跟朋友拥抱过，所以不懂她说的感觉。

"接吻，有规则一样的东西吗？跟其他行为做区分的标准是什么呢？"

"嗯……我觉得没有，只能凭感觉判断。比如在这边世界，刚才那样的动作就叫接吻。"

"时间、强度，都没有规定吗？"

"嗯，没有。"

"既然如此，感觉我好像也能做到呢。"

"嗯？不是。"

我这才注意到，自己对"接吻"这个词，解释得乱七八糟。

蒂夏怕是完全误解了这个词。

接吻，顾名思义就是"靠近对方，用自己的嘴按住对方的嘴"的行为。所以被亲吻的一方被动接受，算不上接吻。伤人和受伤有区别，同理，接吻和被吻也是有着明显区别的。蒂夏脑袋里的思考逻辑，肯定是这样吧。

也就是说，可能蒂夏认为自己还没有接吻。

"香弥，你能把脸靠过来一点吗？"

接吻没有明确规则这点，也让她有了自信，觉得自己也能做到，而且我还说了"很开心"这种话。

"把手放在脸上，是有什么含义吗？"

"没什么含义，刚才我把手放上去只是为了做记号，因为我看不见你的嘴。"

"哦哦，那我按自己的感觉来也可以吧。香弥，你能弯腰稍微往前一点吗？"

出于私心，我决定对蒂夏言听计从。所以犹豫半天，我到底还是没对她解释一句：被吻一方接受的动作，也算接吻。

我当然知道靠近她的身体和嘴唇，接下来会发生什么，但还是装出一副呆住的样子，接受她即将到来的吻。

"香弥。"

"嗯。"

"闭上眼睛。"

她可能以为闭眼也是规则之一吧。我将错就错，闭上了双眼。

因为我把注意力都放在了嘴边，所以刚被她碰到时，那种触感让我很意外。我甚至被她的动作惊到了。脖子被布料扫到，嗯，还是跟记忆中一样柔软。她在我两肩和脖子之间放了一个细细的东西。

我很快反应过来,那是她的手臂。

虽然吃惊,但我依旧没睁开眼。要是被蒂夏发现"闭眼"并不是接吻规则的话,她可能会停下,这是我最不愿意看到的,我不想从梦中醒来。说来可笑,自己不睁眼的理由,竟然跟小孩子一样任性幼稚。

我脖子后面,是蒂夏交叉的双手。她双臂用力,抱住了我。我决定任凭这份小小的力量摆弄,身体被她拉了过去。

她动作很慢,一秒一秒地,缓慢得仿佛在不断跟我确认似的。

"我这么做,没错吧。"

终于,我俩的唇重叠在了一起。

柔软,香甜。

我依然保持一动不动。蒂夏碰过我的下唇后,往上挪了一下,轻轻啄起了我的上唇。我很快察觉到,她在模仿我。

如果是这样的话,看来这场接吻很快就要结束了。

上次,我明明已经放弃了。

可这次,不知道为什么,我不想放弃。

在蒂夏的嘴唇从我身边消失之前,我主动轻轻咬住了她的下唇。

于是,蒂夏像模仿一样,移动嘴唇,也啄了我一下。

一遍又一遍,反反复复。

互相轻啄几番后,彼此唇间混进了类似唾液的东西。

回过神来,我发现自己主动将唇跟她分开了。

"蒂夏。"

我呼唤着她的名字。两人距离如此之近,以至于我的嘴唇一动,她的嘴唇也跟着抖了抖。

我依旧闭着眼。

"嗯,怎么了?"

蒂夏的手臂依然在我脖子上环绕着。听着她的声音,我大脑飘忽,心池摇曳。

"我知道自己无论说多少次喜欢,都注定传达不到你那里。"

这句话明明只想放在心里的，但我还是忍不住小声说了出来。

"嗯。"

"这也是没办法的事，毕竟你那边没有恋爱这种情感，可我还是很难过，所以对蒂夏你的这种心情，我不会忘记。我知道这么讲是自说自话，可这种心情就算再怎么褪色，再怎么混入杂质，就算有一天再也见不到你，就算我死了只剩下灵魂，我也绝不会忘记。请允许我这么做。"

此时此刻，这份特别像种子一样从我心中破土而出。我收起平日里的伪装和矜持，将自己心中所想如实告诉了她。

连绵不断的特别、彻底消失的无聊。

正是我一直渴望得到的，这下终于到手了。

"嗯，可以哦。既然你不会忘，那我也不会忘，我会永远记得，你把你那边世界的特殊情感给了我。我是不懂恋爱，但香弥你能把如此珍贵的心情投射在我身上，我很开心哦。这不是客套伪装，我是真的开心。"

"蒂夏，为什么我们不在同一个世界呢？"

"是啊，要是有一天能越过边界线就好了。"

我们无法去往对方的世界，也无法一起生活。

"蒂夏。"

"香弥，我最重要的香弥。"

来自两个不同世界的人，别说一起生活了，就连这种见面，也不常有。

"我喜欢你，蒂夏。"

"嗯。"

在这场对话里，我俩真的听懂了彼此的意思吗？

话说我连她真正的名字都不知道。

我俩只是在彼此世界的交叉点相遇，只是在此地互相确认了彼此的存在而已。

那边的世界，有人比我更亲近蒂夏。

那边的世界，有人比我更常见到蒂夏。

那边的世界，有人比我更理解蒂夏。

这些我一直都知道。

但是，和蒂夏共享的这一瞬间，对，一瞬间，只有这一瞬间，我才有活着的感觉，我才感觉自己跟她的羁绊比任何人都要深。真的，对于这点我深信不疑，绝非自作多情。

这个地方应该是她的后背吧。我闭着眼睛，举起双臂，用力将她拉了过来。蒂夏没有抵抗，就那么被我抱着，她甚至主动上手拉起我的胳膊，帮了我一把。

这是我生平第一次如此强烈地想要靠近某个人，想贴近她，想跟她的生命融为一体。

我就这么一直抱着蒂夏，直到全身的酥麻完全褪去。

这边世界的战争，完全没有要结束的迹象。

当然，学校很快通过摄像头发现了犯人是我。但不知道是临放暑假的缘故，还是我平时表现得像乖学生一样让他们对我有好学生印象，总之学校的处罚很轻，只是让我写了长长的检讨书，罚了一周的闭门思过，然后生活指导老师找我谈了话，学校还找了外部医生对我进行心理疏导。父亲狠狠斥责了我，连一向慈祥的母亲也揍了我一顿。被打时，我的第一反应是：这顿殴打，不会影响蒂夏吧？不过母亲的拳头，基本没对我的身体造成什么伤害。蒂夏应该没事。

可惜的是，在家人的严密监视下，我既不能外出买东西，也不能跑步。我试过半夜偷溜出去，但被哥哥发现了，他劝我："别再惹母亲伤心了。"

算了，我已经伤害过他们一次了，眼下还是别强行突破家人的警戒线为妙。

当然，其实跑步什么的都无所谓，我出门，纯粹是想见蒂夏。

那天，在接吻之后，我们敲定了接下来要做的事。说是敲定，其实不过就是商量了下今后的见面频次。我跟蒂夏约好：就算没有战争，她依旧会定期来避难所跟我见面。

老实说，我不知道警报何时能修好。一旦修好，到时她的生活又要充满战争了吧。既然平静的生活如此宝贵，她就算不来避难所，生活也能过得很充实。可蒂夏说她想见我，所以近期应该还会来避难所。当然，她当时这么说，也有可能只是在顾虑我的感受。但即便是客套话，我也开心。

我本打算装作什么事都没发生一样，老实在家度日，但事与愿违。

自从我被父母狠狠责骂后，时间已过去了四天。

今天，家里只剩下我和母亲两个人。母亲又把那天破坏学校设备的事翻出来了。当时，我正在厨房喝牛奶。

"香弥。"

房间角落里的收音机正放着节目，音质比以前那台旧的明显好多了。

"我一直在犹豫该怎么开口。香弥，你根本没在反省吧？"

你都犹豫再三了，还是说得这么直接啊。

我想了下，决定还是说实话。

"我在反省。让你们无故受了牵连，我很抱歉。"

"但是对于弄坏学校东西这件事本身，你没在反省吧？"

还真没有。我知道破坏学校设备不对，可就算再回到那个时候，我还是会做同样的事。从这个角度看，我确实没在反省。

于是我条件反射似的打算点头承认，但这么做只会让母亲更担心。该怎么回答呢？

正当我思考之际，母亲叹了口气。

"好吧，那你不惜那么做，是心中有什么宝贵的东西要守护吗？"

"啊，嗯。"

我也没打算隐瞒，如实答道。

"是什么我不关心,总之你是凭信念在行动,对吧?"

"嗯。"

母亲比想象中更了解我。

可母子之间,就算血脉和基因再怎么相连,也不至于连我心里想什么她都知道吧。

"别以为自己遵循了信念,就能随意伤害别人。"

面对母亲的指责,我什么都没回答。这时,电台主持人仿佛想填补对话间隙似的,插播了一首歌。

"我知道,人在下定决心做一件事时,会不可避免地伤害到他人。但如果你是故意伤害别人,总有一天,你最宝贵的东西会消失,你守护的信念也会崩塌。就比如有些人今天能为了保护家人而轻易伤害他人,总有一天也会为了自己,反过来伤害家人,毕竟只要有所谓的信念支撑,他们什么都干得出来。到最后,自己也会遭到反噬,会受伤。所以我担心你会不会也变成那样极端的人。"

"哦哦。"

说来说去,不还是这个意思吗?

"所以我刚才不是说了吗,很抱歉给你们添麻烦了。"

"我说你这孩子怎么,唉……"

母亲长叹了一口气。

我把牛奶放回冰箱,打算离开。给他们添麻烦这件事,我从心底里觉得很抱歉。但母亲对蒂夏和蒂夏的世界一无所知,她根本就不懂我破坏学校设备的意义。就算伤害到他人,我也要那么做,我必须那么做。当然,这些话就算我跟母亲说了,也不会被理解的。

而且就算母亲不说,我已经从这次事件中得到了教训:一个人想达成目的,势必会伤害到他人。所以,她的这些说教毫无新意、无聊至极。

正打算上楼回房间时,背后传来了母亲那句近乎威胁的即兴台词。

"我也不是长生不老的,不可能陪你一辈子啊。"

这不是废话吗？人总是要死的，这是自然规律，毋庸置疑。

那天，是我最后一次和母亲面对面深度交谈。

经历了长达一周的闭门思过后，我终于解放了。我像一匹在起跑线上等了很久的赛马，上午就从家里飞奔而出。很久没跑步了，掌握节奏颇费了一些时间。不过令人高兴的是，我的体力并没有下降。看来跑步和吃饭一样，已经成了我的身体日常所需的一部分。

白天蒂夏应该不会出现，所以没必要去车站候车室。再说要是碰上熟人，受到奇怪的打量，我可受不了。最终我选择往山里跑。

我一边补充水分，一边跑，很快到达了平时设定的跑步折返点。看到熟悉的车站后，我安心了不少。果然，建筑物这东西不是那么容易消失的。看过心灵支柱般的车站后，我感觉又有了力气，还能继续跑。

到家时已汗流浃背，我洗了澡，换了衣服，吃了母亲煮的挂面。我下午做的事，跟上午差不多，不知不觉已经到了晚上。虽然家人死盯着我晚饭后的外出，但只要遵守三个条件，我还是能出去的。

一、早点回来；
二、不要靠近学校；
三、带上手机。

从目前的形势来看，这些附加条件依旧卡得死死的，完全没有商量的余地。

此时已是八月，就连夜风也变得令人不舒服起来。跑到中途，背上浸湿了一大片，我一边感受着身上的汗，一边前进。为了避免身体脱水，我喝了口瓶装水。这水，是出门前母亲叮嘱我带的。

不知道蒂夏今天在不在。但只要一想到等下有可能见到她，哪怕是概率极小，我的心也禁不住怦怦跳。面对久违的再会，可能是期待又害羞的缘故，我有点紧张。

就算她不出现，我也没办法。毕竟一直以来，见不见都是由她主导。虽然我很清楚这一点，但内心深处还是幻想着她今天会出现。

自己现在这副模样，还真是随处可见的男高中生呢，平庸又无聊。自嘲一番后，感觉呼吸稍微顺畅了些。用手打开候车室的门后，眼前出现了独一无二的光。

"啊啊，香弥，太好了。"

蒂夏松了一口气，仿佛在替我表达安心和喜悦似的，开口说道。

她是在开心能跟我见面吗？怀着害羞和期待，我关上了候车室的门。

"抱歉，一直没能过来。"

说完这句，我走到长椅前打算坐下。该坐哪里呢？上次接过吻后，我一下子还真不知道怎么把握跟她的距离。思来想去，终究理性占了上风，我还是坐在了老位置。

"我被关在家里了。之前跟你提过的，学校给我下了处分。在这期间，你要是来了好几次的话，我跟你道歉。"

"我是来了好几次。不过没关系，我本来还担心要再等一段日子呢。现在你来了，我真高兴。"

被这么挂念，该高兴的应该是我吧。但碍于羞耻心，最终我还是把这句话咽回了肚里。毕竟，我俩暂时还没亲密到无话不谈的程度。我现在清醒得很，没有像接吻那时候一样失去理智。对，就是那时候。一想起那天的吻，我的脸在一片黑暗中发烫。

"抱歉，让你这么担心。战争呢？"

仔细一看，蒂夏眼睛的光，似乎又恢复到了以前的亮度。

"警报的维修，好像还没有进展，我家的房子正在一点点地重建哦。战争停止和房屋重建，这些都是托了你的福呢。"

"没，没那么夸张。不过你的房间能重建，真是太好了。"

在这一周的禁闭中，除了对家人的愧疚，缠绕着我的，还有动机不纯的罪恶感。虽然蒂夏解释了，接吻并不是想报答我，可那天的事情，从结果上来看，确实有因果的嫌疑。从破坏学校电铃，发展到了接吻，怎么办？感觉自己的行为动机都被沾染得不纯粹了。

就好像我破坏学校电铃，是为了让蒂夏卸下保护壳，是为了触摸她似的。所以蒂夏越是感谢我，我越是难为情和尴尬。罢了，只要她开心就行，别的都不重要。

"你刚才说自己被关起来了，那这期间，你是怎么打发时间的呀？"

"也没什么，就是写写检讨书、锻炼身体之类的。哦，对了，我被母亲打了，没波及你吧？"

"被打？你被施暴了吗？我这边倒是什么都没有发生。你没事吧？"

"啊，嗯，挨打什么的，我根本不在乎。我没事，再说本来就是我的错。"

"你没事就好。"

蒂夏的语气中充满担心。

一股内疚感涌上心头，于是我换了个话题。

"蒂夏你呢？这段时间在干什么？"

"我啊，帮家里人盖房子，然后为了布置新房间，到处搜集东西，比如书啊，气味啊之类的，就是之前我带过来给你闻过的那个东西。"

"啊，新房间这就建好啦？虽然不能亲眼看到，但布置完会是什么样子，很让人期待呢。"

太好了，蒂夏又能积极面对自己的世界了。就像我刚才说的，虽然看不见，但我对她重建后的新世界，充满了好奇。

"盖房子、布置房间，除了这些呢？"

趁着蒂夏还没回答的间隙，我拿起瓶装水，放到嘴边。

"我想想啊，哦，还有，我一直在想接吻的事。"

蒂夏的话，惊得我一口水喷了出来。唉，太浪费了。还有一部分水顺着喉咙，灌进了鼻孔和气管，呛得我直咳嗽。

"你怎么了？没事吧？"

"咳咳，不好意思啊，我没事。"

我在想接吻。

蒂夏说得极其自然，没有一丝羞耻感。对哦，也是，她没有恋爱的概念，他们那边也没有接吻文化。但我听到时还是吃了一惊，看来只有我对接吻有羞耻认知啊，蒂夏她根本就没感觉。可能是跟她来往久了的缘故，我时常会有种错觉，以为她那边的文化和语境，跟我这边是一样的。

"生活中思考接吻，在你那边的世界是不是很奇怪啊？"

怎么说呢？

"没，其实也没到奇怪的程度。我刚才只是喝水呛着了。"

这个搪塞的借口，可真够拙劣的。

"水最好慢慢喝哦。"

"嗯，同感。"

"刚才说到哪儿了？哦，我一直在思考接吻。香弥你之前说过，接吻是一种叫恋爱的情感的外在体现，对吧？"

"嗯，大概是这个意思。"

"既然如此，那我完全不懂恋爱却亲了你。按照你那边世界的常识，这是不是很失礼啊？这些天，我一直都很担心自己冒犯到你了。"

蒂夏的眼睛一眨一眨的。

"但是那天我说的话，是发自真心的。我是真的想和你一起珍惜这种心情，哪怕是一点点也好，我想知道恋爱是什么感觉，所以才那么拜托你。我在想，你在面对我的无理要求时，之所以耐心地教我，会不会是出于温柔。要真是这样的话，我跟你道歉。"

"不失礼。"

我想也没想就否定了她的说法，语气强硬得连我自己都惊讶。我做梦也没想到，那时候的事，竟会让她如此担心。

蒂夏的反应，让我不得不重新思考之前发生的一系列事情。

这就是所谓的文化壁垒吧。如果思考事情时只参考自己的文化，有时可能会忽略掉对方的感受。但如果只遵循对方的文化行事，又会陷入胡思乱想，担心对方会觉得自己的一举一动很奇怪。想在不同文化之间拿捏好分寸，真是太难了。

话说现在那边世界的战争只是中止，还不算正式结束，她还是需要我的。

我和蒂夏的价值观，还需要时间慢慢磨合。

"一点也不失礼。我反倒是一直很担心你来着。虽然你说了感谢，但毕竟那边世界的文化里没有接吻。一下子接触，我担心会给你留下不好的回忆。"

"完全没有哦。那时候也好，现在也罢，我的感谢都是真心的。恋爱的情感达到一定程度，就会有接吻。这句话的意思虽然我还是没弄懂，但能跟你共享这个动作，我很开心。"

"是……是吗？我也很开心。"

我瞬间停止了思考，大脑里除了害羞，还是害羞。

"你没生气就好。"

"抱歉啊蒂夏，害你担心了这么久。你其实没必要这么紧张，真的，你从来没对我做过任何失礼的事。"

话说回来，一想到我俩都在担心彼此，我内心一阵暗喜。我当然知道蒂夏对我抱有的感情并不是恋爱，但我还是被她感动了。面对完全陌生的异世界价值观时，她一直很努力地在用自己的方式捕捉含义，试图理解。而且她这么做，都是为了我。

"太好了。那……那如果方便的话，我想跟你请教一些关于恋爱的问题，可以吗？"

"嗯，只要是我知道的，你尽管问。"

关于恋爱，我都知道些什么呢？

"恋爱这种感情，和想接近对方的心情很像吗？感觉接吻这种文化，是一个人想尽可能靠近对方身体时，才衍生出来的。"

"嗯……是有点像。虽然不知道接吻起源于何处，但真有可能像你说的那样。恋爱跟友情确实不一样，但有一点挺像的，那就是当身心彼此靠近时，两个人都很开心。"

"哦哦，所以香弥你也很开心？"

"嗯。"

"那我靠近你了哦。"

刚说完，蒂夏的眼睛的光移动到了高处。趁我发呆之际，她迅速挪动身体，紧挨着我坐了下来。坐下时，某种衣物被夹在了我俩中间，摩擦着彼此的胳膊。

"你不讨厌吧，香弥？"

"啊，嗯，不讨厌。"

怎么可能讨厌呢？但距离如此之近，我有点不敢看她的眼睛，于是转过脸看向正面。蒂夏的上臂逐渐适应了我的体温。

"香弥，刚碰到你的手时我就在想，你身上很暖呢。"

"你的体温，感觉比我们这边的人稍微低一些。"

"这么说其实不太准确。应该是我们这边世界的人，普遍体温低。"

想来也是神奇，虽然我跟蒂夏在味觉和嗅觉上无法相通，但温度却能真切地传达给彼此。触觉跟它们究竟有什么差别呢？想着想着，我发现自己的心跳平缓了许多。

"也有可能是我的体温比普通人高。"

"哦哦，这种可能性也不是没有。要不咱们做个实验测一测？但在这个避难所我只能看见你，没办法同时触摸其他人来确认呢。"

如果蒂夏在这里能看到其他人，那我该不该把他带来呢？在爱上她之前，我或许会考虑一下。

"对了，要是你愿意的话，我下次带个人过来试试？你见了我之外的人，或许能有不一样的收获呢。"蒂夏顺势提议道。

其实尝试一下也不错，但思考片刻后，我还是摇头婉拒了。

"不用，能见到你我就很满足了。"

虽然蒂夏刚才说的都是真心话，可我听了还是有些失落。她刚才那句提议，背后还有一层意思，那就是她还没把我当成独一无二的存在。

但失落归失落，我表情上依旧如常，不能让她发现什么。

"你什么时候要是想试了，可以随时跟我说哦。当然，我之所以有这个提议，纯粹是想感谢你。但其实我心中的某个角落，就是之前你提过的最宝贵的角落，跟你想的是同一件事情。只要能跟你在一起，我就很满足了。"

蒂夏简简单单一句话，就戳破了我内心深处的那点卑微。

恋爱中的人，竟是如此简单愚蠢的生物。当然，这里面也包括我。蒂夏她明明不懂恋爱，但说的话却能句句击中我的心脏，就好像完全看穿了我的心思一样。当然，也有可能正因为不懂，所以她说起这些撩人的"情话"来，才能如此坦荡大方，丝毫不害羞不胆怯。但我就不一样了，我是知道恋爱这个概念的，这反倒成了我直抒胸臆的障碍。

可面对她的攻势，我要是一直逃避的话，又显得不尊重对方的感激之情，所以我换了个别的提议。没能见面的日子里，我就一直在想这件事。

"那作为交换，我可以拜托你一件事吗？"

"嗯。"

"我想让你帮我画一幅画。"

"欸？可之前我们不是试过了吗？都失败了呀。"

其实很早之前，我俩就做过纸面上的尝试。我曾经把笔和本子带来车站这里，试着让蒂夏用写和画留下些痕迹。比如，异世界的文化、听不清的名字，还有她那边的文字。但结果正如蒂夏所说，全都失败了，蒂夏根本拿不住这边世界的笔和本子。

"之前我把笔递给你时，笔穿过你的手掉在地上了。可互换食物时，却真真切切能吃到。所以我在想，要是我拿着笔不松手，咱俩一起握着笔画，或许能成功。"

"哦哦，原来如此，可以试试欸。不过，以前是写字，这次换成画画了呢。"

"嗯，我想让你画一样东西。"

"什么东西？"

回答前我还在犹豫：这个要求会不会很失礼啊？但我已经下定了道歉的决心，最终还是说了。

"蒂夏的肖像画。"

"嗯——"她长嗯一声，若有所思。

"啊，抱歉。"

我条件反射似的道了歉。话说，我今天还是第一次这么近距离地看向她。她也盯着我，一脸不可思议。我自然知道她在奇怪什么，但这个距离也太近了吧。

"为什么要道歉？"

"啊，不是。"

为什么道歉？

她都问到这份儿上了，我再找借口遮掩是不太可能了。关键是，接下来的说明，我还能像往常一样，巧妙地用别的措辞遮掩过去吗？

仔细想想，确实不能，于是我不假思索地答道：

"我爱慕的明明是你的内在，却让你画自己的肖像。这么一来，显得好像我对你的外貌有什么想法似的。我担心这样会冒犯到你，所以……"

"哦哦，这样啊。不过，我刚才没立刻答应你，其实另有缘由。所以各种意义上，你都没必要跟我道歉。"

"各种意义上？"

听我这么问，蒂夏垂下了双眼，似乎在犹豫要不要说。她无法画画，是有什么重要理由吗？要是这样的话，那我自作主张强迫她画自己的肖像，岂不是太失礼了？

我心中瞬间开始不安起来，但也只能静等她开口。

终于，蒂夏挪开了视线，不再看我，隐形的嘴唇动了动，说道："那个……其实我不擅长画画，真的。所以就算画了肖像，也跟我实际的外貌完全不一样。所以你看到我的画，是不会产生什么感想的。怎么说呢，那玩意儿连画都不是。"

"连画都不是?"

"嗯,连画都不是。"

"哈哈。"

我知道这时候笑很没礼貌,但蒂夏说这话时一脸认真,而且一向知性的她却意外地不擅长绘画,还有她犹豫要不要说时的那一瞬间,甚是可爱。与此同时,我还试着脑补了下,连画都算不上的话,那画技得有多差啊。

一系列因素交织,我忍不住笑出了声。

当然,我可不想因此被蒂夏讨厌,所以马上跟她认了错。

"抱歉,我没有嘲笑你的意思,只是觉得你的形容很有趣。"

虽然我道了歉,但貌似没用。蒂夏睁大了眼盯着我,什么都没说。

糟了,她这回是真的生气了吧。

不过,我总感觉她的眼睛不像生气的样子。再说,之前她声音带怒气时,眼睛不是这样的。当然,我还没炉火纯青到凭目识人的地步,直觉不一定准,所以我再次道歉。

"真的,要是惹你生气了,我道歉。"

"没没,我没生气。你要是看到我的画,肯定笑得更起劲。刚才沉默了几秒,并不是生气,相反,我是太高兴了。"

"高兴?"

都被人嘲笑了,还这么开心,她的喜好还真是奇怪呢。

但事实并非如此。

"我开心,是因为第一次看见你笑。"

"……我之前没笑过吗?"

我的确不怎么笑。但跟蒂夏一起度过的这些日子里,我有了前所未有的舒服自在,像刚才那样心满意足的笑容,我真的一次也没有过吗?

"嗯,反正我印象中是第一次。至于在你那边的世界,你笑没笑过,那我就不知道了。在我们这边,看到自己觉得重要的人展露笑容,是一件很值得开心的事。所以刚才看到你笑,我太高兴了,一时竟不知道要说什么。"

"这样啊。在我们这边,虽然不至于到说不出话的程度,但也是开心的。嗯,看到你笑,我也很开心。"

对了,我想起来了,当初看懂她的笑容(眼睛一变细就是在笑)时,我的表情和肢体动作也跟着雀跃起来。

现在也是,听到她脱口而出的那句"重要的人"时,我再次陷入了一阵狂喜,虽然没到说不出话或者喜极而泣的程度,我也是相当开心的。

"看来我以后得多笑才行。"

"倒也不必那么刻意啦。但是看到你笑,我真的开心。"

"嗯,平时我会多加注意,让自己多笑的。"

长这么大,我第一次意识到人活着要多笑。充满笑容的生活,会是什么样的呢?

蒂夏画技到底有多差,得看一下才知道。而且在讨论画之前,还是先考虑能不能摸到画具吧。一起握笔的实验,能不能成功都还另说呢。总之下次见面之前,得先备好笔和本子。

这时,口袋里的手机突然振动了。

除了家人,很少有人知道我的邮箱地址。不看也知道,肯定是母亲催我"差不多该回家了"。换作平时,我肯定直接无视。但一想到自己最近给家人惹了不少麻烦,对他们多有亏欠,今天我还是乖乖听话,早些回家吧。

"蒂夏,我差不多该走了。"

"这还是第一次你先走呢,真稀奇。"

确实,一般是蒂夏先离开的。其实我也不想走的。

"嗯,家人叫我了。"

"哦哦,原来如此。呐,香弥。"

今天跟蒂夏的碰面,差不多到尾声了。一想到要离开,我心中的不舍越发强烈。但同时,紧张感也退去了不少。

我今天第一次意识到,原来跟喜欢的人在一起,这么耗神费力。

即使有万般不舍，但一直紧绷着的精神，也瞬间放松下来。

"接吻的时机，怎么把握呢？"

听她这么说，我刚放下的心又悬了起来，迅速将散了的精气神儿收紧，塞入体内，再次看向蒂夏。

"时机？我想想啊，比如氛围啊，流程啊之类的。"

"可你说的这些，我不懂呢。"

的确，氛围这种东西复杂微妙，别说蒂夏这个异世界的人了，就连熟知我们文化的这边世界的人，理解起来也是难上加难。

"那我换个问法：人在什么心情下，会想接吻呢？"

"这个嘛，在想接吻时？"

我到底在说什么啊？人什么时候想吃饭？肚子饿时。这不是废话吗？

关于接吻的时机，肯定还有其他更贴切的解释。

"你说的这个'想接吻'，我没什么实感呢。还是说，恋爱这种感情变得非常强烈时？就像对家人的感情很强烈时，人们会忍不住想互相拥抱一样。"

我没和家人拥抱过，不懂她说的感觉。

"可能像吧。对了，比如喜欢对方，喜欢到无可救药时？"

"香弥你呢？"

我完全没料到话题会发展成现在这样，但事已至此，我的心意已昭然若揭，无法否认。

"香弥，你现在是什么心情？"

我既希望蒂夏能一如既往地践行自己的价值观，没感觉就是没感觉，不要为了照顾我的情绪说客套话，又希望自己老老实实承认自己已经爱上了对方。可这两者之间本质上是冲突矛盾的，所以一时间我真拿不定主意该如何回答她。

思来想去，我还是决定坦白。

"喜欢对方，喜欢得无可救药时。"

"接吻有次数限制吗？"

"没有。"

"我还是不懂。"

她说完这句后，空气瞬间变了。

对，现在流动的，正是氛围。

此时此刻，只要闭上眼睛，就能在一片黑暗中感受到彼此。

我看不见她也好，她能看见我也罢，跟这些视觉上的东西，完全没关系。

最重要的是氛围，是感觉。

"抱歉，我刚才那么问，其实是有私心的。"

蒂夏靠了过来，我俩的脸又恢复到了原来的距离，近到我都能感受到她的呼吸。甚至有那么一瞬间，我还以为刚才蒂夏那句道歉是我说的呢。

"我嘴上说着不懂，其实是想重复做这件事。我是想着多试几次，等习惯后自己的接吻技巧应该也会提升。现在目标倒是实现了，但这样一来，感觉好像我为了满足自己的私欲，利用了你的感情似的。"

心瞬间被击中了。

击中心脏这种形容过于强烈直白，并且听起来很俗套很傻，其实我并不想用。

"我没问题的，你不讨厌就行。"

翻来覆去还是这么傻傻的一句，你就没别的词了吗？

我喜欢她，但又怕伤害到她，一时间难以决断。跟她的唇几番交叠之后，我回了家。

蜜月。

我当然知道蜜月是什么意思，可我做梦也没想到，自己有一天会用到这个词。跟蒂夏在一起的这些天，非要起个名字的话，蜜月这个词再贴切不过了，虽然听起来略羞耻。

夏天已过，已入深秋。我和蒂夏之间，没有再交换什么新信息，只是单纯地在一起消磨时光。我们躲在这不为人知的车站候车室，品尝着甜蜜。这份甜蜜独特且宝贵，从众多时间和空间搜集而来，凝聚而成。

跨界画画的实验成功了。我先拿着笔和本子，让蒂夏从上面一起握住，且两个人的手指都不离开笔和本子，手同时移动。我俩保持这种姿势，画完了肖像。究竟会画出来什么呢？算了，还是打住别想了，再脑补我怕自己会笑。

也写了字。当然，写的是那边世界的文字，我看不懂。她把笔拿开，我的视线也跟着笔离开了本子。这时，不可思议的现象发生了：画和字也跟着消失了。用手机拍也拍不到。

其实在这之前，我偷偷录过蒂夏的声音。但回放时，留下的只有噪声，和我傻乎乎的随声附和，她的声音没有录下来。

但我把文字的形状记了下来，回家后稍微查了一下，可是毫无收获。我只得出了一个结论：蒂夏那边的文字，在这边世界并不存在。

这次的画画实验，只有两点收获：一是根据笔记本上的肖像来看，蒂夏的外表接近人类女性；二是蒂夏那边世界的建筑物，好像是四方形的。

至于蒂夏到底长什么样子，到底还是没弄清。当初明明是我提出让她画自己肖像的，但现在不知为何，我松了一口气。

我再次确信了一点：就算只能看到眼睛和爪子，也完全不影响我对她的爱恋。就算不知道她长什么样子，我仍然会保护和珍惜她。

跟她在一起，我每天都过得很开心，这就够了。

我俩之间，永远不会出现疲倦期。比如普通的朋友之间，恋人之间聊天，有时会出现内容枯竭的情况，但我俩之间不会。也不用强行制造话题，毕竟我俩的生活对彼此来说，全都来自异世界，永远新奇。并且我总能从蒂夏说的一些细枝末节里，发现新的文化和思考方式。所以只是听她说话，我就能有源源不断的收获。在车站候车室跟她在一起的时间，是特别的、独一无二的。

蒂夏跟我说话时，总是带着对这边世界的无限想象。

用壁垒这个词略夸张了些，但确实有好几次，我察觉到了两人之间的认知壁垒。蒂夏虽然能根据我说话的内容，还有我的表情和肢体语言，接收各种信息，但她有时候还是会出现理解失误。

"香弥，你那边的世界，气温会在某段时间出现大幅度变化吗？"

"气温？啊，气温会随着季节发生变化。"

"季节？只指时间段吗？"

"嗯。蒂夏的世界里没有季节吗？在我们这边，尤其是日本，有四种季节。现在是秋季，我们第一次见面是在冬季。现在夏季刚过，天气正在变凉。当初刚遇见你时，天还冷得很呢。"

"哦哦，原来是这样。所以你才——"

"所以我才？"

"我看你衣服的件数和厚度，一直变化来着。在这边世界，人们的着装只会根据场地气温的高低、晴雨天、日出日落，还有不同工种切换，基本不会随着时间段来调整。所以我就猜想，你那边世界气温变化可能更大些，是不是还有分类什么的，比如你刚才说的季节。"

"哦哦。我们这边的人偶尔也会根据场合改变着装哦。但大多数情况下，都是跟随季节做调整的。对了，你刚才说服装基本不变，也就是说你每次来避难所，都穿着差不多的衣服了？虽然我看不见。"

"嗯，基本是同一款式，但颜色和花纹还是不一样的。我们这边的衣服种类，不像你们那边那么多。"

"其实我的衣服种类也不多。所以每次晚上来这儿，我穿的都是轻快舒适的便装，白天我会穿制服。"

话说回来，蒂夏那边的世界有"制服"这个东西吗？

正当我意识到自己的说明不够充分时,耳边传来了蒂夏的声音。

"是上学时穿的衣服吧。"

"嗯。蒂夏的世界里,也有上学时穿的衣服吗?"

"没,我们都是穿便装上学。"

坦白讲,我被蒂夏的思考速度震惊到了。白天去学校,白天穿的衣服,她仅凭这两点信息,就立刻明白了"制服"的社会作用。换作我,怕是要兜兜转转好久,才能领会这个单词的意思吧。

我心里一阵窃喜:一是因佩服蒂夏的聪慧;二是因在没见面的日子里,她竟然有在思考我的事情。

"在香弥的世界里,女人体温比男人低吗?"

"嗯……怎么说呢?因人而异吧。蒂夏你那边呢?"

"我在书上看到过,说是女性更怕冷些。但论体温的话,男女都差不多吧。"

"嗯,我这边也是,女人更怕冷。"

"果然。"

"我体温高,这里面有性别的缘故,但也不尽于此。我之前就说过,我经常运动,所以体温比一般男性还要再高些。"

"这样啊。"

"蒂夏,你现在是不是很冷啊?"

"没有没有,放心吧。有你在旁边,我一点也不冷。"

我俩的距离,竟然近到这种程度了吗?她竟然能感受到我身上散发的热气。

虽然蒂夏本人完全没有夺我心智的意图,但从结果上来看,她俘获了我。世事无常,有时候想的是一回事,而造成的结果,又是另外一回事。在无规律性这点上,两个世界倒是意外地一致。

我之所以用"在无规律性这点上"这个措辞,其实是有理由的。

也就是说,除此之外,我跟蒂夏有本质上的区别。虽然我现在已经见怪不怪了,但她终究是和我不一样的生物。

因为在某一天的某个瞬间,我第一次真真切切摸到了蒂夏的头发。至于我为什么会摸蒂夏的头发，其实也没什么深刻复杂的理由，纯粹是我俩靠近彼此时，不小心碰到了。总之，当我的手顺着她后脑勺放下时，有那么一瞬间，我碰到了她的头发。那触感，着实令人吃惊。

"怎么了？"

"你的头发，从绑着的部分开始到发梢，都是自己的真头发吗？"

"嗯，是真的头发哦。有什么不对劲吗？和你们的头发不一样吗？"

不一样。

我刚才摸了一下，感觉蒂夏的发型，跟这边世界的马尾差不多。但发根的手感跟马尾处的发梢比，明显不一样。一根头发，只是因为部位不同，手感就如此天差地别。我这边世界的人类，可没有这个特征。她的头发发根处比其他部位稍微硬一点，发梢处的手感更是奇异。初次摸到时，我甚至都吓了一跳。

这种异样的触感，从发梢处起，长达十厘米左右。怎么说呢？就目前我所了解的材质来看，最接近柔软的铁丝。

虽说摸起来像铁丝，但并非直撅撅的，形状固定不变，反倒跟这边人类的头发一样，成束弯曲，摇动着。其实在这之前，我曾偶然间碰到过蒂夏的头发，但那时没察觉出异样。现在回想起来，可能正因为柔软度我才没察觉吧。尽管柔软，我还是担心会不会被刺到皮肤，我甚至都想象到了头发刺破皮肤的画面。哦，所以她才把头发放后面，扎了马尾。

我这边的世界里，有跟她发梢手感类似的东西吗？

"杳弥，你要是感觉不舒服的话，还是别碰了。"

我该怎么表达才好呢？我开始后悔，自己刚才因思考停顿了太久，让她有了不好的联想。

"没没，我只是第一次摸到，一时愣住了而已，完全没有不舒服。相反，我很开心，又有了新发现。"

当然，我知道摆在我眼前的，尽是些全新未知的东西。但我享受的，正是从不知道到知道这个过程。因此，我刚才所言并非客套，而是真心话。

并且刚才的话，我只说了一半。

我很高兴，又在你身上找到了新的部分可以喜欢。

"我也想摸你的头发，可以吗？"

"嗯，当然。"

最近天气变凉，秋风微起，我的头发被吹得有些乱。被蒂夏摸过后，我不安躁动的心瞬间静了下来。只是被摸了头，就如此舒服，还是人生头一遭呢。这种感觉，怎么说呢？奇妙又鲜明。

"连发梢都这么柔软，手感真好，确实跟我的头发完全不一样呢。"

是，完全不一样，我俩是完全不同的生物。但此时此刻，我们正在通过触摸，努力理解对方。

至于蒂夏是不是人类，真的，我已经无所谓了。

今天，我们又积累了两个世界无限接近的经验值。

蜜月。

用来形容我跟蒂夏目前的感情阶段，再合适不过了。

蜜月这个词，原本从"honeymoon"直译而来的日语，意指结婚后的第一个月，最甜蜜的时间。

我现在很幸福。

正因为信奉这种甜美的、甘露般的存在，所以我才坚持活到了现在。

啊，它是如此的……

它早就浮出水面，明晃晃地展露在眼前。

但谁会最先开口捅破那层窗户纸呢？

"蒂夏,你的生日是什么时候?"

"生日?哦,你是指出生那天,对吧? ××××××××来着。"

"抱歉,我完全听不清。"

"嗯……怎么说呢?反正很快就要到了。"

我又细细问了下,差不多是两周后。但是蒂夏说的两周,只是她那边世界的感觉。要是两个世界的时间流速不一样的话,那我再怎么确认,也是对不上的。

"怎么突然问起这个?"

"我父亲的生日快到了,所以我在想,你那边的世界是不是也有庆祝诞生日的风俗。"

"哦哦,这样啊,有的哦。从家人那里×××,当天早上醒来时,我会收到一种特别的东西,类似护身符一样。"

"欸?是吗?我们这边一般是吃蛋糕,送礼物。"

"蛋糕是什么?"

我解释完蛋糕的形状和原材料后,发现蒂夏那边也吃蛋糕,只是叫法不一样罢了。

"感觉香弥你们那边,好像很重视出生的日子呢。"

"是吗?在我看来,只不过是一种仪式罢了,人们过生日,就是想找借口喧闹。"

"要是这种仪式能让人开心的话,那过生日其实蛮好的呀。"

本来我正斟词酌句,想着要怎么回答呢,可一看到蒂夏的笑容,我立马放弃思考,把认同摆在了最优先的位置。于是我点点头,说了句:"有道理。"

"我要是能为蒂夏你做点什么就好了。准备蛋糕的话,你也尝不出味道。送礼物的话,你又碰不到。"

"谢谢你,香弥。一直以来,都是你陪在我身边。你能在我身边,我就很满足啦。"

虽然这句话蒂夏经常挂在嘴边，但无论听多少次，我都不会厌倦。每次她这么说，我心里都热热的。

"嗯，你要是有想要的东西了，随时跟我说。只要是我能给的，我一定找来送你。"

"我想想啊。对了，可以拜托你一件事吗？"蒂夏竟然主动提要求了，真稀奇。并且说到要求时，蒂夏兴奋得声音都变了。

欣慰之余，我心里也隐隐生出一丝担忧。自己能实现她的愿望吗？明明是自己主动提这茬儿的，到头来要是用一句"实现不了"打发了她，那她会不会对我失望啊？如果食言了，别说她，就连我自己都会对自己失望。别说，还真有这种可能。

但听完她的愿望后，我松了一口气，还好还好，自己刚才过于杞人忧天了。

"以前，我俩唱过彼此世界的歌吧？"

"嗯。"

互唱歌曲虽然是数月前的事，但仍历历在目，恍若昨日。

"我还想听你唱歌。"

"欸？"

"你要是不喜欢的话，就算了。"

"不，啊，我刚才那个'不'，不是'不喜欢'的'不'，而是对'不喜欢'的否定。也就是说，我并没有不喜欢唱歌。"

虽然在蒂夏面前唱歌，多少有些害羞，但既然她这么许愿了，我也不好拒绝。话说回来，比起唱歌，刚才我慌忙解释的样子才更丢脸吧。非要说不喜欢的话，我不喜欢刚才那个没出息的自己。

"不过，这种随处可见、平平无奇的礼物，真的可以吗？"

"才不是平平无奇呢！你唱歌给我听，多好啊，既能了解到异世界的音乐，又能听到你跟平时说话不一样的声线。我反倒觉得这礼物很特别呢。"

被这么直白地夸赞，说不心动那都是假的。

"你喜欢就行。我现在唱给你听也可以哦。"

"不不，机会难得。还是再过几天，等我过生日那天再唱吧。到时候，祝福我的就不只我的家人了，还有香弥你，想想就开心。"

"能陪你过生日，我也很开心。"

说这句话时，我想象了她的家人，不知不觉脑海中就形成了画面：有这么一群人，生活在一片黑暗中，眼睛和爪子会发光，但躯体却是透明的。当然，可能在他们那边的世界，包括蒂夏在内，所有人都是非透明的，能看清彼此的全身。

啊，好羡慕蒂夏的家人啊，可以看到她真实的样子。但反过来想，正因为看不到，我才能自信满满地说：我和她之间有着独一无二、不寻常的某种羁绊。

我和她之间的关联，纯净无瑕，没有任何杂质。这种羁绊，正因为无法传达，才得以成立。

关于生日，我俩又聊了一会儿，然后就迎来了离别时刻。目送她走后，我也离开了候车室。

我拿出手机瞟了眼时间，看来今天又要回家晚了。不过暑假早就结束了，家里对我的关注也已褪去，训斥和过度的关心也少了许多，所以就算晚一点回家，也没关系。刚好，我可以趁这段时间，慢慢享受跟蒂夏的约会时光。

在回家的路上，我陷入了沉思：自己要唱什么歌呢？哎呀，刚才忘问她能不能唱之前那首曲子了。不管怎样，还是先学几首歌备着吧，包括之前唱过的那首。

两周时间过得飞快。蒂夏不在身边的日子里，我像所有普通高中生一样，上学、睡觉、吃饭。可是这种生活极其寡淡无味，就算攒上两周，依旧像白开水一样，没什么尝头。自从认识了蒂夏这个特别的人后，我感觉周遭事物的颜色越来越淡了。话说回来，家人也好，同学也罢，原本就不重要，他们不过是我穿过日常的途中，某个角落打马而过的一抹景色罢了，如今更是稀薄无感。我甚至在想，除了蒂夏，周遭的一切有一天会变成纯白，彻底消失。

除了我，其他人会有这种体验吗？比如，找到某种特别的东西后，世界的其他部分就会黯然失色。不不，大概率不会。就算有这种体验，也会被旁人当成"遇到它后，我的世界从此有了色彩，熠熠生辉"之类的情话，没人当真吧。

但我深深知道，这种感觉是真实的，因为我拥有着这个世界独一无二的特别。而且闪耀的不是世界这种暧昧模糊的东西，而是我自己的心。从头到尾，跳跃变化的只有我的这颗心，再无其他。

每次开候车室的门时，我都要祈祷一下：希望今天不是最后一天。

虽然我很清楚，离别总有一天会降临，但我完全没想到，这个最后的日子竟然是今天。

冰凉的手、有硬感的发梢、柔软香甜的嘴唇，所有这些，正是我一直以来梦寐以求的东西。遇见她，我才有了真正活着的感觉。

自从蒂夏那边战争中止后，我们基本上每周见面一到两次。这一切要取决于蒂夏能否瞒过她家人的眼睛，成功来到避难所。因为在她那边的世界，人们一般不会去避难所，除非有战争。既然无法预判蒂夏什么时候能来，那我每天过来等就好了。谁等谁，这些都是细节上的小事。不过蒂夏能不顾家人的阻拦，频繁地过来见我，我很开心。

虽然不知道她的生日具体是哪天，但根据迄今为止的经验，我凭感觉猜出了离她生日最近的那一天。约定一起过生日后的第二次会面中，我跟蒂夏商量了一下，约好下次见面唱歌给她听。

到时候如果她的生日已过的话，我再想别的办法弥补。

和我当初预想的一样，这一天很快就来了。

每次跟蒂夏见面，我都紧张得跟初次相遇似的。打开候车室的门，蒂夏果然在，眼睛和爪子发着光。看到黑暗中的光点，我的心瞬间塞满了幸福。这种心情，在这边世界，怕是哪里也找不到吧。正因为这边世界没有，我一时间竟找不到合适的词来形容。

"香弥。"蒂夏的声音听起来比平时要亢奋些。

作为回应，我也叫了声她的名字，挨着她坐下了。

我一坐下，蒂夏就挪动身体，靠了过来。

"你今天好像很高兴啊，蒂夏。"

"嗯，我期待这一天好久了。"

明明知道答案，但我还是下意识地问了句："你生日还没过吧？"

"嗯，等太阳落山，再升起一次，就到我生日啦。"

"那也就是明天了，时间刚刚好。不过你这个节骨眼上还来避难所，是不是太勉强了些？"

人心难测，就算再怎么揣测别人的一言一行，还是会免不了伤害到对方。所以平时跟人的交往中，我基本不干察言观色这种徒劳无功的事。但是遇到蒂夏后，我开始变得瞻前顾后、小心翼翼起来。当然，这份温柔只限于蒂夏，平时我可不这样。我要真是个温柔的人，早就把这份察言观色的能力用在周围人身上了。

"不不，我没勉强自己哦。我只是跟往常一样，来了这里而已，没什么特别的。"

"哦哦，那就好，那我开始了哦。不知道你们那边是不是也用这种方式。"

虽然这句话大多数情况下是客套，但今天绝对不是。长这么大，我从来没有像现在这样如此真心实意地祝福别人。

"生日快乐，蒂夏，虽然早了一天。"

"虽然生日这个词，在这边世界不怎么通用，但还是谢谢啦。收到你这句独特的祝福，我好开心。"

相处至今，我现在已经很熟练，可以不害羞地注视蒂夏的眼睛了。可不知为何，我却唯独招架不住她的笑容。所以每次她一笑，我的心就开始扑通扑通地跳。

"等你过生日时，我也会祝你生日快乐的。"

"我的生日还早呢。不过到时候，我想听你用你们那边的方式祝福。"

"好，我记下了。你的生日很远吗？"

"嗯，还有几个月。"

我的生日在二月末，和蒂夏初次相遇的那天。跟蒂夏说了后，她很是开心："这样一来，就很好记了呢。"

我之前从未想过，除了家人，还有旁人会为我的诞生而高兴。

"那我们开始吧。香弥，你准备好了吗？"

"嗯，开始吧。"

"嗯，好。"

不知怎的，我的音调莫名高扬起来。

"你怎么了？"

"没什么，只是一下子搞这么正式，我有点紧张。"

上次也在她面前唱歌了，但那时是氛围使然。眼下不一样，是把歌曲作为礼物送给她。况且是在自己在意的人面前唱，我自然紧张得要命。一是自己平时不怎么唱歌，二来也不知道她喜欢听哪种类型的。

既然蒂夏想听，满足她便是。况且我也不是什么知名人物，唱的歌也没任何价值。唱几首，就当对她的祝福了。

思虑过后，我打定了主意：哪怕是意思不相通，我也一定要好好唱给她听。

上次在候车室见面时，蒂夏拜托我唱的是两首歌。那就把之前唱过的那首再唱一遍吧，然后再添一首新歌。之所以选一首旧曲唱，是为了确认感觉和以前有没有差别，先适应下。之前跟蒂夏互唱时，我俩都没太听懂彼此，总感觉这次也会如此，这点蒂夏心里应该也很清楚。罢了，此时此刻，已经没必要再去研究唱歌对彼此的世界有何意义了。这几首歌，只是祝福而已。

"那我把脸转过去了哦。"

也许两个世界的声音传播介质完全不一样，我的声音传到蒂夏那边的世界后，音量会发生变化。但我还是跟上次一样，把嘴贴近她的耳朵，小声唱了起来。此时此刻，自己的动作在旁人看来，肯定很莫名其妙吧。

不过这次我已有经验，就算撞上蒂夏的耳朵，也不会像上次那样惊慌狼狈了。

我们有大把的时间来确认彼此的存在，有大把的时间来编织"特别"。

正思忖着，又觉得唱首歌而已，自己竟然紧张到这种程度，真是没出息。同时又开心得很，自己能成为她的"特别"。对蒂夏的这份感情，像地下暗河般，隐秘、冷冽又甘甜，滋润了我干涸的人生。遇到这条河流，我才有活着的感觉。所以其他任何情感，我都可以坦然展露于人前，唯独这个不能。

独特、热烈、隐秘，这一刻，我的幸福达到了巅峰。

"那我开始唱了哈，要是太近让你不舒服或者声音太吵的话，请一定和我说。"

我把手放在蒂夏耳朵上，慢慢靠近她的脸。

找了个离耳朵不近不远的位置，轻轻吸了一口气。

"嗯。"

本来吸的这口氧气，是为了唱歌用的，但迄今为止的很多回忆突然涌现，我情不自禁说了句："蒂夏，谢谢你，能遇到你真是太好了。"

糟了，这句话，我本来打算等唱完再跟她说的。

刚才的附耳低语，顷刻间已将吸入的空气用完。我连忙调整气息，又轻吸了一团空气进入丹田，准备开唱。

这时，我指尖感到了蒂夏耳朵的颤动。

她应该是点了点头吧。

"我也是。"

黑暗中传来了蒂夏的声音。她跟往常一样，嗓音沙哑，语调沉稳。

"先遇上的是你，真好。"

多年以后，我假想过无数次：要是当初我装作没听见这句话，该有多好。

我立刻放开了贴在蒂夏耳朵上的手指，挺直脊背，身体回到了原来的位置。

"……香弥？"

嗯，问题不大。只要保持冷静，我一定能像往常一样处理好。

无奈的是，声音卡在喉咙里，一时间我竟说不出任何话来。

"香弥，你怎么了？"

"蒂夏。"

艰难地挤出两个字后，我把堵在喉咙处的某个东西强行拉回到舌头上，反复咀嚼、品味，试图弄懂它究竟是何物。

数秒后，我总算看清了它的真面目。

我究竟要不要跟蒂夏确认呢？

不对，跟理性无关，此刻的我很冷静。

我只是在犹豫，是否要把咬碎后回过味来的东西，再吐出来。

迟疑了几秒。把它留在嘴里实在太难受了，最终我还是决定挑明。

"你刚才那句话，是什么意思？"

"什么什么意思？"

蒂夏看向这边，歪着头。

不会吧，这太可怕了，绝不可能。

"遇到的是我。"

肯定是我想多了，可恐惧早已吞噬了我的心。

"还有'先'。"

不行，我不能再说了。

就此打住还来得及。我有足够的时间来梳理发生的一切。真的，趁着她回答的间隙，我完全可以平复情绪，冷静下来思量对比自己对现状的各种推断。时间充足到我甚至都可以做好心理准备，招架这突如其来的状况，真的。

可事实上，蒂夏根本没给我反应的时间。

我们俩走得太近了，在候车室，在相遇后的这几个月里，我俩几乎融为了一体。

蒂夏的眼睛摇晃着，虽然只有两个光点，但想必此时此刻，她心里正思绪万千吧。当然，这世上能从她的各种复杂情绪里捕捉到信息的，也只有我了。

她在动摇。

哦，不，或许能捕捉她情绪的，不止我一个人。

"不止我一个人吗？"

"什么意思？"

"在避难所跟你见面的人。"

只要不戳破，我们还能保持对彼此的美好幻想。

"在这里，我只见了你一个人哦。"

在这里？

"那就是还有别的地方，能跟你那边的世界相连，对吧？"

"嗯……但那地方是不是跟你这里是同一个世界，我还不确定。"

从她的语气中，我已窥见了事情的全貌。

"不过从各种各样的××推测来看，应该是同一个。"

"在哪儿？"

"我之前跟你提过的，有好几个避难所，那地方是其中之一。"

"为什么……你……"

"怎么了，香弥？"

还怎么了？你自己心里应该有数吧。

彻骨的寒意袭遍全身，脚尖也失去了知觉，看来得想办法提高体温才行，于是我开口道：

"为什么瞒着我？"

"我没打算瞒你。"

"那你为什么犹豫？刚才，你动摇了吧？"

"啊？我不知道啊。可是，就算我动摇了……"

"你就有。"

"好吧，那我犹豫，也是因为你刚才的表情太可怕了。"

蒂夏眼睛的形状变了，看来她已经被我逼得招架不住了。

虽然心疼，但此刻我绝不能退缩。人的想法都是有重量的，越真实就越重。遮遮掩掩这么久，它终于不堪重负，化为语言从我嘴边流了出来。

"之前聊了那么多，我以为我们之间没有秘密的。为什么不告诉我？"

蒂夏刚才说我的表情太可怕，按理说我应该马上反省的。确实，我刚才要是顺势道歉了该多好。但此时此刻，我早已将理性抛到了九霄云外。

相比之下，蒂夏倒是冷静得很。思考了片刻，她用一句"那是因为"起了话头。这时，蒂夏语气软了许多，显然是在跟我解释。

"那是因为我俩之间的对话，一直没聊到这个啊。还有，第一次在避难所跟对方遇见时，她就希望我保密，不想我把两人见面的地方告诉第三个人。和她相处了一段时间后，我俩曾试着把碰面的地点告诉自己所在世界的其他人，但都失败了。她的藏身之地有天然的屏障，我无法将它传达给你。就算能传达，我觉得也没必要讲，所以没跟你说。"

原来是女人。可即便如此，我还是无法放下戒备，心里依旧乱糟糟的一团。

也就是说，除了我，还有一个人能跟蒂夏交谈。

能看到她的眼睛和爪子。

能证明那边世界真实存在的，不止我一个人。

"有必要说吧，两边世界的关系，你不管了吗？"

"可咱们不是约好了吗？多聊聊彼此的事。"

我没料到蒂夏回击得如此直接，所以忍不住提高了音量。

"这不是一回事吧。"

"你怎么了香弥？感觉你现在的样子有点奇怪。"

"我……"

这时，一个念头从我脑海中闪过。

一直以来，蒂夏展示给我的，或许只是事实的一部分。

体温。

制服。

啊，说起来，狗的事情我好像没跟蒂夏详细讲过，可她很快就领会到了小步是跟人类一起居住的动物这一点。

有一次，她提了一下首饰的话题，但我却丝毫没有印象。还有一次，她嘱咐我小点声，等一下，莫非因为当时她身边还有别人，而那个人说话很大声？

原来如此。

原来从那么早开始，就有迹象了。

蒂夏刚才说我的表情很恐怖。但我清楚得很，此时此刻我胸中涌动的，绝不是愤怒，而是悲伤和失落。这份情绪暴涨，宛若狂风暴雨般袭来，连带着愤怒、爱情、嫉妒也被卷了进来。

可能在蒂夏眼里，我扭曲的脸上塞满了愤恨、怒火、嫉妒、爱而不得。但其实真正令我发狂的，绝不是这些肤浅的小情绪。

是庞大的悲伤。

"在我心里，你一直是特别的存在，只有你一个，真的。"

"我也是，香弥你对我来说，也是独一无二的存在。"

"可那个人你怎么解释？"

"'特别'这种东西，并不会因为有别人就消失吧。"

或许如此吧。

蒂夏的话虽然很正确，但这个"正确"，也只是语言、道德、伦理框架下的正确。作为一个活生生的人，她那套逻辑在感情、想法、心情的框架下，是无效的。当然，来自异世界的蒂夏永远都理解不了。

莫非蒂夏理解不了的事物，并不是恋爱，而是人类所有强烈炽热的情感？

"说得轻巧，人的感情复杂得很，这事不是那么容易接受的。"

蒂夏的眼睛又晃了晃。

我没收住情绪倒是情有可原,可她为什么也动摇了呢?这完全不合理啊。

"你这是强词夺理。那我问你,要是我在这个避难所还见了其他人,我在你心里的特别会消失吗?"

一时间我竟无法反驳。

"我想恋爱的对象,只有香弥你一个人哦。"

蠕动在心底的这份情感,到底是什么呢?我必须找到一个精准的词来总结它,定义它。

正当我交叉双臂抱胸思考时,眼前的两个光点,上下变窄变细了。

"我明白了,原来香弥你……"

看着眼前的两束光,我一时间忘了呼吸。

"你一直在伪装呢。"

那个笑,并非出于喜悦和高兴,而是出于痛心彻骨的失落。

不。

不是这样的,不是的。

我没有装。

我以为这次我一定能马上反驳,并跟她解释清楚,但最终失败了。大脑的氧气已经耗光,嘴唇抖动,连牙齿也跟着打战,我几乎要窒息,更发不出任何声音。

既然如此,那我摇头否认就好了。可我的注意力早已被眼前的两束光摄去,如木头般呆愣在当场,忘了做肢体反应。

反倒是蒂夏替我组织好了语言。

不过,事情的走向早已经发生巨变。

"香弥,原来你喜××,只不过×遇到我之后而××××的自己啊。"

"×××悲×,×××就算不亲×,不×歌,你也会把×××特别的××。"

听不清。

"××我×弄糊涂了,我一直以为×喜欢×来着。"

"蒂夏,你说的话我听不清。"

这是怎么回事?按理说只有出现这边世界没有的词时,我才会听不清,可刚才我听不清的单词也太多了些。蒂夏到底说了什么,我根本没听清,一句也没有。她在说什么,我完全听不懂了。

一时间我愣住了,不知该作何反应。这时,蒂夏眼睛的两束光离我越来越远,紧接着向上浮动。

她站了起来,俯视着我。

眼神充满了悲伤,嗯,应该是悲伤。

"今天××××××呢。"

还是听不清。不过,相处几个月下来,我早已对蒂夏的行为轨迹了如指掌。

她要离开了。

在她走之前,还有最后一句话我必须传达给她。于是我用尽残留在肺里的最后一丝气息,从喉咙里挤出几个音节。

"别被发现了。"

对于我的这句告别,蒂夏迟疑了片刻,还是回了我一句。

但这句话却早已被噪声吞噬。

她到底说了什么,我一个字一个音都没听到。

候车室又恢复了平时的画面:我独自一人在黑暗里坐着。

但这次跟以往不同的是,我站不起来了。

与僵硬的四肢比起来,大脑反倒是冷静了不少。我终于从情感漩涡里一点点挣脱出来,情绪得到了抑制和缓解。

回过神来,我这才意识到事情的严重性:自己怕是犯下了大错。

虽然我现在恨不得马上追上蒂夏,跟她解释并道歉,但她已经离去,回到了自己的世界。此时候车室空荡荡的,只剩下我一个人。

没关系,反正再过几天还能见到,我只需要静静等待即可。

虽说迄今为止,我已经等了无数次,按理说应该早已习惯了才是,可这次不知为何,我心中的烦躁越发严重,感觉浑身疼痛发烫,下一秒就要被烧成灰似的。

当然，后悔和反省并不会真的要了人的命。

可这种情绪一直折磨着我，我甚至怀疑自己真的已经死了。

感情杀不了人。

等我想明白这个道理，时间已经过去了好久。

即便如此，感情这种东西也不可能像物品或者数字那样，说清理就能清理掉。感情的消灭，从来都不是一瞬间的事。

自那以后，我再也没和蒂夏见过面。

让我成为独一无二的特别的存在后，她却消失在了黑暗里。

我的世界从此成了白茫茫一片，再也没有恢复色彩。

无人期待的重奏

真开心。

好无聊!

我这一生,应该都不会再有诸如此类的强烈情感了。确实有那么一段时间,我的感情如突然来的暴风雨般剧烈。但现如今狂风已过,剩下的人生不过是缅怀旧时光,风烛残年罢了。

"残生"这个词,或许会让人联想到身体衰弱的老人。但事实上并非如此,年龄不过是表象,人类灵魂的衰老,从暴风雨过后就已开始了。暴风雨离开的时间越久,人越衰老。

老了的时候,人们一边舔舐着跟暴风雨有关的旧碎片,一边怀缅:那个时候真好啊,是我人生中最快乐的时光。

我甚至可以断言,人这一辈子,只有暴风雨那段时间有意义。暴风雨过后,余下的人生只能算是苟延残喘。说来人类也真是可笑,心里明明期待着早日迎来解脱,但包括我在内的所有人,却都没勇气真的去自杀。

于是,很多人只能靠麻痹自我来消磨日子,或者用各种消极方法缩短寿命。

有时会装作为某人倾倒的样子,用爱情充实自己;有时像喝醉了似的发疯;有时会沉溺于某种嗜好来转移注意力;有时会对他人动手施暴。但无一例外,最后皆庸碌无为地死去。

为了填充人生的虚无,他们竟如此拼命。人类这种生物是何等愚蠢啊。活得久了，人自然就会明白：自己早晚也会成为这些愚蠢众生中的一个。

我知道这很无奈，但人生就是这样。已成定局的事，就算再怎么沮丧挣扎，也只是在浪费时间。除了接受宿命，别无他法。在庞大复杂的世界面前，个人的意志再怎么强烈，也苍白无力。

即使从哥哥那里得知母亲去世的消息时，我的情绪也并没有什么波动，不震惊也不难过。母亲人生的暴风雨，又是何时出现的呢？在我眼里，她跟其他人一样，贫瘠，苍白。我像咀嚼口香糖般细细回味了下关于母亲的片段，没什么深刻的印象，我只是觉得她这辈子很可怜而已。

上次回老家，已经是八年前。应该是我刚大学毕业那会儿，举家搬迁，因为要收拾自己房间里的东西，我回去了一次。当时我把大部分东西都处理掉了，只留了些重要物件带回自己独居的地方。父母新搬的地方，虽然跟原先的家在同一个城市，但新家已经完全没有我的生活痕迹了。因此，我也没有了回老家的理由，八年间再也没回去过一次。

时隔八年，我再次踏上这片生我养我的土地。给母亲送终，这个归家理由合情合理。毕竟她照顾我的生活起居，一直把我养到了十几岁。反正我早已是一副行尸走肉，在哪里都是虚度光阴，有大把的时间给母亲守灵。

周五接到哥哥的消息，说是葬礼在周六举行。我周五当晚就赶了回去，打算给母亲守夜。想当初我高中一毕业就离开了老家，但哥哥选择了留在老家，在父母跟前尽孝。所以这次守夜的诸事安排，都交给了哥哥和父亲。我只需做出一副沉痛的表情，到达守夜现场，为母亲祈祷即可。

我本就不爱社交，会场上的人几乎都不认识。父亲带着我，跟亲戚和邻居们一一进行了寒暄。

守夜结束后，大部分客人回了家，只剩下一小撮关系最近的亲属，会场瞬间安静了许多。

守夜第一晚，我找了间隙跑出来抽烟。这时，哥哥突然走过来，也点了根烟。
　　"抱歉啊香弥，劳烦你百忙之中跑这一趟。"
　　这话说得也太奇怪了。自己的母亲死了，却还要照顾亲弟弟的情绪，搞这些社交礼节。
　　"没事，我本就该回来的。"
　　我知道，哥哥追着我出来，绝对不是为了简简单单说这么一句客套话。
　　"母亲一直很担心你。"
　　"是吗？"
　　母亲也好，哥哥也罢，我确实好多年没见了。
　　"母亲总是念叨说，也不知道香弥那孩子现在过得好不好，幸福不幸福。那孩子性格乖僻，可千万别在某些奇怪的地方钻牛角尖啊。啊，这不是我说的，是母亲的原话。"
　　说这话时，哥哥脸上带着笑，我也跟着做出微笑的样子。
　　"是吗？母亲她还说过这些？"
　　"嗯，要是母亲还在的话，应该放下心了，因为香弥你已经学会朝周围人开朗地笑了呢。以前吧，总感觉你浑身是刺。"
　　哥哥再次笑了起来。
　　我也笑着说："是吗？我自己没感觉呢。"我全然一副脾气柔和的乖弟弟模样，吐出一缕烟。
　　听了哥哥刚才的描述，我开始觉得，其实像现在这样跟母亲做一次告别，也挺好的。同时，我心里也清楚得很：母亲走了，自己应该不会再回这个地方了。
　　次日清晨，葬礼开始了。一连串的仪式行毕，我依旧没什么实感。母亲的身体被火化后，只剩下了骨灰。当我看到一罐白色灰渣时，这才涌上来一丝寒意。我再次意识到，人类这种生物，不过是个空壳。
　　周五接到电话时，我就跟家人说了会在周六当天回我自己的住地。葬礼结束后,我跟父亲和哥哥告别,说自己得马上回去了。

在一个母亲的葬礼上,小儿子说了句"后面的事就拜托你们了",便匆匆离去。

父亲和哥哥如何看我,我不知道。总之,在他俩的微笑目送中,我离开了殡仪馆。虽然没帮着收拾葬礼现场,但在母亲眼里,或许我已经成长为可以独当一面的男子汉了吧。

我叫了一辆出租车到殡仪馆门口来接我,告诉司机去车站。按常理,出租车司机大多很健谈,经常会跟客人主动搭话聊天,今天的司机不会也这样吧?

"这位乘客,您是本地人吗?"

本来我已打定主意,无视司机的搭话。可这是现实生活,社交礼节早已深入骨髓,我还是习惯性做了回应。

"嗯,我是本地的,这次回来参加葬礼。"

"哎呀呀,真是抱歉,请您节哀。"

"没事。"

对话到此结束。

老实说,我真的无法理解这类对话到底意义何在。是为了达成某种目的吗?还是为了服务某人?罢了,人活着,并不是所有的行为都有动机和意义,我犯不着跟司机较劲。再说了,发火也是一种能量消耗,很累人的。

透过车窗向外望去,以前这一带还很荒凉,零零散散坐落着几栋空房子,其余都是自然风光。现在已经大变样了,随着城镇的不断开发,好多山都被铲平了。唯一能看出那时候痕迹的,就只有穿插在各个公寓群之间的稻田,孤零零、空荡荡,宛如被遗忘的洞穴。

"这一带也变了呢。客人您这么年轻,可能不知道,以前这里全都是山呢。"

我本来想回一句"我知道",但看司机的反应,他也就顺嘴那么一说,并不需要我答什么。于是我轻敛气息,把话又咽了回去。

我原本以为,自己再来这个地方时,心中多多少少会泛起某种强烈的情感。可远看也好，近观也罢，我心中都没有涌现任何感慨。正当我对着窗外风景追忆往昔时，出租车已到了车站。

虽说是乡下，但和八年前相比，这里已经变得相当漂亮了。确认完时刻表后，我在外带咖啡专售店点了杯热咖啡。说起来，八年前还没这家店呢。检票口旁边还设置了候车室，我走了进去。上一趟车刚开走，所以候车室里一个人也没有。长椅靠墙而设，我随便找了个位子坐下。虽然眼下已经过了冬天最冷的时候，但也没必要特意待在站台上受罪。

候车室里除了长椅，还有一个火炉，墙上还挂了一个时钟和一台超大的液晶电视。电视的音量调得恰到好处，不刺耳。我看着新闻，啜了一口咖啡，味道好淡。倒不是店家的错，是我的味觉出了问题。自暴风雨过后，所有入口的东西，都变得寡淡无味起来。

咖啡也好，香烟也罢，甚至唾液，我都觉得甚是无味。人到中年，依旧无法习惯成年人的口味，可能是因为还依恋着自己的年少时光吧。一个人之所以时常悲愤于自己被现实背叛，可能是依然对早已逝去的记忆抱有期待吧。

已经十五年了。

十五年究竟是短还是长呢？有时忽觉世事变迁恍如隔世，有时又意犹未尽，感慨岁月太短。

记忆的触角再次描绘起那段旧时光来。我回味着那份还未忘记，也绝不能忘记的，独属于我自己的特别。

是啊，眼下我能做什么呢？我只能靠着反复临摹那段记忆，苟延残喘。

暴风雨已过，一切早已物是人非。

我已经老了。

一边着墙上的钟表，一边喝着淡咖啡。这时外面响起了动静，有人进来了。对方跟我拉开距离，落了座。余光瞥见，新进来的乘客是个身着灰色大衣的女人。镇子这么小，碰上熟人的可能性还是很大的，于是我偷偷打量了下：女人的眼睛如磁石般坚定，如晨曦般闪耀，两片薄唇极具特色，不自觉就把人的注意力吸了过去。

没印象。

这个女人脸上写满了对生活的无限希望，看来她人生中的暴风雨还没离开吧。

好羡慕她啊。

电车快到的时候，候车室又来了好几个乘客。进站提示音一响，所有人都起身朝外走。还有一些人根本没进候车室，早早过了检票口，在车门处等着。

电车来了，好生奇怪，明明是周末，可车厢内却空荡荡的。那个女人又和我拉开距离，坐在了一边。

我得坐一个多小时才换乘。中途的站点，偶尔会有人上下车，但大多数人都在，可能跟我同一路线吧。果然，到了换乘站，这些人才跟我一样，离开座位往外拥。那个女人也在这一站下。她戴着从口袋里延伸出来的耳机，脊背挺得笔直，脚底生风，在我前面快速地走着。

看来她还没有遇到暴风雨，哦，不对，应该说她现在正身处狂风暴雨中。我不禁再次羡慕起眼前这个生机勃勃的女人来。不过，终有一天，她人生的暴风雨也会退去的吧。

她的世界将来有一天也会万物寂静，暗淡无光。一想到这儿，我竟对这个女人生出一丝怜悯来。

话虽如此，人只要活着，早晚要经历这一遭的。我怜悯的是整个人类，并不是对她个人抱有什么想法。

等到下下站时，应该不会再见到这个女人了吧。可当我看到她仍跟我走一个方向时，这才意识到：我俩的第二个换乘站也是同一个。

新换乘的这辆车，车厢内多少有些拥挤。不过，这次她没坐在我附近。

电车摇摇晃晃又一个小时，她依旧没下车。我也没料到，自己跟这个女人能从一个偏僻的乡下，一路同行这么久。不过无所谓了，穿过检票口出站后，这个女人很快就会被千千万万的行人淹没，消失在我的记忆里。

母亲已经离世一周，我也迎来了自己的三十一岁生日。
这天，我再次见到了那个女人。
这次不是在候车室，也不是在电车里，而是在工作场合中偶遇的。因工作需要，我去拜访了一家广播电台公司，她貌似是那里的职员。在老家见过的路人，现在又偶然成了自己众多客户中的一员。这种小概率事件算不算奇迹呢？人活得久了，荒诞离奇之事难免会遇上一两件。
话说回来，这家公司我都拜访过好几次了，之前怎么对她没印象呢？是单纯没跟她打过照面，还是我自己没注意过她呢？毕竟我只在必要时才会看别人的脸，大多数人对我来说，是转瞬即忘的路人。至于为什么这次我认出了她，是因为在广播电台公司擦肩而过时，对方明显顿了一下，目不转睛地盯着我的脸。被她这么一盯，我突然也想起来了：这人好眼熟，貌似前几天见过。对方也是一副若有所思的样子，看来也纳闷在哪里见过我。
对彼此有了印象后，下次见面时，自然不能再装不认识了。第二次拜访时，我很快就注意到了她。她认出我后，也再次盯着我的脸看了一会儿。
她莫不是找我有事相商？正当我准备上前打招呼时，女人却只是轻轻点了点头，便走开了。
虽说是合作公司，但我跟她之间无业务往来，自然没理由开口叫住她。
我们之间的关系发生微妙的变化，是在第四次跟她碰面时。哦，不对，准确来讲，加上电车里那次，这已经不算第四次相遇了。当时我正要跟他们公司谈业务合作。

她作为广告部的负责人，跟我对接。我俩像初次见面般，寒暄着互换了名片。看到我先递过去的名片，她的反应很奇怪，小声嘟囔了一句"果然……"，然后抬头再次凝视起我的脸来。

"怎么了？"她的上司在旁边问。

她没接上司的话，而是撇开商务礼节，直接开口叫了我的名字。

"你……是不是铃木君啊？"

对于这么亲昵的称呼，我一下子有些蒙。

"啊，抱歉，这是我的名片。"说罢，她递了名片过来。

你要是认识我的话，直接自报姓名就好了嘛，这女人可真怪。

拿到名片后，一个名字映入眼帘。

这个名字……

"还有印象吗？"

说实话，我不记得了。"铃木君"，一般会这么称呼我的，要么是大学同学，要么是上班之后跟我走得比较近的人。不过既然之前在老家的车站见过，应该是高中时代甚至更早之前的熟人吧。

工作多年，我早已深谙社交之道。此时要是直言自己对她没印象的话，势必会让对方尴尬甚至不快。况且她还是我的合作客户，一个不小心会招致更大的麻烦。还是先说点什么，搪塞敷衍过去吧。正思忖之际，对方却先挑明了自己的身份。

"我是你的高中同班同学啊，只不过关系没那么近。"

高中时代我基本上独来独往，几乎没朋友，一下子还真想不起来眼前这人是谁。

"放学后，咱俩经常在换鞋处碰上。"

哦哦，我想起来了。

这个人，是斋藤。

我又看了一眼名片，斋藤确实叫这个名字来着。我半真半假地做出一副吃惊的表情，表示自己想起来了。

"啊，是你啊。"

"太好了,你还记得。之前在车站碰到时,我就想着是不是你。不过你整个人气质变化太大了,所以我当时不太敢确定。就连刚才打照面,看到你笑容满面的样子,我也不太敢认呢。啊,实在不好意思,只顾自说自话了。他叫铃木香弥,是我的老同学。"

斋藤回过神来,跟旁边的上司解释了自己刚才的失态。

"那可真是太好了,既然你俩是老乡,一定要好好相处啊。"上司转向我,大笑道。

我挤出跟他一样的笑容,连忙回答:"一定一定,刚才我也愣住了,没想到能在这里遇上老同学。"

虽然这句话是客套敷衍,但也有两成是真的,我确实没想到此生还能跟斋藤再相遇。

"感觉你整个人,跟以前完全不一样了呢。"

再会后,斋藤对我做出了评价。

我还想说你变化大呢。

虽然高中那会儿,我对斋藤的印象很稀薄,但抛开化妆、穿搭这些外在装饰,终究是能看出来旧时的痕迹的吧。可是没有,我完全无法将眼前这个女人跟那时的斋藤联系上。外貌、周身荡漾的气质,就连身高,都完全变样了,简直成了两个人。记忆中的斋藤,绝没有这么热烈而充满希望的眼神,时隔多年后跟老同学喜重逢的俗套戏码,也绝不可能在她身上发生。当然,这些认知仅局限于校内,说不定校外她又是另一副模样。再说了,十几年未见,人有变化很正常。

即便如此,她的变化也太大了些,完全看不到过去的痕迹。

不过,对生活早已是一潭死水的我来说,就算是老同学重逢,就算对方是斋藤,意义也不大。顶多就是职场人际关系中,多了一个老乡,仅此而已。

交换过名片后,我再去广播电台公司拜访时,自然免不了跟斋藤打招呼。但跟我业务联系最多的不是她,因此大多数情况下,我俩碰到了,只是点头致意,然后擦肩而过。偶尔也会站着聊会儿天,甚至还有一次，刚巧双方相关业务的人都在，我们几个人还约着喝了一次咖啡。我俩的关系也就止于此了。

我还是很好奇：原本不善社交、在旁人看来性格略显阴暗的斋藤，为何现在变得如此精力充沛、外向开朗？罢了，终究是别人的人生，和我没关系，还是别多嘴了。

等等，她变化这么大，会不会是暴风雨的缘故？万一哪天暴风雨离去，说不定她就变回高中时候的样子了。

"铃木君，你要是方便的话，改天咱俩一起吃个饭吧。"

偶尔在工作上有交集的老同学，这样的关系刚刚好，彼此倒也相安无事。可现在斋藤突然抛给我这么一个邀约，搞得我有些措手不及。这家伙果然不再是我认识的那个斋藤了。但我没想拒绝，其实去不去都无所谓，一顿聚餐不会对我死水一般的人生有任何影响。

"你要是可以的话，我完全没问题。咱们加一下好友吧，后续好敲定时间行程。"

之前都通过邮件和电话联络，这还是我俩第一次交换私人联系方式。

年初彼此的业务都繁忙，所以这次老同学约饭，定在了五月黄金周连休期间。

当天，斋藤身穿一套黑色休闲装而来。我因为有一个工作场合必须出席，穿了西服。

说起来，我好像从来没参加过同学聚会呢。

斋藤她应该跟我一样吧？哦，不对，依她现在的性格，说不定已经参加过好几次了。

这家餐厅虽然不大，但装潢漂亮，氛围不错。趁着还没上菜，我旁敲侧击试探了下斋藤。

"还真没去过呢，老同学聚会大部分都在周末。你知道我们搞广播的，根本就没周末可言，哪有时间参加什么聚会。高三那会儿，倒有几个关系比较近的，平时跟他们几个保持联络足够了。"

"说是几个，其实现在还保持联系的只有两个人而已。"

斋藤说话的间隙，酒水先上来了。我俩都不是拘泥形式礼节的人，跳过敬酒词，各自先干了一杯。

"铃木君你呢？跟老同学还有联络吗？"

"没，基本没联系。"

"也是，工作忙起来确实没空联系呢。而且，那什么——如果冒犯到你的话，我先道个歉——高中那会儿的铃木君，真的让人难以接近呢。"

可能是为了掩饰尴尬吧，斋藤说这话时脸上带着苦笑。

我也苦笑着附和："嗯，我心里有数。"

她刚才说的，应该也包含了我高中时代闯下的那场祸事吧，一时间我竟无法反驳。

工作多年，我已经掌握了一套熟练的社交技巧。那就是面对铁铮铮的事实，不能固执否认，否则会惹对方不快。因而当有人评判自己时，最聪明也最省事的方法就是：坦然接受，并勇于承认错误，表示自己早已不在意了。

"所以在公司遇到你时，我真的吓了一跳，怎么说呢，你整个人变柔软了。抱歉，再次说了这样的话。之前是在工作场合，有很多话不方便说。但今天是私人聚餐，所以我……"

聊天嘛，说到哪儿就算哪儿，刻意回避反而很奇怪，于是我斟词酌句，选了一个温和的措辞打圆场。

"没事，可能我真的变了吧。不过你主动提出邀约时，我也吓了一跳。这要是放在高中时代，完全无法想象嘞。"

明白我的意思后，斋藤脸上浮现出一丝羞怯和拘谨。表情相当完美标准，宛若镜头前的演员。

"确实有人这么说。我也变成大人了呢，性子温和了许多。其实从高二下学期开始，我就变了，没之前那么尖锐了。"

经她这么一说，我突然想起来：高中那会儿，确实有那么一段时间，她突然像变了个人似的。但至于具体是什么时候，我忘了。

"我完全没想到，高中时代性格孤僻且几乎没交集的两个人，多年以后，竟然成了业务上的合作伙伴。缘分难得，所以我才试探性地提出了邀约。老实说，我以为你会拒绝呢。"

"哈哈，维护好跟客户的关系，对我来说也没什么损失嘛。"

斋藤还在试探我这几年发生巨变的内情。我挤出一副营业式的做作微笑，自嘲般回应着。

斋藤听罢似乎很开心的样子，大笑起来："你现在也会说这种玩笑话了呀。"

我机械地把食物往嘴里送，果然，无论哪道菜，都没什么味道。酒也甚是无味，不过是让意识朦胧的液体罢了。虽然跟斋藤的对话没什么意思，但跟人聊天本就无趣，所以整个约会倒也不难熬。用恰当的表情、合适的音量，说一些符合场面和身份的话，聊天不就是这么一回事吗？虽说是老同学，但毕竟有业务合作伙伴这层关系，眼下我还是小心谨慎些，不要得罪了对方才好。

"话说回来，你之前回老家是因为……"

"我母亲去世了。"

"哎呀，那可真是，抱歉……请节哀。"

"没事没事，你不必道歉。对于亲人的离开，我很早之前就有心理准备了。"

谈到近亲死亡的话题时，人们为什么总是道歉呢？

"我基本上没回过老家，你呢？经常回吗？"

"啊，嗯，休息日经常回去。倒也不是要办什么要紧事，只是偶尔回老家放松下，类似于充电蓄能那种。"

哦哦，也就是说，我俩在那个地方相遇并不是奇迹，只是我偶然间踏入了斋藤的习惯地带而已。

"铃木君你很少回老家，是工作忙，还是要陪老婆和孩子？"

"工作忙。家庭的话，正如你所见，我还没结婚。"

"哦哦，这样啊。正如你所见，我也没结婚呢。"

斋藤模仿我刚才的动作，露出左手的无名指，呼吸间夹杂着酒精的气息。

"抱歉啊，你明明没开口问，是我失言了。"放下手后，斋藤很快道了歉，语气轻快。

她未免太小心翼翼了些，要是连这种小事都——道歉的话，可就无休无止了。

菜吃得差不多后，我又塞了些甜点和咖啡进胃里。斋藤貌似对酒、甜品、咖啡这些很上瘾，每天必须摄入适量的酒精和甜点。

"铃木君，要不我们再找个地方喝一波？"

"行，我都可以。"

看着斋藤兴致勃勃的样子，我应了下来。

餐费刚好是整数，我很快便算出了各自应分担的金额。

我俩来到餐厅附近的酒吧，再次举起了酒杯。在吧台上，我端着金立克鸡尾酒，斋藤轻轻地举起了卡尔里拉威士忌。

"铃木君，高中那会儿你闲暇时每天都在做什么？"

"什么都没做。硬要说的话，跑步算一个吧。"

"原来你还试过当运动员啊！"

"也没那么正式。我只是没事做，为了打发时间才选了跑步而已。"

"斋藤你呢？都做些什么？"其实我对斋藤的过往并不感兴趣，但出于礼节，姑且一问。

"我啊，那时候应该忙着听音乐吧。"

"哦哦，那你最后选择去广播电台公司上班，莫非是这个缘故？"

"差不多吧。所以现在能参与广播插曲的筛选，我还挺开心的。另外，这份工作对我来说，不单是喜悦，更是我活着的意义。抱歉，我这么说，是不是讨干卖弄了？"

"没有啊，你目标这么清晰坚定，我觉得很酷啊。"

"哈哈，其实真正做起来，也不是那么酷啦。工作嘛，各种各样的烦心事都有。"

那是自然，人只要活着就会有无穷无尽的烦心事。心里虽然是这么想的，但我绝对不能这么说，便随意附和了一句以示安慰："虽然各种各样的烦心事都有，但好在你干得很开心嘛。"

此时此刻，我才明白过来，怪不得斋藤现在变得如此熠熠生辉，光彩夺目，原来在某种意义上，她早就得到了自己当初描绘的未来。尽管如此，暴风雨似乎还没从她身旁离去。是她对人生的贪欲异常惊人，还是说此时此刻，她正处在暴风雨的中心，无法自拔呢？

"铃木君，你现在的工作怎么样？做得开心吗？"

工作这种东西，我从来没有拿快不快乐这个标尺衡量过，一时间不知如何回答。

"倒是忙得很，算得上充实吧。当然，烦心事也不少。"

"也是，工作嘛，哪有一帆风顺的？"

"是啊，所以就算心里烦，也得硬着头皮干下去。人活着，不就是这么一回事吗？"

活着本来就伴随着痛苦，就算痛到锥心刺骨，也毫无办法，除了受着还是受着。

"是啊，确实像你说的那样。"

斋藤竟然接受了我的搪塞敷衍，还深深点头，表示了认同，转头朝我笑起来。

人这种生物，经常会生出自己跟别人境遇相似的错觉，再有意无意地加入些自己的理解。比如刚才的斋藤，她以为从高中到现在，我们都发生了很大的变化，经历相似，所以对我多了些亲近感。但事实上她错了：我跟斋藤有本质上的区别。当然了，从外表上看世人皆大同小异，斋藤把我当成她的同类，完全可以理解。

不过，藏在我心中的东西，是独一无二的，绝非他物可以比拟，更不可能跟谁有共鸣。

但是斋藤作为业务上的客户向我示好，从现实角度讲有益无害。眼下顺着她较为稳妥，于是我扬起嘴角，随声附和道："是啊。"

我的这个反应，倒是正合斋藤的心意。我俩在高中时代，都甚是孤僻不合群，步入社会后，经历了种种，最后变成了温和柔软的人。经历相似，肯定会有许多共同点。于是两人你一句我一句地聊着，这时斋藤突然甩出一句。

"我那时候,每天无聊得很。"

"那个时候?你是说高中那会儿吗?"

"是啊。不过现在回头看的话,我并不讨厌那时的自己。"

她这么一说,我突然明白了,为何重逢之初,我对斋藤的变化虽略有吃惊,但并没有到瞠目结舌的程度。是因为她的变化,只是变成大人的一种方式而已,并不罕见,在谁身上都会发生。

她变了,变成了一个缅怀过去的、普通无聊的大人。只不过斋藤的外在变化过于大了些,在视觉上多多少少给我造成了冲击。

不过说来也神奇,为什么她身上的暴风雨还没走呢?即便是喝醉了,藏在斋藤眼里的波光依旧闪闪发亮,是我这种只想着了此残生的人眼中,绝对不会出现的东西。

无所谓了,她的人生再怎么剧变更迭,我都没兴趣。

外界的刺激也好,过去那段记忆也罢,都不会在我的余生泛起涟漪。

想当初我把候车室那段时光视若珍宝,恨不得像数头发般,一缕一缕地拨弄回味。现如今那段回忆也褪去了光环,作为日常融入了我的生活。触碰过去,对我来说如消耗日用品一样,毫无任何顾忌和负担。

我俩交换着彼此的近况,不知不觉已过凌晨一点。斋藤喝了不少,起身去洗手间时摇摇晃晃的,已经有些站不稳了。于是我决定结账,带她离开。

斋藤看起来还未尽兴,不愿意离开。但眼下是离开的最好时机,顾不得她怎么想了。

斋藤从洗手间回来后,头脑清醒了不少。

"酒钱我刚才付过了。"

面对我的擅自结账,她似乎没什么不快,只是问我一共多少钱。

算来算去麻烦得很,我便说了句"下次换你请我",她听后随即作罢。

走出酒吧,我俩来到路边打车。哦,对了,我记得之前坐电车时，我跟她路线相同。既然顺路的话，我俩住的地方应该差不太远，所以我让斋藤跟我上了一辆出租车。等斋藤跟司机说完她家的地址后，我才发现：斋藤住的地方，跟我不在同一条地铁线上。

"实在抱歉，喝得有点多了，我……"

也许是对自己的酒后失态感到羞耻吧，斋藤用双手捂住了脸。其实我也喝了不少，但脑子尚清楚。此时斋藤在左边，我本想伸手轻拍她的后背以示安慰，但转念一想还是别有肢体接触为妙，便顺势将左手放在座位上，挑了个妥当的措辞回应道："酒嘛，喝多了自然会醉。"

本以为这么说完，大概没什么问题了，可人这种生物，有时候嘴跟不上脑子，不知道什么时候会突然嘴瓢。

"你先睡会儿，到了我叫你。"

糟了，我在说什么啊？要是她误会了可怎么办？

斋藤倒是清醒得很，她摇摇头，断然拒绝了我的提议："谢谢，我没事……抱歉，这些话我也只有喝醉了才敢说出来。如有冒犯，还请你谅解。我真的太开心了，真的。"

"什么话？"

"高中时冰山似的两个人，多年以后竟然能在一起开心地喝酒，人生这种东西，真奇妙啊。"

冰山？开心？这完全是斋藤对我的主观臆断。不过冰山这个词，她倒是说对了。

斋藤放下捂着脸的双手，放在膝盖上的挎包上。

"我……"

斋藤刚说了一个字，又顿住了，沉默地盯着眼前副驾驶座的靠背。过了一会儿，她轻叹一口气，仿佛接下来要进行一场这辈子绝无仅有的告白，又仿佛打算倾吐一段早已尘封的暗恋。

"我曾经很讨厌铃木君。"斋藤朝我这边瞥了一眼，嘴角扬起微笑，一脸歉意，又仿佛在自嘲。

"都是些陈年旧事了。高中那会儿，我曾经看你很不爽。那时候,我总以为自己很特别,所以看到有人行为举止和气质跟自己相似时,就异常烦躁。我深知自己这种处处标榜特立独行的心态不好,但还是忍不住讨厌跟我相像的人。很快,让我彻底讨厌你的某个瞬间就来了。"

虽然我不是很想知道,但既然对方想说,那就顺着她的意思问一问好了。

"我能问问是哪个瞬间吗?"

"嗯。铃木君,当时你借给了我一把伞,对吧?"

是吗?

我开始调动大脑深处的记忆。奇怪,平时总能顺利调出相关画面的,今天却在某个地方停住了。

或许真有那么一回事。

"我想不起来了。"

"你借了,那天下雨我没带伞。本来受人帮助,应该开心接受并坦然道谢的,可一看到你那张阴沉的脸,我突然变了想法:不想借就不借呗,干吗跟个半吊子似的装好人。"

说罢,斋藤又小声嘟囔着追加了一句,仿佛在说给自己听似的:"当然,这里面肯定也带了些对同类的厌恶。"

说罢,她看向了窗外。

即便被人"厌恶",我情绪上也没什么波动。只要不涉及利益、不招致麻烦,我才不管其他人怎么看我。更何况,是来自旧相识的评价,我更无所谓了。

但不在乎归不在乎,出于社交礼节,还是得回应两句,况且我早就想好了措辞。

其实我很清楚斋藤为什么会突然提这事。此时此刻她向我吐露真心,说她过去很讨厌我,那也就是说,现在她的感情已经发生了变化。她希望我能对她的这种变化做出评价,希望我能跟她更亲近些。

按理说斋藤的这种小心思,只要她不挑明,我直接忽略即可,但转念一想，反正自己的余生早已是一潭死水，怎么回答都无所谓了。罢了，顺着她的意思说吧，于是我拿出早已备好的答案。

"我也很讨厌你来着。"

说这句话时，我刻意微笑着摆出一副云淡风轻的表情。斋藤不再看窗外，扭头看向了我，脸上的紧张神色褪去不少，一脸得救了的表情。

"果然？"

"嗯，我这个应该也算是同类之间的厌恶吧。"

我在说谎，我根本就不讨厌斋藤。

有时我真搞不懂，互换真心拉近关系这套把戏，到底意义何在。

斋藤扑哧一声笑了，转头看向前方，一边说着"果然啊"，一边把双臂垂下，落在了座位上。

动作幅度大了些，她的小拇指无意间碰到了我的左手。刻意避开反而会招致麻烦，静等她撤回就好了。可等了一会儿，斋藤完全没有收手的意思。她的小拇指放在我的无名指上，随即扣住，像钩子一样将我的手吊了起来。

我用一只眼睛瞥了下斋藤，想看一下她是什么意思。可斋藤没看我这边，而是神情严肃地看着正前方。我别无选择，只能任由她牵着我的手。

罢了。

我举起手，拨开斋藤缠在我无名指上的手指，然后把左手放在了她的右手背上，将手指轻轻插入她纤细的指间。斋藤瞬间露出女人独有的犹豫和紧张，顺势包住了我的手指。

没过多久，出租车就到了斋藤家附近。在她的指引下，车在一个公寓前面停了下来。我们放开缠绕在一起的手，互相道了别。

"再见。哦，对了，别被发现了。哈哈，好久没说这句话了。"

斋藤脸颊泛红，看样子酒还没醒。跟斋藤告了别，出租车门自动关上了。

正当我给司机指路时，余光瞥见了斋藤刷卡进入公寓的瞬间。

刚才在车上，斋藤是何用意呢？算了，怎样都无所谓了。

一个人年少时再离奇的经历、再不可言说的秘密，等他变成庸俗无聊的大人后，都会随着阅历豁然开朗、烟消云散。

我老家小镇那个奇妙的古老传说就是如此，不过是那些曾经从纷争中逃出来的人编造的谎言罢了。当时先人们利用大家对老旧空房子的不舍心理，再用神鬼邪说一包装，就可以不受到原住民的攻击，安心藏身于旧房子里。积年累月下来，外来人与当地人血脉不断融合，除了部分生活习惯和语言，其他方面早已区分不出谁是谁了。所以"空房子不能拆"，根本就不是什么古老传说，更不是什么让人毛骨悚然的奇幻故事。

男女之间的各种举动，在当年的我看来毫无意义。现如今我也领悟了：那些不过是一种仪式而已。

今天难得两个人都不上班，本可以睡个懒觉，可她还是早早起床，叮叮哐哐忙个不停，把我吵醒了。

一睁眼，眼前有个闹钟。估计是昨天我俩中的一个，不小心把闹钟拍落到枕头边了。我顺势看了一眼时间：还差五分钟到十点整。

先起床的她，坐在办公椅上，好像在等电脑开机。

我撑起上半身，捡了一件手边的T恤套上，靠在床边。

"抱歉，吵醒你了吗？"

"没关系。你在处理工作上的事吗？"

"不是。我差点都忘了，今天是一般售票日。"

"一般售票日？"

"嗯，LIVE的票。"

LIVE，由于这个词在日常生活中几乎不用，我刚听到时，过了好一会儿才反应过来。

哦哦，原来是演唱会啊。

"是 Her Nerine 的票，我最喜欢的乐队。对了，他们还经常上我的节目。之前有一轮抽签预售来着，我完全给忘了。所以这次一般售票日绝不能再错过了，十点准时抢，现在还有两分钟。每次蹲点抢票，都弄得我很紧张嘞。"

她穿着随意，内衣内裤外只套了件长 T 恤，手里握着鼠标，目不转睛地盯着电脑屏幕。哦，不对，这里是她的家，着装随意的人是我。

"既然他们常上你的节目，应该能给你留些票吧。"

"等一下哈。"

看来最关键的时刻到了。她目不转睛地盯着电脑屏幕，沉默不语，仿佛忘记了呼吸般专注。

只见她瞅准某个时机，"咔"地点了一下鼠标，然后隔几秒又咔嗒咔嗒点了几下。

抢票操作有这么复杂吗？作为一个对音乐兴味索然的人，我实在是无法理解她的行为：买个演唱会的门票而已，干吗要拼命到这种程度？

话说回来，纱苗是斋藤的父母给她取的名字。

总算结束了。只见斋藤十指交叉，手心向外，伸直双臂，撑向天花板，伸了个懒腰。

"太好了，抢到了。抱歉啊，大清早就哐当哐当的，扰了你的好梦。你刚才说什么来着？"

"抢到了就好。我说既然乐队是你们电台的常驻嘉宾，几张票而已，走内部通道就可以拿到吧。"

"嗯，要真开口跟他们要的话，他们说不定会送我几张。"

斋藤转动椅子，把身体正面朝向我。斋藤有过度表演的癖好，明明是生活中很日常的事，她总喜欢借助各种动作和语言，表现得很夸张。这次也是，她佯装出羞于吐露真心的样子，但实际上言语之间却掩不住骄傲："我不想用相关工作人员的特权，玷污观众对作品的喜欢。"

喜欢某种东西，不过是满足自我的一种排遣方式罢了。无论是自己买，还是从内部通道拿票，反正最终都是要去现场的，结果不都一样的吗？实在搞不懂她坚持自己买票的意义在哪儿。要是自我满足的话，大清早这么折腾也就算了。可要是为了迁就他人，把自己搞得急火攻心又发痴发狂的，根本就不值当啊。

"我之所以坚持自己买，也有工作立场上的顾虑和考量，我不太想麻烦别人。"

也是，斋藤这种表演型人格的人，应该很渴望通过仪式感跟别人维系情感吧。

于是我赶紧打圆场："哦哦，原来是这样，那早餐就我来弄吧，做点纱苗你喜欢吃的。"

"哦耶，太好了，不过你可以再睡一会儿。"

虽然嘴上说着让我多休息，但斋藤的身体却不这么想。她从椅子上起身，眼神炽热地走到我身边坐下，纤细的指尖放在我手臂上，顺着青筋来回抚摸。

"嗯，睡个回笼觉也不是不行。不过这样一来，接下来的行程可能会很赶。"

我和斋藤今天约好了一起出门。其实出不出门，我都无所谓的。但好不容易两人在同一天休息，要是顺其自然什么也不做的话，从早上起来到现在的一系列准备工作，又白白浪费掉了。再说都要出发了，推脱不去反而会惹麻烦。沉思片刻后，我起身，蜻蜓点水般轻啄了下斋藤的唇。

"那就用冰箱里剩下的食材，随便做一下好了。"

身后传来斋藤的声音，伴随着她淡淡的体香。

我走到厨房，打开冰箱。之前独居时自己做饭，为了不至于太难下咽，我特意学了厨艺。加上跟斋藤这四个月来的朝夕相处，我也慢慢掌握了她的口味喜好。

现在，我已经对她家的厨房摆设了如指掌。蛋包饭的蛋，加点牛奶，煎至半熟稍硬些后，盖在炒饭上。然后再放一片烤好的火腿，生菜切段摆在旁边。我还做了一份烤吐司，切成两半摆盘。一份蛋包饭，一份吐司，足够两个人吃了。

做好早饭后，我端到了斋藤面前。此时她正喝着速溶咖啡等早餐。

"抱歉啊，我简单弄了点，你凑合吃。"

"没事，反正之前我一个人住时，早餐就很应付。现在有人做饭，我开心还来不及呢。这么丰盛，有人陪，谢啦。"

面对斋藤的感谢，我摆出笑容以示回应。

两人慢悠悠吃罢早餐，快速收拾完，一切准备停当。但离出门还有几个小时，本来我还琢磨着两人干点什么打发一下时间，现在看来不用了。

斋藤又坐到了电脑跟前，处理起工作来。

"好不容易放假，今天就好好休息嘛。"

这句其实是客套，我心里完全没这么想。一个人的时间怎么过，是极其私密的事情，不该由外人来插嘴。我刚才之所以那样说，不过是满足斋藤的表达欲罢了。

"没事没事，我只是在做自己喜欢的事而已，没什么累不累的。"

"之前我一直想说来着，像你这样工作精力如此充沛旺盛的人，好厉害啊。"

"哈哈，就当你在夸我了。但也可以这么说：我之所以这么拼命，有部分原因是想拿工作做挡箭牌，逃避现实。"斋藤笑着说道，同时拿起手机，边对比电脑边看。

确实，工作支撑了她的一切。很多人都会陷入一种错觉，以为能从工作中找到自己存在的意义，斋藤就是其中一个。

处理完工作，斋藤起身从沙发后面搂住了我的脖子。我把钱包和手机收进口袋，起身回应她的拥抱。

刚出玄关，一股热浪就扑面而来，气温比想象中的还要高。等斋藤锁好门后，我俩出发了。

虽是约会，但我跟斋藤倒也没穿得太夸张，一看就是中青年工薪阶层打扮，完美地融入了当下的季节。我俩一路走到车站，今天约好了一起去看话剧。其实我俩对戏剧没什么兴趣，只不过我偶尔提了一嘴，说休息日很无聊，斋藤就记住了，然后不知道在哪里发现了一个小剧团的演出。

于是就有了这次约会。

路上，斋藤兴致勃勃地跟我介绍着她在网上查到的剧团信息，比如剧团发展史啊，演员表啊，还有代表作之类的。我有一搭没一搭地听着，然后突然发现斋藤正盯着我的脸看。我立马察觉到了不妙，又来了。

"我脸上有什么东西吗？"

我知道斋藤想说什么，但还是象征性地问了一句。

这种一问一答，开头那句话往往很重要。起话头的那个人，将决定整个对话的走向。

每当斋藤想玩这套情侣小把戏时，我总会精准地捕捉到信号，配合她开演。

"没什么，铃木君今天也很帅呢。"

斋藤在说这话时，总要盯着我的脸，细细端详一番。

对此，我的回应一般是一句："我知道。"

虽然内心不认同她这个评价，但我嘴上都会给予肯定。演戏嘛，要做全套。

这时候，斋藤势必甩出一句介于责备和撒娇之间的嗔怪："你有点自觉好不好。"

然后两人相视一笑，对话结束。

我实在搞不懂这种毫无营养的对话，究竟有什么乐趣可言。可斋藤总时不时地来这么两回，有时甚至在一天内要玩个好几次。

反正也没什么实质性损失，所以我一般会顺着她往下说来哄她开心，毕竟我的余生还有很多时间可以用来浪费。

五月的某一天，我俩水到渠成地确定了情侣关系。几天后，斋藤在聊天时问我："你知道我为什么要用恋人身份，把你绑在身边吗？"

"因为我想尽可能地多看到你，无论是心理上还是身体上。"

"身体上？"

"我很喜欢铃木君长大后的这张脸呢。"

斋藤笑着说道。我知道这笑有一部分是为了遮掩内心，有一部分是害羞。

我确实长了一张讨异性喜欢的脸。被如此物化，我心中多少有些不舒服，但此刻自己若是表露不悦会更麻烦。于是我笑着打哈哈："谢谢夸奖。"

果然，斋藤像小蛇般迅速咬住话头，接了过去。

这是我俩之间独有的交流方式，浮夸做作、虚张声势，仿佛在表演打情骂俏。

其实那天斋藤也问了我同之前一样的问题：我为什么要跟她交往？我当然知道她想听到什么回答，便拿出早就准备好的一套说辞。

"那天听了你的描述，我才明白一路走来你有多不容易，所以我想再多了解你一点。"

为保险起见，我又加了一句：

"还有就是，我也是颜控来着，连我自己都意外。"

可能也有化妆和表情管理的缘故在吧，眼前的斋藤早已褪去高中时代的阴沉，她的这张脸，完全长在了大部分男性的审美上。所以我刚才那句奉承，其实也不算说谎。

反正她现在心情大好，至于我的真实想法如何，已经不重要了。

可能是味觉失灵的缘故吧，我的食欲、困意，甚至性欲也跟着变淡了。但每一项又都保留了一点，并非完全消失。食欲和困意倒还好，一个人就能迅速解决，但解决性欲的步骤却甚是烦琐：相识，恋爱再到性交，完事后还要维护情感。为了省略这些步骤，每次遇到略有姿色的异性时，我都很友善。多一个美女朋友，对我来说没坏处。

异性的外貌仅仅是我筛选性交对象的条件之一，仅此而已。我并不会因为对方长得美，就对她产生好感或者爱意。

没外人在时，斋藤很积极，情侣间的亲密举动她几乎都要来个遍。但外出时，她又恢复了高冷不黏人的样子。

我们俩保持着一定距离，上了电车。从家走路到车站，乘车，出站再走一段路，检票进场，看个话剧也是够奔波的。

可能是刚开演吧，观众零零散散的，没几个。

我几乎很少被别人的作品打动。但十几岁时，我在课堂上被迫接触了相当多的艺术作品，最基本的审美和素养还是有的。所以开演前我还在想：就算没被感动，能看懂整个故事框架，也不算白来一趟。

事实证明我错了。整场演出下来，我一头雾水。这已经不是知识储备够不够的问题了，是完全无法理解。舞台上的那些男人，到底在说什么啊？总之，我不得要领，如坠云雾。

也许是一种全新的艺术创作形式？要是在年少时代，我或许会感兴趣。但对于现在的我来说，我只是持续看了一个半小时白色墙壁而已。

演出结束后，演员和导演上台向观众致谢。可就连这个谢幕，我也听得云里雾里。幕布落下，观众席被重新打开的灯照亮后，我跟斋藤面面相觑。很明显，她的感受跟我一样。我们俩迅速起身，出了剧院。

还是先随便在附近走一走吧。

走了一小会儿，斋藤仿佛在水中憋气许久总算露头了似的，深深吐了一口气。

"欸……"

宛若台词般的叹息。

"演的是什么鬼啊。啊，要是香弥你喜欢的话，我先跟你说声抱歉。那什么，你看懂了没？"

"没。听你这么说我就放心了，我也看得一头雾水。"

听到我这么说，斋藤似乎没刚才那么紧张了。

交往的这几个月里,我发现了一点,就是她很喜欢向周围亲近的人寻求共鸣。

已经过了午饭时间,我俩在路边随便找了一家不知名的咖啡厅。天气不错,我们找了个室外的露天座位。坐定后打开菜单,外出点餐时,斋藤和我基本没有选择困难症。所以店员送水和热毛巾过来时,我俩已定好了各自的套餐。

"虽然完全没看懂,"斋藤啜了一口刚端上来的冰茶,似乎对刚才的演出意犹未尽,想继续说点什么,"但感觉演员们都很卖力呢。怎么说呢?很敬业很认真,完全没有敷衍。他们仿佛真的觉得'我们这个剧很有意思嘞'。这份信念感,我还是挺喜欢的。"

"嗯,确实感受到了他们对演戏的热情。"

"是吧。"

老实说,我什么都没感觉到。对于刚才的话剧,其实斋藤也没什么感觉吧,只是习惯性地强迫自己从他人的作品里找意义罢了。她刚才之所以那么说,可能是害怕自己一个半小时的人生,白白浪费在了一场不知所云的演出上吧。所以总想揪出一点意义来,给自己一个心理安慰。等暴风雨从她身边离去后,她就能理解并接受人生的虚无了。

人的一生,几乎所有的自发行动,追究起来都没有任何意义,都是在浪费时间。

没感觉就是没感觉,没必要硬编造出一些所谓的"感受"。

感受也好,价值也罢,全凭内心自然流露,否则就会成为谎言。

"怎么了?"

"没,没什么。我在想刚才那些演员是不是大学生。"

"好像有一半是,网上有写来着。"

菜上齐了,我跟斋藤总算动筷了。

对于这家咖啡厅的料理,斋藤的评价是"味道高雅"。看来,这次不是我的问题。就连味蕾正常的斋藤,也觉得这里的食物味道寡淡。

"我有时候就在想……"

又来了，斋藤这家伙每次想说什么之前，总要装腔作势先卖个关子。

于是我顺势问道："想什么？"

"比如，刚才舞台上的演员，还有我平时接触到的那些玩乐队的年轻人，每次看到他们生机勃发的样子，我就在想：如果回到过去，我说不定会跟他们一样，选择搞艺术创作呢。香弥你呢？就没有过这种念头吗？"

"嗯……很难讲啊，应该没有吧。"

不是应该，而是完全没有。说到过去，确实有几件事让我悔恨不已。所以这么多年来，我心中一直在不断做假设：那时候到底应该怎么做才是最优解呢？

"可能香弥你对自己比较有信心吧。我之前可是拼了老命，才有了现在的生活和工作。但接下来，我不知道这样稳定美好的人生能否继续下去。所以有时候我会禁不住羡慕别人的人生。"

自信？斋藤对我的评价一点也不准确。

并且她对自己的评价也不怎么正确。从"拼了老命"这个词就能看出，斋藤把自己的人生当成了战利品。对自己迄今为止的人生，斋藤的评价是"稳定美好"。要是再来一次的话，她不一定能有现在的成就。即便她是真的不自信，但她焦虑的更大的根源在不自知。

她以为自己的人生是特别的。

"没有啊，我倒是觉得纱苗你当初无论做什么选择，现在都能活得很好很精彩呢。"

"是吗？不过既然香弥你都这么说了，或许吧，我相信你。"

她相信我什么呢？

"唉，假设做再多也是无用。不管怎么祈祷，也不可能过上别人的人生，也回不到过去。哦，对了，之前好像听你提过，说你在大学时代曾研究过战争啊，外交啊之类的东西，当时你就没想过从事相关领域的工作吗？"

"我做那些只是单纯出于兴趣爱好,跟职业规划无关。"

我说谎了。自己当初研究那些,不是出于兴趣,而是抱有明确目的的。可惜我既没能力也没运气,无法成为一名学者,更无法改变世界。

"纱苗你呢?我记得你当初好像是法学院的。"

"嗯,不过我跟你一样,从没想过要当律师嘞。法律好枯燥。哦,对了,上大学那会儿发生过一件事,让我觉得法律其实挺有趣的,但仅限那一次。"

"什么事?"

"不记得了。老了,很多事都忘了。"

斋藤笑了。

为烘托气氛,我也跟着笑了。

"话说回来,既然咱俩同届,上学时候的事情,香弥你应该也忘得差不多了吧。"

真的只是一瞬间。

我脱口而出:"没忘。"

声音发出的瞬间,连我自己都吓了一跳。糟了,原打算顺着她说的,可话已出口,覆水难收,只能硬着头皮说下去了。不过细想起来,"我没忘"本来就是不容置疑的事实,没什么不方便说的。

"有些事,我是绝对不会忘的。"

我本打算面带微笑,用风轻云淡的语气说刚才那句话的,但没调整好音调,表情管理也没做好,气氛一下子凝重了不少。人有时候就是这样,嘴跟不上大脑的指令。

斋藤的右眼睑微微跳了一下,这是她察觉到气氛不妙时的习惯性动作。

"就比如那次我借伞给你的事。"

"搞什么嘛,真是的,吓我一跳。伞的事明明是我提醒之后你才想起来的好吗?刚才看你一脸严肃,我还以为要说什么大事呢。"

虽说是迫不得已临时想的借口,但好在搪塞敷衍过去了,斋藤似乎信了我的话。

看来我需要反省一下自己了。

为什么总是不知不觉间,在斋藤面前暴露真实的自己?

但这次真的没办法。

工作多年,我早已学会察言观色,该妥协时妥协,该敷衍时敷衍。但只有一件事,我绝不能含糊其词。

只有那件事,我绝不能忘。

只有那件事,我绝不能妥协退让给任何人。

再次把斋藤哄开心后,我俩相安无事地吃完了这顿寡淡的午餐。

闪耀的记忆,独一无二的暴风雨,我怎会忘记?它们早已融入我的血液,刻进我的骨髓,即便万物俱寂,世界苍白,五感退化,我也忘不了。

我俩约会的地点基本由斋藤定,考虑到要是每次都让她操心,可能会显得这段恋爱关系不太自然,所以我偶尔也会象征性地给一些小建议。至于对方会不会采纳,我完全不在乎。要想让恋爱关系健康且持久,最重要的一点,就是对方的话不能全听。

所以在平时的聊天中,有时我会故意引导一些小冲突,作为调剂。但也仅限于这种制造出来的小争吵,其他时间都彼此相安无事。当然,斋藤刻意留出的距离感,也是我们几乎不吵架的原因之一。有些女孩子黏人得很,跟男朋友刚分开没多久就想念得不行,还总喜欢反复确认对方的爱意,男方不拿出点诚意的话,就会不依不饶。好在斋藤并没有在我身上寻求那种持续的、微热的爱意。平日里,她跟我保持着朋友般的距离,只会在某些瞬间,追求那种极具戏剧性的、炽热的浪漫。就成本而言,她是个相当不错的交往对象。

比起恋爱,反倒是工作上的斋藤,更让人捉摸不透。

之前我们聊过一些工作上的事。

"说起广播，大家第一反应是广播节目都在夜里播放，但其实广播一整天都在放嘞。就比如我现在上的是白班，生活作息比较规律，但也有可能调岗，换成夜班。香弥，你平时听广播吗？"

"之前在老家住时，我家客厅里有个收音机，倒是每天都放广播来听。哦，对了，最近我在听你的节目，用周回放功能听的。"

其实我听斋藤的广播，是有私心在的。我想多了解了解工作上的斋藤，万一两人没话聊的时候，也有个聊天素材。

斋藤一下子瞪大了眼睛，似乎很意外。

"真的吗？啊！抱歉，我不是怀疑你啊，只是过于吃惊，一下子没反应过来而已。"

"吃惊什么？我听广播这件事吗？"

"不不。我吃惊的是，香弥你竟然对我的工作感兴趣。我看你平时几乎不聊自己工作上的事，就以为你对别人的工作也不感兴趣。"

斋藤判断得没错，我确实对自己和别人的工作都不感兴趣。但跟斋藤比，我反应也太迟钝了些。"对别人的工作感兴趣的人肯定也对自己的工作感兴趣"，她这个认知本身就充满了傲慢，我怎么现在才看透这一点。不过，她的这份傲慢对我来说，也没什么不好。我再次确信了一点：果然是工作撑起了她的自尊心。嗯，不错，又收获了一条有助于恋爱关系和谐的重要信息。

把工作当成人生第一要务的斋藤，果然正处在暴风雨的正中心。如果这场暴风雨能一直进行，直到斋藤身体衰老无法工作时才停下的话，那她也算圆满了。那该是怎样熠熠生辉、令人羡慕的一生啊。

不知不觉间，我跟斋藤已经交往半年之久了。

和大多数上班族一样，我跟斋藤朝九晚五，忙各自的工作。不加班也无其他私事的夜晚，或者难得遇上两人都休假时，我俩就会约着见面。

斋藤最近好像工作忙得很，但今天她似乎不想在我面前展现出疲惫，于是摆出一副精力旺盛的姿态，眼神炽热到能把我烧穿。

"工作辛苦了,肚子好饿啊。"

"你也辛苦了,晚饭想吃什么?"

"等你忙完了,你来定吧。"

已入秋,斋藤今天穿的私服,我穿的正装。我记得她今天不休息啊,估计是傍晚时分她就忙完了手头工作,特意回家换了衣服。这种时候,要是不知道去哪儿吃饭的话,我俩一般会去斋藤家附近的药妆店碰头,今天也是如此。

"这我一时半会儿还真定不下来。今天中午我吃了咖喱饭,因此除了咖喱,其他什么都行。"

"这样啊,那我们还去那里?"

"好。"

情侣之间相处久了,就会有默契。不用斋藤明说,我自然知道她说的"那里"指的是哪里。

是药妆店附近一家很有人气的居酒屋,也不是什么连锁店,所以店员数量不多。去的次数太多,店员都对我们有印象了。有时候就算斋藤一个人去,店员也能很快认出,并热情地打招呼。

"啊,今天和男朋友在一起呢!"刚掀开门帘走进店里,一张熟悉的脸迎了上来。

还是之前那位女店员,我微笑着点头致意。斋藤好像很中意跟店员之间的这种交流,比起一家从来没去过的新店,她更喜欢待在常去的店里。在这里,她是常客,是活生生的人,而不是餐厅里随处可见的背景板。

选餐厅虽然大部分时候都是斋藤拿主意,但她也是成年人了,知道不可能所有人的喜好都跟她一样。如果第一次约在这里时,我就明显表现出不喜欢的话,她可能不会再来第二次了吧。

迁就妥协,也是让情侣关系长久的方法之一。

我们俩在吧台前挨着坐下,饮料和之前点的一样。斋藤还问了店员"今天有什么推荐啊",然后点了招牌菜。

今天是什么特别纪念日吗?

我正打算开口试探，斋藤却先开了口。
"那什么，有件事情，想和你商量下。"
"嗯，什么事？"
不用看我就知道，此时此刻斋藤的眼睛里闪着光芒。平时我俩聊天，斋藤很少像今天这样，上来就摆出风雨欲来的架势。她总是先试探性地聊一些日常作为开场白，比如最近的新闻啊，今天发生了什么事啦之类的。
今天如此单刀直入，可能是最近收到了什么好消息吧。
我们俩拿起扎啤轻轻碰杯过后，斋藤很快进入了正题。
"其实很早之前，咱俩就聊过这个话题，跟高中同学还有没有联络之类的。"
"哦哦，确实聊过。我是没有，我记得当时纱苗你也说几乎没联络。"
"嗯嗯，几乎也不代表完全没有。偶尔我还是会跟一两个人联络下感情什么的。对方今天给我发了邮件，我也回了电话过去，我们约好了一起吃饭。"
"是吗？"
这个消息，想必她在心里憋了好久吧。
不绕弯子，直截了当，这完全不像斋藤平时的作风啊。
这时店员走过来，上了几碟小菜放在吧台。
"谢谢。"
斋藤朝服务员点头致意后，继续说道："哦，对了，她叫会泽志穗梨，跟咱们一个班，你有印象吗？"
"会泽？"
趁着店员介绍小菜的间隙，我的大脑飞速运转。
"记得倒是记得，但没怎么说过话。嗯，这个味道不错欸。"我试图转移话题。
斋藤也跟着尝了一口。
"还真是呢。对了香弥，你跟咱们班同学，基本不怎么聊天吧？"

"经你这么一说，我有种挫败感呢。"

"志穗梨，她还记得你呢。"

我放下筷子，端起威士忌苏打水，抿了一小口。

"你俩聊起我了吗？"

"啊，抱歉。我是不是给你添麻烦了？"

"没有没有，你别放在心上。我隐约能感觉到，自己会成为你们的聊天话题。"

阴沉，难以接近。

我很清楚那个时候的自己是什么样子。

"我跟她说，咱俩是多年重逢后才交往的，结果对方吓了一跳。她问我你现在是什么样子，我告诉她'香弥君现在已经长成好男人了呢'，哈哈。"

斋藤一脸期待地盯着我，想看我害羞的样子。

"你当着老同学的面这么夸我，搞得我挺不好意思的。"

"哎呀，别这么说。哦，对了，志穗梨已经结婚了，现在随丈夫的姓，叫今井志穗梨。我俩约好了一起吃顿饭。"

"嗯。"

"你要是方便的话，要不要跟我们一起？"

好一个先斩后奏。我该说她天真无邪呢，还是傲慢呢？她自己克服了心理障碍，就以为别人也跟她一样，能毫无芥蒂地跟老同学重温友谊。

"要是我在场的话，会泽她还得顾虑我，那多不自在啊。你们俩聚吧。"

"好吧。不过大家都是成年人了，吃顿饭应该问题不大吧。志穗梨都说了，不介意你一起来哟。"

我喝了口威士忌，连带着紊乱的呼吸也吞进了肚里，算是把情绪掩盖过去了。

不介意我一起来。

会泽志穗梨这话是什么意思呢？

殷勤的店员这时候总算起了点作用。每当有新菜端上来时，斋藤的话就会被打断。我才能趁着这几秒的间隙，来思考如何逃脱她们的饭局。最后我成功说服了斋藤，把一场煞有介事的老同学聚会，变成了两个女孩子的姐妹趴。我知道，这次婉拒可能会让斋藤对我有怨言。要真是这样的话，我也没办法。

说不定我俩的关系，会就此结束。无所谓了，怎样都好。

但此刻斋藤思考的事情好像跟我完全相反。她夹起南瓜，又抛出了新的话题。

"跟志穗梨吃饭的事暂且放一放，其实还有个饭局，香弥你能来吗？"

看斋藤小心翼翼、拘谨不安的样子，我隐约察觉出了不妙。

"嗯，什么事？"

"下个月，我不是过生日嘛。"

"嗯，二十三号对吧？"

"嗯，那一天刚好是勤劳感谢日。"

我记得这么清楚，是因为斋藤以前跟我吐槽过这个节日的虚伪：就算没有感谢，大部分人为了生存也得上班不是？

"我爸妈说，到时会来这边请我吃饭。所以我就在想，你要不要也一起来？"

"啊？"

"你要是不想去的话也没关系！抱歉，是我唐突了。"

"我没说不想。但话说回来，你们家庭聚餐我一个外人在场，怕是不合适吧。况且这次过生日是你父母主动提的，二老应该是想跟自己可爱的女儿一起轻松愉快地过吧？"

其实对这件事，我并不排斥。在前几次的恋爱中，我见过女方父母，还算有经验。再说我工作多年，跟陌生人也不少打交道，人情世故上我完全应付得来。刚才我故意表现出拒绝的样子，只是想试探斋藤。

她邀请我参加她的家庭生日会，究竟是出于何种意图，又对我抱有怎样的感情呢？

"说这种话没意思，你明知道我常回老家的。"

这我当然知道，刚才的装傻充愣也是故意的。算了，还是答应下来吧。我不想得罪斋藤，增加无谓的麻烦。

"你希望我跟你父母来一次正式的见面，是这意思吗？"

斋藤嘴唇微张，似乎想说什么。但她马上咽了口唾沫，似乎要把空气和决心一起吞下去，轻轻点点头，"嗯"了一声。

"没错。所以你要是不愿意的话，也没关系。"

斋藤夹起几个刚端上来的炸肉块，给我留了充足的思考时间。

她在等我的答案。

原来如此。

之前会泽的事也好，刚入座时的兴奋激动也罢，原来都是见父母这件事的铺垫啊。她这么卑微小心，可能是怕我有压力吧，又或许是被之前的交往对象伤害过。

斋藤都把话说到这份儿上了，我再犹豫不决就过分了。

"希望到时候你父母能看得上我。"

斋藤一时间愣住了，表情隐忍，似乎在说：我该不该表现出喜悦和惊讶呢？

谈及大事时，她总是克制得很，不轻易表达喜怒哀乐，小心翼翼。为了哄她开心，我又补了一句："我一定好好表现，争取不让他们觉得怎么来了个跟自己女儿一样性情别扭的家伙，哈哈。"

听我这么说，斋藤总算放下戒备，露出了笑容。

斋藤对"空欢喜一场"的恐惧，似乎比别人多一倍。

你必须把喜悦小心翼翼地包严实了，完整地送到她手里，她才安心，毕竟人心难测，世事多变。斋藤面对幸福依然能保持谨慎，足可见她的处世智慧。不过，总有一天她会明白，再谨慎都是徒劳，人生到头来，本就是一场空。

"哎呀，真讨厌。不过你还真有可能被当成怪人嘞，哈哈。"

可能是心中一块大石终于落了地，斋藤又喝了不少，最近她喝酒越发没节制了。

而后听着斋藤对工作的抱怨，我陷入了深思。斋藤把我作为未来的伴侣介绍给她父母，是基于什么样的价值观呢？

在斋藤的世界观里，她最重视的东西，一言蔽之就是"成就感"。更准确地说，工作的成就感，给予了她至高无上的幸福，这点从她平时的言谈中就能看出来。毫无疑问，她对工作抱有一种特殊的期待。恋爱在她眼里，不过是满足性欲的方式，不过是成功女性的装饰品罢了。跟我交往，确实给她带来了快乐，也极大满足了她的虚荣心。但是从眼下的阵势来看，她的野心远不止于此：这个女人已经开始在我身上寻找"婚姻"了。还是说，她只是被"人一定要结婚"这种社会常识束缚了呢？

野心也好，认知局限也罢，我都无所谓。

真到了结婚那一步，我也完全不在乎。反正大家最后都要归于尘土，怎么活都是活，只不过中间的路程，人和人多少有点区别罢了。所以结不结婚，我根本无所谓。

我算了算时间，等会儿把斋藤送回家，然后再去车站，完全能赶上末班车。

差不多该离开了。

斋藤似乎很开心，大声跟店员道别："谢谢款待，我还会来的。"说完还把手结结实实地搭在服务员肩膀上。

"不好意思，她喝多了。"我连忙向店员解释。

听到背后推拉门关上的声音后，斋藤的手挎上了我的胳膊。

"抱歉，突然让你见我父母。"

"没事，我早有心理准备。"

我说出了斋藤想要的完美答案。

"谢谢，你能这么说我很开心。嗯，我一直都很开心。"

说完，斋藤似乎有点不好意思，扑哧一下笑了，手也放开了我的胳膊。

"其实我今天一直很紧张呢。"

"可纱苗你给我的感觉一直很沉稳嘞。"

我知道她一直在掩饰自己。

"也对，在你看来或许是这样。但其实很多时候我都紧张得要命，啊啊，今天真是虚惊一场。自从那天以后，我还是第一次这么心惊肉跳呢。"

"那天？"

我顺着她抛下的信息往下追问。斋藤就喜欢这种戏剧般的对话，有冲突，有悬念。

"重逢后，我们不是一起喝酒了吗？那天回家的路上，我在出租车里碰了你的手。"

哦哦，差点忘了还有这回事。出租车的事情，和其他无数个日常一样没什么记忆点，自那日后像泥水般沉淀下去，再无踪影。

"当时我就想，要是带着香弥这样的好男人回家，我父母肯定会大吃一惊的。"

又开始了，斋藤似乎很喜欢这种影视剧般的对话：一问一答，浪漫又不失张力。

"或许吧。"我笑着答道。

斋藤沉默了，可能她自己也觉得刚才的台词表演太羞耻了吧。面对她释放出来的信号，我敏锐地嗅出了她一如既往的虚荣心。很明显，某种程度上我是她成功簿上的装饰之一。至于占比多重，我就不知道了。其实这没什么不好的，相反，我觉得现在这种程度刚刚好。感情这东西就得像泥水才行，时而适当浑浊，时而沉淀至清澈。反正我早已是行尸走肉，除了暴风雨，我什么都不在乎。

斋藤的公寓到了。

她明天休息。

接下来的流程，无非我轻声询问她明天有何安排，然后彼此说晚安、道别。

但事实并非如此。

斋藤看着自己变红的手掌，突然开了口："我们一起坐出租车那天。"

"那天,车也是停在这里。我曾小小地幻想,说不定你会和我一起下车。但如果你真的下了车,我又不知道该怎么办了,心怦怦地跳,紧张得要命。但当时香弥你很绅士呢。"

斋藤像在揶揄我似的,呵呵笑起来。

我知道斋藤想说什么。

"你明天还要上班,对吧?"

无所谓了。工作也好,其他一切也罢,我都不在乎。

于是我选择顺着斋藤的意思回答。

"我可不是什么绅士。在女朋友家过夜,我习惯提前备好换洗的领带和衬衣,方便第二天上班。"

只要斋藤喜欢听,我什么话都可以说。只要不惹麻烦,我什么都愿意做。只要她尚且对人生抱有希望,只要她还幻想得到幸福,我什么都愿意配合。

好羡慕这个无知愚蠢的女人啊,因为男人的两三句敷衍就能开心成那样。

羡慕到癫狂。

我正在屋里抽烟。

"你要是实在难受的话,以后我们在外面吃饭就选能抽烟的座位吧。"

"嗯……不,还是别了吧。到时候弄得你头发和衣服都是烟味。"

"贴心好男人,嘿嘿。"

"这很正常吧,再说了,我哪有你说的那么大烟瘾。"

"哦哦,是吗?"

"你要是想让我戒烟,我就戒。"

"不不，没关系，我不希望香弥你为了我而改变。"

"没那么夸张吧。"

"可我觉得为了某人放弃自己喜欢的东西，是很大的事情呢。"

"抽个烟而已，不至于上升到'放弃'这种字眼吧。"

"好啦好啦，算我表达有误行不行。我只是觉得一个人应该只为自己而变，而不是为其他人。"

"只为自己……吗？"

"是啊。所以当有一天香弥你戒烟的时候，我希望你是为了自己而戒的。比如考虑到身体健康啊，或者不抽烟更受女孩子欢迎啊之类的。"

"目前我身体倒是没什么毛病，要是戒烟能更讨女孩子喜欢的话，我还真想试试。"

"看来一个女孩子满足不了你这个大帅哥呢。"

"那纱苗你让我满足了吗？"

"嗯，嘻嘻，可以哦，我满足你。"

黑暗中，小小的双人床上，我用曾经触碰过异世界生命的手，像完成任务般抓住了斋藤的手腕。

和斋藤父母的聚餐，按计划圆满结束了。

全程，我展现出了一个成年男人该有的靠谱和明事理。举止言谈之间，我无一不在表明自己跟斋藤感情很好，收入方面也没有问题。最紧张的反而是斋藤，所以我推断这可能是她第一次带男朋友见父母。问了之后，果然如此。可第一次为什么选上了我呢？哦哦，可能我俩年龄相近吧。

跟斋藤比，我相当冷静。一般来说，谈婚论嫁都是男方主动上门拜访，现在斋藤却把自己父母请到了自己男朋友面前，二老会作何感想呢？聚餐中我暗暗观察了下斋藤父母的反应，他们似乎很放心，同时脸上又带着一丝不舍，仿佛消磨时间的玩具被拿走了似的。

我全程赔着笑，直到把两位老人一路送到汽车站附近的宾馆，有头有尾，礼数周全。

现在，只剩下我跟斋藤两个人了。

她提议找个地方再喝一轮。也好，此时此刻的斋藤，想必也需要他人的照顾和安慰吧。附近有一家酒吧，我去过，从车站走路十分钟就能到，于是就选定了这家。

在吧台坐定后，我突然意识到：自己和斋藤一起度过的时间，一半是在睡觉，一半是在吃饭喝酒。

人长大之后，是不是除了满足性欲和食欲，就没别的事可做了？

无聊的大人。

每当顺利跨过工作或者生活中一道重要的坎，斋藤总要点上一杯烈酒。

她喝了口调酒师端上来的拉弗格威士忌，重重吐出一口叹息。

"辛苦你了香弥，真的，谢谢。"

"虽然略紧张，但我还是很开心的。"

"真的吗？我一直提心吊胆的，生怕我爸妈说一些奇怪的话，无意中伤害到你。一天折腾下来，好累啊。"

长吁短叹后，斋藤仿佛突然想起来似的，轻轻跟我碰了一下杯。

"他们对你评价很高呢。"

"他们满意就好。"

"香弥你去洗手间时，父母还跟我猛夸你呢。"

就算当事人离席，也不能代表评价就是真的吧。今天这个场合，斋藤既是他们的女儿，又是我的女朋友。考虑到女儿的感受，他们肯定会有所保留吧。当然了，都是场面话，没必要一一较真。

我也学着斋藤，送了一口酒到嘴里。跟人喝酒是有技巧的，比如我经常会喝几口，然后找准时机跟对方碰一下杯。这样一来，就能自然而然跟上对话的节奏，对方的兴致也会更高，不至于冷场。

斋藤一边喝，一边反复回味着今晚发生的事。转眼间，酒已经添了三两杯。

"这个也被夸了，我好开心。"斋藤顺手拿起脖子上的项链，说道。

她的双眼，在酒精作用下湿润泛红。

这条项链是今天，哦，不对，严格意义上说是昨天我送她的生日礼物。

"哦哦，他们确实说了可爱来着。"

"嗯……不过我开心的不是这个。所谓的可爱，不过是专业打造出来的商品罢了，不可能不可爱。"

已经喝醉的斋藤，再也没了平日里的冷静克制，语气里带着一丝得意："我开心的是，他们说这条项链跟我的衣服很搭。"

"不是纱苗自己，而是衣服？"

"嗯，是啊。这条项链，一看就是你一边想象我们两个人的回忆，一边结合我的喜好，精心挑选的。连我爸妈都能看出来，你是花了心思的。"

这有什么好开心的！

我差点脱口而出，但话到嘴边又咽了回去。暂时还是别轻易下结论，也许刚才那些话都是铺垫，斋藤真正想说的，在后面。

果不其然，斋藤又加了一句："一个对我很重要的人，愿意为了我发挥想象力，这才是让我最开心的。"

"原来如此。"

我能理解她的意思，但依旧无法共鸣：这有什么好开心的！

"这确实像你的脑回路。"

"哎呀，你又欺负我是吧。"

嘴上说着讨厌，但斋藤完全没有生气的样子，又找调酒师要了一杯酒。

"想象力什么的我不懂，当时我只是觉得选这个你会开心，就买了。"

我没说谎。在这场恋爱中，为讨斋藤开心我可谓拼尽了全力。语言是最好的伪装，只要上下嘴唇一碰，再多再浪漫的情话，都可以轻易说出来。至于真心如何，对方自然不会知道。所以目前这种各取所需的状态刚刚好，没必要强行追求灵魂上的共鸣，我们只需扮演好各自的角色即可。

所以我选了一句最能讨斋藤开心的台词。

可这时斋藤的反应却很奇怪，她竟然没笑。

"呐，香弥。"

斋藤这人向来胆小谨慎又多疑，比如在说大事之前，她势必会先甩过来一个极短的转折句，然后停顿几秒，卖个关子。你要是表现得不感兴趣了，她就不往下说了。

"什么？"

"你确定是我吗？"

好抽象的问题，我没有马上回答。并不是答不上来，而是眼下最好保持沉默，先观察一下情况再说。

"抱歉啊，突然让你见我父母。直到今天，我都觉得像是在做梦呢。自从在老家车站偶遇后，一切像坐过山车般，进展得太顺利了。夸张一点说，我觉得咱俩是命中注定的重逢。"

这世上根本不存在命运之类的东西，斋藤对这类字眼可真是情有独钟啊。

"所以我有点不安。"

"你在担心什么？"

"你把自己的未来交给我，真的可以吗？"

斋藤端起杯子，咕咚咕咚将琥珀色液体一口气饮尽。

"咱俩将来会不会结婚，这我不知道。但有一点我很清楚，那就是目前这种状态持续下去的话，我们都会失去自己最宝贵的几年。当然，我跟你一样，都不希望这段关系的结局是岁月蹉跎。"

又来了，斋藤总这样，话说到一半戛然而止，还总以为别人能猜出另一半来。哦,不对,她说不定是推脱责任,留一半话,就是为了让别人补充完整,把决策成本和责任转移出去。这种手段跟支配他人很类似,只不过更隐蔽而已。

斋藤的这点小心思自然瞒不过我,于是我组织好语言,替她补上了后半段。

"也许将来有一天,我们会踏上不同的道路,关系也可能会慢慢变远。"

"嗯。"

"就算将来是一场空,我也不觉得曾经跟你在一起的时间是浪费。"

我的人生已是暮日余晖,毫无价值可言,自然也没什么好失去的。

就算今后数年甚至数十年都跟斋藤在一起,就算等待我的是结婚、生子、各种各样的琐事,我也完全不介意。跟野心勃勃的斋藤相比,我早就不奢求从余生中得到什么了。所以把时间花在别的事情上,跟花在斋藤身上,对我来说没有任何区别。既然斋藤想利用我,那就给她利用好了。站在她身边,能蹭到一点点暴风雨的边缘也不错。哪怕有一天,她身上的暴风雨走了,两人都过着死水一般的生活,也没关系。人生说到底,也就那么回事,所有人的结局都一样。

我内心的这些想法,万一哪天被斋藤看穿的话,她势必会勃然大怒吧。

"你把我当傻瓜了吗?"诸如此类的。

我的秘密永远不可能,也绝不能让斋藤知道。

斋藤害羞地笑了,做出用胳膊肘推我的架势:"干吗说这么酷的话!"

可惜她个子矮,没够着。

"不过听你刚才的语气,总感觉……所以有件事想问问你。"

"什么事?"

"嗯。"斋藤晃了晃酒杯,把里面的冰弄得哗啦哗啦响。她脑袋微微倾斜，一副天真烂漫的模样："香弥，你有过刻骨铭心的恋爱吗？"

斋藤眼里的光，依旧闪闪发亮。多年以前，这光芒也在我眼中出现过。

不对劲。斋藤肯定，哦，不，是绝对什么都不知道。可现在我怎么感觉内心最不可见人的部分被她看穿了呢？在过去的无数个日夜里，我早已学会巧妙地隐藏那部分回忆。心底最深处的躁动和不安，被无数层伪装包裹着，绝不可能被人察觉。

"硬要算的话，应该有一两个吧。人们不常说吗，男人会把交往过的对象一一分类，并按照等级一一保存在大脑里。"

嗯，她应该没看穿。

可斋藤却小声嘟囔了一句莫名其妙的话。

"骗子。"

咚——

低沉的嗓音像石头般砸下来，落在我脚边，一时间我竟然有种被缠住的错觉。

女人们似乎可以做到脸上的表情和心情完全割裂，上一秒还在生气，下一秒立刻展露笑容。

笑完，斋藤又喝了一口酒。

骗子。

她这是什么意思？

斋藤说的"骗子"，究竟是指什么呢？

她到底看穿了我什么呢？

还是说她推测出了什么？

区区斋藤，怎么可能？

"你刚才说骗子，我骗你什么了？"

斋藤笑得更意味深长了。

"哎呀，你这么受欢迎，肯定不止一两个吧！"

她在说谎。而且斋藤自己也清楚，刚才那句敷衍肯定会被我看穿。

先前那句"骗子"音调低沉,而后面的解释语气轻快、近乎调侃,两者明显有违和感。

她在试探,探出苗头后,又缩回。

这个女人到底想干什么?

穴居在我心底的东西,要是在这世上随处可见,谁都经历过的话,她能窥见我的内心,倒也不奇怪。

可那段经历宛若梦境般荒诞离奇,这个世上只有我,哦,不对,或许还有蒂夏结识的那个"她"经历过。区区斋藤,既没经历过,想象力也干瘪得很,绝对猜不到,也想不到。

算了,还是别想了。再深究下去,我跟斋藤之间这段好不容易维持住的、死水般平静沉稳的关系,势必会崩塌。

斋藤肯定还隐藏了什么没说,而且这东西一旦摆到明面上,足以摧毁我俩的关系。

本来我还对她的那句"骗子"在意得不行,可几天后传来的某个消息,彻底打消了我的顾虑。

公司内部传出小道消息,说是近期可能会调我去偏远的地方。

调岗这种事情,在一个公司里很常见,随时随地都有可能发生。

这种事情早晚要摆在明面上说,没必要遮遮掩掩。收到消息的第二天,我决定约斋藤出来谈谈。刚好她明天休息,就约今天晚上吧。

要是一本正经地告诉斋藤"有要事相商",肯定会吓到她。于是我装作很稀松平常的样子,约她吃晚饭。

我以上司送了瓶好葡萄酒为由,邀请斋藤来我家吃饭。

要是斋藤反应过激,我该怎么办?

要是两人大吵大闹，最后无法收场了怎么办？

要是自己解释不清楚，斋藤不依不饶，赖着不走了怎么办？

所以在约她之前，我对当晚可能发生的各种情况，提前做了演练。

其实约饭这个借口，堪称完美。约斋藤来我家做客，也不是一两回了，一切顺其自然。顺便说一下，其实上司没送我葡萄酒，酒是我自己买的。

下了班，我们在车站碰面，一起朝我家走去。

通过光秃秃没有任何装饰的公寓走廊时，迎面走来一对父子，于是我笑着跟他们打了招呼。用钥匙打开门后，一股毫无生活感的气息扑面而来，连我自己都能感觉到。

"我帮你挂大衣。"我招呼斋藤。

"你的房间还是老样子，什么都没有呢。面积明明和我家差不多，却宽敞得很嘞。"

我把两个人的外套挂在衣架上。

诚如斋藤所言，我家只放了一些生活必需品，还有最低限度的家具、家电。电脑倒是有一台，偶尔要处理下工作。电视、书架这些都没有，更别说室内装饰了。

斋藤洗手漱口过后，绕过矮桌，坐在了 L 型沙发上。

"是直接喝红酒还是？家里也有啤酒。"

"难得来一次，红酒还是等外卖到了再喝。总之，请先给我来一杯啤酒吧，服务员先生。"

我把斋藤喜欢的罐装啤酒倒进杯子，放在桌上。说了句"请自便"后，我又回到灶台旁。应斋藤的要求，外卖我点了意大利餐，然后又切了几块奶酪芝士装盘，作为下酒菜。

"谢谢。"

为了回应她的这句谢谢，我也开了一罐啤酒，在斋藤斜对面坐下。其实不用等外卖到，直接进入正题也可以，可一旦起了话头，这顿饭怕是就吃不成了。思来想去，我还是决定先填饱肚子，再说调岗的事。

等外卖时,我跟斋藤说了上司送酒的原委。当然,这个上司是虚构的。我给上司的设定是单身,很喜欢边走边吃,我帮他收拾了一个紧急的烂摊子,红酒是他的谢礼。

没过多久,门铃响了,一个大学生模样的青年送来了一大盒料理。我跟斋藤把食盒拿出来,拆开包装一一摆好,又拿了盘子和碗筷,酒杯和红酒。这时,斋藤已经喝完了两罐啤酒。

倒好一杯葡萄酒,斋藤双手合十说了句"我开动了",然后塞了口沙拉到嘴里,看得出来,她很开心。

"嗯嗯,不错,最近的外卖都这么好吃吗?"斋藤表情夸张。

"就是呢。"我跟着附和。

我们有一搭没一搭地聊着无关痛痒的话,把点的菜挨个儿尝了一遍。今天的红酒,似乎很合斋藤的心意。我依旧跟往常一样,吃什么都没味。

跟往常一样,我俩在一起不是吃饭就是睡觉。说来可笑,只有跟生存直接挂钩的事,才能调动我们的积极性。除此之外,基本无事可做。硬要说的话,那就是有突发状况时,我们会聚在一起商量如何应对,讨论出最圆满的解决方案。所以,今天我必须认真跟斋藤谈一下今后的生活了。

我啜了一口红酒,估算了下时机:待会儿炸鸡块空盘时,就摊牌吧。于是我一直附和着,寻找开口的机会。可偏偏这时候,斋藤因为喝酒太猛,把装着葡萄酒的杯子碰倒了。我顾不上乱作一团的她,连忙从厨房拿来了抹布,把洒出来的葡萄酒擦干,顺带给斋藤下达了一个任务:让她从撒了红酒的菜里,挑出还能吃的部分另外装盘。

"啊,实在不好意思,我喝醉了。"

"很少见你醉呢。"

"嗯,最近都没怎么睡,大脑缺氧,所以醉得快。"

"注意身体。"

说完这句后,斋藤又把话题转到了对工作的抱怨上。

对,工作,这正是我想要的话题。虽然刚才因为红酒错过了计划中的开口机会,但今晚有的是时间。慢慢来,不能急。

"我上司这人吧,业务能力还行,就是言语间时不时流露出对女性的蔑视和恶意。关键是他厌女还不自知,每次跟他聊天,我都感到窒息,感觉……"

"哦哦,这样啊……要实在难受的话,有没有考虑过跳槽去别的电台呢?"

"我也不是没想过,但目前手头的工作暂时还没出来好的成果,现在跳槽不太现实。"

刚才斋藤还在为自己喝多了道歉,这会儿又喝上了。

一直以来被她视为人生之本的工作,现如今却逼得她走投无路。这种结局,斋藤怎么会轻易接受呢?

要是她觉得自己被背叛了的话,那说明她的暴风雨可能很快就要结束了。又或许她人生中的暴风雨,根本就不是工作。

满腹牢骚倾吐一空后,斋藤心情舒畅了不少,也可能是累了。只见她双手合十,开始跟我道歉:"不好意思啊,在这么多美食面前,还得听我一通牢骚。"

"没事没事,好吃的东西无论什么时候都好吃。"

话音刚落,摊牌的绝佳时机从天而降。

"哦,对了,刚才听你说跳槽,香弥你最近有考虑换工作吗?"

我斜侧着脸,抬头望向天花板,装出一副犯愁的样子,陷入了沉思。

"嗯……怎么说呢?"

其实我早就准备好了说辞,好不容易对方递来了话头,直接回答就是了,根本不需要犹豫。但我不想被斋藤瞧出端倪,所以面对恋人突然的发问,我装出了一副迷茫的样子。

"你怎么了?"

"没什么,其实今天我刚好想和你说这个来着。"

斋藤的右眼睑微微颤抖,她似乎从我的语调中察觉出了什么。

"说什么?感觉——"

斋藤忽然停住,后半句被她强行咽了回去。

好吓人的样子。她其实是想说这个吧。

我斟词酌句,小心翼翼把自己有可能被调岗的事告诉了斋藤。何时动身、外任多久、调去的地方有多远,都一五一十告诉了斋藤。其实也没必要隐瞒,因为最棘手的并不是调岗本身,而是坦白了之后,我俩的关系该何去何从。

"但目前只是小道消息,正式通知还没出来,所以我想先听听你的意见。如果我真的被调岗了,我们之间该怎么办?"

"嗯,我想想……"

斋藤沉吟道。她是发自内心地在纠结我俩的将来,和伪装的我不一样。

"当然,我知道工作这玩意儿不是那么轻易说辞就辞的,你也是,我也是。老实说,我不想结束跟你的关系,但同时又担心会变成像你之前说的那样,这样下去只会耽误彼此的时间。"

虽然这些话大部分都是假的,但有一点是事实,那就是我确实不太想主动结束跟斋藤之间的关系。

是的,我想把决定权交给斋藤。她要是愿意跟我异地恋的话,也可以。当然,要是她现在就提分手,我也能接受。只要她别因为这次工作调动,莫名其妙记恨我就行。

斋藤一口一口地啜着酒,似乎还在思考。为了避免在视线上给她压力,我拿筷子夹起了桌子上残留的食物,送入口中。对方依旧沉默着,这个谜一样的停顿,是她回答问题前的必经步骤,还是说沉默本身就是她的回应?不过,我很清楚斋藤接下来会说什么,只需静待即可。

过了一会儿,斋藤看向我,她总算有继续谈下去的意思了。

"香弥你之前说过,跟我在一起不觉得是浪费时间。我也一样,只要跟你在一起,无论结局怎样我都不后悔。"

"嗯。"

"所以，要是你觉得异地恋没问题的话，我也没问题。虽说有些距离，但也不至于立马就分手。不过最终选哪一种方式呢，我还是想尽快定下来。"

斋藤说话还是这么爱卖关子，虚张声势。

"也就是说，如果总有一天要分手的话，不如就趁现在？"我歪着头，装出不解的样子。

斋藤脸上浮现出淡淡的笑容，脑袋像树叶被风吹动般来回摇晃："不不，我不是那个意思。"

那你是什么意思呢？

"选哪一种方式"，又是什么意思呢？

可能为了遮掩紊乱的气息，斋藤喝了一口酒，才继续说道："我要不要跟着辞职呢？"

"啊？"

斋藤无视我的疑问，嘴角微微扬起，笑容像水波一样在整张脸上蔓延开来。

"香弥，我辞了工作，跟你一起去吧。"

惊讶宛若一颗小石子，落入名为情绪的湖面，泛起一丝涟漪。这是一种久违的、被动摇的感觉。

我一时间愣了神，但很快恢复了冷静。

"这件事还是等你酒醒一点，我们再谈吧。"

"意识混乱"，用这个词来形容她现在的状态，再合适不过了。

开玩笑，斋藤怎么可能为了区区一个男人，放弃自己的工作？虽然她没拿暴风雨之类的字眼形容过自己的工作，但斋藤自己应该早就察觉到了：她的生存价值和青春，更容易在工作中找到，而不是在男人身上找到。

"我是喝醉了，但刚才那些不是醉话。"

"……那你？"

"很早之前，我就想过这个问题了。"

"什么问题?"

"如果香弥发生了什么事,我不能继续现在的工作了怎么办?"

这根本就不用想吧,男人和工作之间肯定选工作啊。再说了,做这种无谓的假设,也不像斋藤的风格啊。

"当然,现在的工作对我来说很重要,带给了我许多无可替代的宝贵经验。但将来如果想跟你一起生活,就必须改变现有工作的话,届时我也会把自己辞职当作选项之一考量的。我现在也是这么想的。"

如此欠妥的决断,被她说得这么郑重其事。看来"为我放弃"的想法,已经在她脑子里根深蒂固了。我一定要不遗余力地修正她这种错误念头才行。

"就算你跟过去了,也不一定有跟电台相关的工作机会啊。"我拿出这样的说辞劝她。

当然,我说这话也有真情实感在里面:你也太小瞧找工作这件事了吧。

"也是啊。其实我一直想试试做 CD 店的店员呢,要是当地有这个岗位就好了。"

斋藤好像完全没有领会到我的意思,她的语气和用词,充满了对我俩未来可能性的重视和憧憬。

我平时很少打断别人说话,但这次没忍住,插了一句嘴:"别。"

就算她喝醉了,也不能由着她一直说胡话,我心中越发焦躁,说了句:"你还是再认真考虑下比较好。"

"香弥,你不喜欢我跟着你吗?难道你打算冷处理这段关系,跟我分手吗?"

"我不是那个意思。不过就像纱苗你刚刚说的那样,你现在的这份工作是无可替代的,对吧?"

"嗯。"斋藤点点头,她竟然没生气。

"我不想因为我,夺走你这份工作。"

"夺走?这个措辞好傲慢啊。我没打算让任何人夺走我这份工作。除了我自己，任何人都不能成为我做决定的原因。如果要辞职的话，那也是我自己的原因，我自己负责。之前我跟你说过吧，人应该只为自己而改变。"

斋藤确实说过这话，但什么时候说的我想不起来了，感觉像最近说的，但又感觉在很早之前。

"是我自己想跟你一起去的，我是为了自己才辞职的。当然，也可能你最后不调岗了呢。再说，我也得先处理好手头的工作好交接不是？现在什么都没定下来呢，又不是马上要跟你走。"

斋藤的每字每句，我都听得很清楚。

听着听着，我感觉后背爬上一阵寒意。

但一下子我又说不上来为什么。

这种不安，就好像拐个弯就会碰到某种可怕的东西一样。

"所以香弥你没必要有压力，这只是个备用选项而已。你不喜欢我这么做，那是你的事。哦，不对，就算你不喜欢我这么做，我也不会乖乖退出的。咱俩打交道的时间也不短了，你应该知道我是什么脾气性格。"

斋藤挤出一个怪异的笑容，又抿了口酒。

刚才那阵寒意，总算一点点地露出了真面目。

不会吧？

斋藤一直藏着某种东西不让我发现，现在这种感觉越来越强烈了。

倘若真是如此，那我也太蠢了吧。

等一下，其实也不是完全没有可能。

万万没想到，有这种荒唐想法的人，竟然就在我身边。

我下意识端起酒喝了一口，含在嘴里慢慢回味。

难以置信。

"话说回来，我们交往很久了吧。"斋藤的声音再次把我拉回现实。

确实如她所言，不知不觉，我们已经在一起这么久了。

大脑如走马灯似的回顾了下交往的这段日子。

我再次端详起了眼前这个女人。

眼神交汇时，目光沉稳坚定的斋藤，竟瞬间让我有些陌生。

她眼神里的信念感，再次印证了我心中的恐惧。

我的预感，很有可能是真的。

她刚才的话，要全都是谎言，全都是在骗我的就好了。

"你怎么了，香弥？"

"没事……"

突然，一个念头闪过。

是我对她判断有误吗？

从一开始，我就弄错了对她的感情吗？

我盯着眼前的女人。

我对这个眼睛深处有光的女人，一直有着某种羡慕。

她正处在暴风雨中，工作充实且快乐，将来极有可能成为人生赢家，过上令人艳羡的生活。这才是我跟她交往的理由。

但这样真的好吗？

"难道你真的打算今天跟我分手？"斋藤装出一副开玩笑的口吻，但眼神却露了怯。

她眼神中为什么会有恐惧呢？我不在了，对她来说有这么可怕吗？

对斋藤来说，我只不过是她在漫长人生中遇到的异性之一而已。我俩碰巧是老同学，又碰巧偶遇了几次，仅此而已。她交往过的男人也不少，我只是其中之一。为什么我的消失会让她如此恐惧呢？她再去找别的男人不就好了吗？能轻而易举满足她性欲和自我表现欲的人，除了我，她身边不是还有一大把吗？

一直以来，是我搞错了吗？

日久了，我甚至产生了一种幻觉：斋藤的眼球有了裂纹。

该死，我怎么这么迟钝啊。

"纱苗。"

"嗯？"

事情怎么到了这种地步？

"有些事,我必须告诉你了。"

"干吗搞得这么正式?你到底怎么了?"

斋藤心中的恐惧越发膨胀,她自己也感觉到了吧。我知道,此时此刻她正试图用酒精和意志来压制内心的恐惧。连带着她那强撑起来的笑容,在我看来也只剩下了可怜。

"很重要的事。"

"什么啊?你可别吓我。"

斋藤的恐惧,终于化作了语言。

"对不起,吓着你了。"

这是真话。如果在平时,如果没发现斋藤隐藏的感情,我肯定会照顾斋藤的心情,斟酌一下措辞,再开口的。

"但我还是得说。"

事到如今,我必须告诉她真相了。

"别摆出这副表情,好吓人。"

她必须知道我这个人的真面目。

她要是什么都不知道,就跟我在一起的话,那也太可怜了。

"对不起。"

现在坦白,或许还来得及。

人这一生,只会在一小段时间里,遇到暴风雨。只有迎着暴风雨而行,才有活着的感觉。

暴风雨离开后,只能靠咀嚼回忆度过余生。

当然,斋藤肯定也会迎来只能靠回忆活着的一天。

但她回忆中的暴风雨,绝不能是我。

"我好像听见了消防车的鸣笛声,附近发生火灾了吗?"大概是想缓解屋里的紧张感吧,斋藤喝了一口水说道。

"纱苗,请听我说。"

"啊,这就开始了吗?你说吧。"

斋藤嘴角上扬,努力挤出微笑。虽然对她残忍了点,但箭已在弦上,不得不发。

"我们之间,该做的事情已经做完了。"

"香弥,你怎么了?"

"我没事。"

听她的语气,仿佛在问我是不是失心疯了。但我没疯,我清醒得很。

我本来就是这样的人,只不过一直伪装得很好而已。

"接下来我说的话,可能会被认为是要提出分手。"

她必须知道真相。

斋藤又喝了一口水,摆好了倾听的姿势。屋里安静极了,我都能听到她喉咙吞咽的声音。

"至少从结果上来看,这些话听起来像是要分手。比如,我因为某种理由选择跟你分开,但实际上并非如此。我接下来要说的,远不是分手这么简单的事情。"

"虽然没听懂,但我不打算分手哦。"

"倒不如说,我希望你跟我保持距离。"

"你是说你出轨了?"

斋藤用开玩笑的语气说道。看来在恋爱方面,她的脑回路是正常的。

"你之前说我是骗子,我确实说谎了。但不是出轨,我要说的事情,跟恋爱无关。"

斋藤没说话,她在等我继续。

"说起恋爱——"

我像往日的斋藤那样,说到关键部分时,做了一次深呼吸。

这应该是我第一次在斋藤面前说真话吧。

"我不喜欢任何人。"

内容清晰,语气坚定。

不等对方做出反应,我继续说道。

"比如,撇开女朋友或未婚妻,再去跟别人恋爱的这种出轨行为,我不会做。"

斋藤默默地看着我的脸，试图捕捉、理解并弄懂我话中的含义。

"那也没什么吧。你是说自己很难喜欢上一个人，对吧？"

"不是很难喜欢上，是已经不会喜欢任何人了。"

"……不会喜欢任何人？"

重复完这句后，斋藤终于明白了我想表达的意思。

"你是想说，你也不会喜欢我，是吗？"

斋藤能这么快理解，真是太好了。

我不紧不慢地点点头："嗯。我对纱苗的感情，既不是依恋也不是爱，但也不是友情，更不是同乡之情。"

为了让自己的话更有说服力，我的眼睛连眨都没眨一下。

"对我来说，你……"

在斋藤面前，我向来都是叫她名字，从来没有直接称呼过"你"。

斋藤其实骨子里极为自卑，所以才一直在我面前保持高姿态。平日里为了不伤她自尊，我在称呼上一向很小心谨慎。

"你我不过是毕业多年后偶遇的老同学而已，觉得顺势交往一下也不错，然后就在一起了。仅此而已。"

这时，斋藤交叉在膝盖上的手，松开了。

"可情侣的交往，大多数不都是这样吗？"

"我说的不是这个意思。"

我盯着斋藤的眼睛，猛地开始摇头，仿佛要把她刚才那句误解甩开似的。

"直到现在，我也没喜欢上纱苗。"

已经没必要等她一一发问了，必须速战速决。

"我对纱苗的感觉，从那天在老家车站偶遇开始，就没变过。你还是坐在我旁边的那个陌生女人。"

"你……"

斋藤陷入了沉默，但表情还算平稳，似乎没有很吃惊，只是盯着我看，似乎在思考我的话有几分真几分假。

"我就是字面意思。抱歉啊，之前骗了你。其实我本来打算骗到最后的，哦，不对，等纱苗你人生的暴风雨离开之后，说不定我会跟你说实话。但有一点请你相信，那就是迄今为止，我从来没有想过要跟你结束这段关系。至少，我是打算等你到你的暴风雨结束的。"

"暴风雨。"

从斋藤的表情来看，她似乎并无疑问，只是下意识地重复，一副对这个词听不习惯的样子。

"我认为每个人的一生中都会有一阵暴风雨。当然，你也可以用其他词来代替，比如高峰啦，最美好的回忆啦之类的。品尝过暴风雨后，人也会随之变为空壳。纱苗你人生的暴风雨好像还没过去呢，我很羡慕你，到现在也是。"

斋藤紧闭的双唇像被撕裂般微微张开，台词在舌头深处几度打转后，她终于开了口。

"是人生最高点的意思吗？感觉确实还没到结束的时候呢。"她的声音沉稳，意志坚定。

"是啊，纱苗你跟我不一样，你的人生还很充盈，还有无限可能。就算有一天你变成了空壳，也没关系，至少你感受过了，品尝过了。一生一次的暴风雨，是每个人应该享有的权利。"

"等一下，你说的话我越来越听不懂了。"

"接下来的话很重要，请你听我说。"

面对只顾自说自话的我，斋藤的目光落在了桌子上，然后她再次点了点头。当然，她这个点头并非意味着听懂了我的话，而是思考之后，同意了我们的对话节奏。

"这些事我必须告诉你。"

斋藤的目光再次回到了我身上。

"我之前一直以为纱苗你的暴风雨跟工作有关。"

"也就是说，在你眼里，我最宝贵的东西是工作，对吧？"

"嗯。但刚才纱苗你不是说了吗？说可以放弃现在的工作，而且还说什么放弃的理由是我也可以。万一将来真的有一天，你在我这样的人身上感到暴风雨了，那绝对不行。"

可能刚才那句话包含了否定吧，斋藤皱起眉头。但我抢先开口，堵住了她想说的话。

"怎么说呢？就算现在你没把我看得很重要，但我也必须掐断这个苗头。我能感觉到纱苗你的暴风雨有转移的倾向，如果事情真的发展到那种地步，那纱苗你就太可怜了。所以我想把自己的真实想法告诉你。"

断定、强加于人的主张、怜悯，这些全都是斋藤的死穴。我刚才那么说，是故意激她。

她接受也好，激动也罢，对我发泄悲伤也可以，甚至因为听不懂我的疯言疯语，从而对我心生恐惧也无所谓。

总之，只要能让她从情感上远离我就行。我俩之间虽说并不轰轰烈烈，但毕竟交往也有一段时间了，我相信以她的聪明程度，也差不多该放弃这段关系了。

"香弥。"

沉默片刻后，斋藤终于开口了，语气淡然，没有愤怒，也没有悲伤。

"香弥你的暴风雨是什么呢？"

我的暴风雨？这跟现在的讨论无关吧？不过听斋藤的口气，她最在意的就是这个。

当年那段感情的变化，到现在我还有一部分没弄懂。其实即便斋藤不问，我原本也打算坦白的。我想让斋藤知道我是怎么变成现在这副样子的；我想让她知道，即便是在经历过暴风雨的人中，我也是一个极其怪异的存在。等她了解我的真面目后，自然就会放弃了。

"你要是想知道，我可以告诉你。"

"我想听。"

这是我第一次在他人面前，说出那段往事。要说自己没有任何犹豫，那肯定是假的。但现在因为某些缘由，我必须把心中那个独一无二的特别告诉斋藤。

"我人生的暴风雨，就是在那个时候出现的。"

此时此刻，我心里竟然出奇地平静。像平时一直做的那样，我把回忆在脑海中反复确认了好几次后，将那段感情抽调出来，原原本本地告诉了斋藤。

"那时候，是上高中那会儿吗？"

"嗯。准确地来说，是我十六岁的时候。那时候的我，完全不在乎周围人的看法，觉得人生无聊透顶，整个人都处于烦躁不安的状态，像只无头苍蝇似的乱撞，寻找能让我的人生就此变得特别的某种东西。"

这些隐秘一旦化作语言，就变得苍白干瘪起来，我感觉自己像个傻瓜。

"试过各种各样的挑战后，我渐渐失望。这时，我遇到了一位女性，我恋爱了。"

此时，斋藤的眉毛微微扬了一下。

"她来自异世界，十八岁，只在某个车站候车室出现，而且这边世界的人，只能看到她的眼睛和爪子。"

不出我所料，斋藤听完露出了不可思议的表情。

"你是说，她是幽灵？"

"不，在我看来，事实完全是另外一个样子。那个车站候车室，连接了两边的世界。她确实存在，我能触碰到她，还能吃到她那边世界的食物。"

"听起来好像……"

斋藤正拼命地把我的话和自己的常识关联起来，试图理解这段话。

"你做过梦吗，因为某种原因？"

虽然斋藤没有明说，但听语气，她好像在怀疑我是不是得癔症了，或者因摄入什么异物而产生了幻觉。但事实上，我当时确实没有那种病的症状，也没摄取什么奇怪的东西。

算了，没必要跟她一一解释。

"那不是做梦，我们见过好几次面。就算别人不信，但我心中的'真'浓度不会变。嗯，只要我不忘记。所以，你不信也无所谓。"

"……那后来呢？"

明明这时候，斋藤不该轻易相信我的，但她还是信了。斋藤可能有她自己的矜持吧，她无法接受自己的男朋友是个疯子，更不能接受之前跟我的交往都是浪费人生。

可怜的、徒劳的矜持。

"那时候，每天一到晚上，我就去车站候车室见她，坐在漆黑的候车室里，等着她出现。"

说太详细的话，就得提起避难所的事情，到时候只会让对话变得更复杂，所以我决定删繁就简，挑关键处说。

"她每隔几天，就会从异世界过来跟我见面。在候车室里，我只能看到她发光的眼睛和爪子，看不到她的全貌。我想从她那里得到一些知识和信息，让自己的人生变得特别。但进展很不顺利，我俩用各种办法尝试了解彼此的文化，但味觉和嗅觉都不相通，我们也看不懂彼此的文字，所以只能通过口头的语言说明。可就算我俩知晓了彼此的风俗和规则，还是什么都做不了。"

我追溯着记忆，将那段过去告诉了斋藤。

"最神奇的是，这边的世界和她的世界能互相影响。就比如这边有东西坏了，那边世界也会有某种东西跟着坏掉。两边的世界，会有相似的事件发生。"

既然提到了互相影响，就不得不面对那件事情。

"当时我俩探索了好久，看能不能利用这种影响帮到彼此。"

"在那个实验的过程中，我还放走了邻桌田中家的狗。"

我故意说出"田中"这个名字，引斋藤上钩。

"嗯？"

果然，斋藤露出了吃惊的表情。听语气，她似乎是在斟酌我的发言和自己的记忆到底哪个正确，但她很快就给出了我想要的回应。

"如果是我忘了，或者说我不认识，我先跟你道个歉。"

"嗯。"

"我们班，有叫田中的人吗？"

"没有。"

那是怎么回事？不等斋藤问出这句话，我继续说道："那时候，我把班上的某些人，一股脑儿地用田中这个名字分了类。这些人随处可见，对我来说毫无特别，全都长一个样。"

言语似乎带着某种重量撞到了斋藤的脸上，她的震惊像水波一样从脸上漫开来。

当然，我的话还没说完。

"也就是说，我也是田中？"

"你不是。"

斋藤一直紧绷的表情瞬间松懈下来。虽然有些残忍，但我绝不能再像之前那样说谎讨好她了。

我必须坦白。

"比起路人般的田中们，还有些同学行为举止略显出格，我给这些人另起了一个名字。"

我看着斋藤的脸。

"我叫你斋藤，从那个时候开始就没有变过。现在你对我来说，依旧是斋藤，仅此而已。"

可能是各种各样的情感交织在了一起吧，斋藤的神情十分复杂，变幻了好一会儿，最后终于落定。

看懂她的情绪后，我也就放心了。

"你什么意思？"

斋藤，本名须能纱茁。今晚，这个女人第一次在我面前展露了失望。

"狗的名字叫小步，可能你也认识。主人的本名是会泽志穗梨。

从结果上来讲，小步的死，是因为我的失误。"

我去厨房里冲了两杯热咖啡，把其中一杯放在斋藤面前，继续阐述事实。

"志穗梨。"

斋藤盯着桌子，小声丢出这么一句无意义的重复。

"之前没听你提过这件事啊。"

"我没说。"

"哦哦。"

"香弥。"

我挪去了沙发坐下，看着斋藤的眼睛。

久违的四目相对。

"你刚才说的，是真的吗？"

"全部都是真的。"

"香弥你害死了志穗梨的狗，这也是真的？"

"嗯，从结果来看，是这样的。因为我把小步带出去了，导致小步在外面死掉了。"

有那么一瞬间，我感觉斋藤紧绷的脸突然松懈了下来，可又想不通她松一口气的理由。难道是我刚才看错了吗？因为斋藤下一秒又恢复了之前的神情。

"斋藤……"

"嗯，我心中一直是这么叫你的，现在也是。"

"那你对我说的其他话，也全都是骗人的吗？"

我说过那么多话，你指的是哪句？再说了，这个不是重点吧。我的大脑飞速运转，开始搜索记忆里对斋藤说过的话。

"我不知道。"

听到这句，斋藤的表情才真的松缓下来。这次，她的表情变化在我的意料之中，因为我调整了说话的顺序。

我很清楚欲抑先扬的道理，当你想让一个人情绪低落时，最好先把对方捧高，打击时杀伤力才会更强。

"为了省去恋爱中的各种麻烦,我说的都是你期待的、你听了会开心的话。"

我以为斋藤会展现出迄今为止最沮丧的表情,但是她的脸色依旧平静如水。看来火候还不够,于是我补充道:

"我刚才也说过了,恋爱这种感情我已经没有了。准确地说,我把它留在十五年前了。"

可即便加上这句话,斋藤仍然冷静如常。

她啜了一小口桌上的咖啡,轻轻吐出一句:"那个——"

声音轻飘纤细,宛若砂糖落入咖啡里一般,沙——沙——

"原来香弥你的暴风雨,是恋爱啊。"

当斋藤这句话传到耳边时,我忽然感到一阵刺痛,指尖被针扎了一般疼得要命。同时,我又想起另一件事。

斋藤曾问过我:有没有刻骨铭心的恋爱?我回答后,她骂我是骗子。

当时我就隐约觉得斋藤隐瞒了什么,现在我终于明白了。

斋藤大概是看穿了藏在我心中的某个情敌,但她压住了自己胸中翻涌而出的嫉妒。

"那香弥你喜欢的那个女孩子,是什么样的人啊?"

了解一个自己嫉妒的人,是出于什么心理呢?是为了给自己一个放弃的理由,还是为了炫耀自己的胜利?不管怎么说,我已经别无选择,只能说真话了。

"在这边的世界,人类只能看到她的眼睛和爪子。我叫她蒂夏。"

我脑海中描绘着浮动在黑暗里的光点。

"她理性与智慧并存,总是很沉着,有很多兴趣爱好,对小说、香水之类的文化很感兴趣。当然,那些都是异世界的东西,我曾经试图体验来着,但没成功。"

"是吗?"

斋藤轻轻附和了一句,示意我继续。

"从生物学角度来看,她应该不是人类。虽然看不见,但我能触碰到她的身体。我曾经用手指一路探索过，确认了她的身体构造：有胳膊、双腿、头，和人类差不多。但她的血会发光，而且头发的手感很奇怪。"

可能是为了想起那种触感，我的右手不自觉地在空中一开一合，抓了两次。在这期间斋藤喝了一口咖啡，然后将杯子哐的一声放回了桌面。动作沉稳有力，颇有摔杯为号的气势。

"你跟她交往了？就是那个异世界的孩子。"

一个男人在分手的紧要关头，却一本正经地跟自己讨论起异世界生物来。我从斋藤的语调中，嗅出了各种各样的感情：不知所措、害怕、厌恶，还有称呼异世界生物时的那种小心谨慎、对他人离奇经历不知该信到哪种程度的茫然。

事到如今，我已经顾及不了她的感受了。

"没有，她那边的世界没有恋爱这个概念。"

"那……"

"我教她了。"

感觉自己在把语言一点点碾碎，揉开，塞入斋藤嘴里。

"为了让蒂夏明白恋爱是什么，恋人是什么，成为恋人后都做些什么，我使尽浑身解数，用了各种语言和肢体动作说明。"

当时面对我奇幻小说般的说明，蒂夏会怎么理解呢？按照她关于小说的知识储备和以往的生活经验，理解起来应该会跟我真正想表达的有所出入吧。

但蒂夏应该已经明白：恋爱绝不是一个寻常的概念。

没错，我和蒂夏之间的关系很特别。我心中对蒂夏的思念，是无与伦比的。蒂夏给予我的光芒，是独一无二的。无论我将来沦为多么平庸无聊的人，这段经历的不平庸不无聊都是不争的事实。

"我不知道蒂夏能把我的想法理解到什么程度，但当时我俩为了增进对彼此的了解，拼尽了全力。那时的我，根本没想过未来的事，只要能跟她有共鸣我就很满足了。"

没错，只要心意相通就行了。

"对我来说，从蒂夏那里得到的东西，还有我对蒂夏的心意，就是整个世界，就是我人生的全部，现在亦是如此。像我这种固执又傲慢的人，她是唯一能改变我的存在。但是有一天，暴风雨突然停了。"

"暴风雨。"

仿佛在描绘形状一般，斋藤轻轻重复了下这个词。

"我突然听不到蒂夏的声音了，她的身影也消失了。自那以后，我又去了好几次车站候车室，她再也没有出现。"

这个只能算是推测，自那以后我想了无数遍，终于想明白了：突然听不懂蒂夏语言的原因，怕是出在我身上。

一定是那个时候，蒂夏对我产生了抗拒心理。我们彼此心的距离远了，彼此的语言也跟着不相通了。

当年的分别场景，早已如发霉磨损的相册一般，被我反复咀嚼回味过无数次了。对，就是我的错。当然，也有可能是我猜错了。至于当时的真相究竟是什么，现如今已经没有办法确认了。

"我的人生，从再也见不到蒂夏的那一刻起，就已经结束了，现在只不过是苟延残喘罢了。我的人生随时可以结束，哦，不对，我甚至祈祷着自己的人生赶快结束。我现在之所以还活着，还站在这里，纯粹是因为自杀很麻烦。"

包括现在坐在沙发上也好，跟斋藤坦诚相对也罢，甚至聊关于蒂夏的话题，都只不过是在拖着发臭发腻的身体，迎接死亡而已。

"在死亡到来之前，我能做的，也只有守着跟蒂夏的回忆了。除了对她的思念，我什么都没有。所以，我不会成为谁的人生意义。我人生的意义，也不会在别人身上实现。"

如果我还是像往常那样，不惜说谎也要讨好斋藤的话，此时人可以察言观色，选择更模棱两可的措辞来表达。但这样做只会显得我更虚情假意。

"叫纱苗也好，叫斋藤也罢，我心底里从来没觉得你是我的恋人。"

在这个距离，应该不会听不到的吧。我的话，应该通过斋藤的耳鼓膜，清清楚楚地传到她的大脑了。此时此刻，她可能正在以自己的方式理解我话中的含义吧。

斋藤目不转睛地盯着我的脸，继续沉默着。

斋藤会作何反应呢？按照她的性格，肯定会为了保住自尊心而采取某种行动，但她的高傲又不允许自己做出哭哭啼啼、怒吼发疯这种失态的行为。所以我猜，她很有可能会假装冷静，戏剧性地接受事情的来龙去脉，然后说出舞台剧般的台词。

果然，我的预料是对的。

"说起暴风雨，我想到了一件事。"

我以为这句话又是她在卖关子，等着我问下一句。换作平时的话，我肯定会如她所愿，接过话头。但事到如今，我实在不能忍受自己怕麻烦的心理，继续被她误解成温柔。所以这次我打算保持沉默，不搭腔。

但这次斋藤根本没等我回话，继续说道：

"虽然当时它没有表现出暴风雨的样子，但是在遇到它后，我感觉自己的人生，还有自己整个人，都发生了变化。所以你说的那种被某个事物困住，永远活在其中的感觉，我懂。"

看来斋藤还是没有理解，我没有被困住，那就是我人生的全部。

正当我打算用说教的口吻再次解释说明时，她开口说道：

"这点我俩很像呢。"

她这话是什么意思？

"音乐对我的意义，跟那个女孩子对你的意义，是一样的。"

"……一样？"

这绝不可能，这个世上没有什么东西能跟蒂夏相提并论。

"那时，我也遇到了它，它跟那个叫蒂夏的孩子一样，改变了我的人生。遇到它之后，我就一直被困在里面了。"

斋藤刚才的话，仿佛在刻意模糊蒂夏的特别。虽然不想承认，但她的话让我有种近乎幻觉的感触，好似感情在胃中逆流翻涌。

我之所以没有立刻反驳她，是因为此时此刻，自己也动摇了吧？或许斋藤也经历过一场世间罕见的相遇和感情。

"我……"

"……"

"我啊，遇到了音乐。"

我拼命忍，不想让心中所想从嘴里蹦出来，但失败了。

"别把你的音乐跟蒂夏放一起比较。"

但转念一想，我已经不需要再讨好斋藤了，所以刚才那句话也不算过分。

"确实不一样呢。但我对音乐的感情，肯定跟你的感情有相似之处。"

"别把蒂夏和那种——"

"你说什么？"

斋藤瞬间变了脸色。此时的她已经摸清了我的底牌，完全没了先前的恐惧和小心翼翼，一脸沉静。面对已经无坚不摧的斋藤，我表达出了最简单的情绪——愤怒。

久违的、纯粹的愤怒。

"别把蒂夏和那种毫无意义的作品放一起比较。"

"可那个女孩子对我来说，也没有任何意义哦。她的不可替代性，只对你才有效吧？"

"这是我跟她之间的事，你懂什么！"

斋藤仿佛在逆着抚摸我的神经似的，缓缓点了点头。

"我是不懂。就连自己最喜欢的音乐到底是何物，我都搞不懂，又怎么懂他人所爱？"

"别把我的情感和你那种感受相提并……"

还没说完，我咳了起来。

我以为是愤怒化成了结晶，扎进了喉咙。社会对人类的规训太可怕了，即使在这种时候，咳嗽也没忘背过身去。

"音乐过于庞大复杂，我看不透读不懂，所以才一直在思考。香弥你呢？对那个女孩子又了解多少呢？"

"蒂夏她……"

"蒂夏对你而言究竟是什么,恐怕连你自己都没搞清楚吧?你什么都没弄明白,所以才被困在那段过去里,出不来吧?"

"我没有。"

"被困"这种措辞我无法认同。照斋藤这种说法,仿佛蒂夏从我心中消失后,就会有其他事物取而代之一样。

她大错特错了。

我心中的这份感情,是这世上任何东西都无法替代的,是独一无二的。正是靠着这份感情,我才活到了现在。我比任何人都珍惜蒂夏,比任何人都深爱蒂夏。我比谁都清楚,自己拥有的这份感情,在这世上仅此一份。

斋藤的那种情感,只不过是对他人作品朦朦胧胧的欣赏和幻想罢了。我跟她可不一样,哦,不,我心中的这份情感,不能被归于任何一类。

那种廉价的共鸣,只会玷污我心中的光芒。

"我原以为音乐是救赎,自己只要保持喜爱就好了。但其实我什么都不懂,音乐只是音乐而已,它没有意志,更没有试图拯救我。于是我失望了,迷茫了。直到现在,我还在不断思考音乐对我的意义。"

斋藤的神情中,隐约夹杂着一丝喜悦。看着她沾沾自喜的样子,我心中的怒火再次被勾起。

"我和蒂夏之间的感情根本无须质疑,跟你那种半吊子的喜欢可不一样。"

"香弥,你究竟喜欢她哪一点呢?"

"全部。"

我想都没想,回答得斩钉截铁。我喜欢蒂夏,喜欢她的存在本身。

"我想听的不是这种宽泛暧昧的字眼,而是你的真心话。"

"你……"

为什么非要这样揪着蒂夏不放呢？

为什么非要闯入我心中最隐秘最闪耀的地方呢？

你不相信我说的话吗？还是说你仍然在嫉妒蒂夏？

既然你想知道，那我就告诉你好了。我开始在大脑中翻找记忆。

"只有蒂夏，在我心中永远不会消失，她肯定了我的一切。"

"她那么做，不就是为了让你这么想她吗？"

面对咄咄逼人、言语粗鲁的斋藤，我一时间失了语。

"人与人之间，根本不可能做到完全理解和肯定。你一个劲儿地强调对方包容你的全部，可见也不是真喜欢啊。"

又来了，又是这副"我懂你""我都明白"的高姿态。这家伙到底明白什么了？现在我不光是愤怒，连头也跟着晕眩起来。斋藤，哦，不，须能纱苗，原来是个如此脑袋空空，没有思辨能力的人吗？她的大脑，是根本不会思考吗？

"若是真正喜欢，会连带着看不见的部分也喜欢，无论对方是人还是物。"斋藤依旧沉浸在自己的高论里。

在普通人看来，或许是这样。对，我说的就是田中、斋藤这种随处可见的路人。但我对蒂夏的那份感情，绝对不一样。它是特别的、独一无二的。即便我现在已经泯然众人，但唯独这份感情，我……

我。

"我跟你一样，从看不见摸不着的音乐里感受到了理想，以为音乐包容了我的一切。但是既然喜欢的话，自己也得进步呢。刚才听你描述时，我仿佛看到了以前的自己。香弥，如果可以的话，跟我一起吧。"

咔嗒。

在我体内，某个地方突然关闭了。

"够了。"

我打断斋藤，并不是厌倦她的表演，也不是害怕她另有目的，正如字面意思，我只是不想再听她啰唆了。

"什么都别说了。"

细想之下……

细想之下，斋藤出现这个反应，完全在情理之中。刚才我还纳闷，为什么斋藤总爱说一些莫名其妙的话呢？为什么总是误以为她自己的经历也同样适用于我呢？

现在我终于明白了。是啊，那段经历太离奇了，在这世上只有我一个人体验过。

都怪我太没自觉了。我一直觉得自己是随处可见的普通人，事实上也确实如此。

但唯独和蒂夏的相遇，是个奇迹。

因此，斋藤虽然完全没听懂我的描述，还是会根据自己以往的种种体验和所见所闻，来推测我的话，然后相应地附和两句。在她眼里，那不过是一个普通人年少时的恋爱罢了。人与人，本质上是无法完全相互理解的，鸡同鸭讲，这也是没办法的事。

所以我到底在生什么气呢？对斋藤这家伙，我到底在期待什么呢？

区区斋藤而已，她又不是蒂夏。

"滚出去。"

斋藤瞬间露出吃惊的表情。对，这才是正常人该有的反应。

"我们最好别再联系了。"

我都能想象到斋藤接下来会做什么了。她肯定会觉得自己被背叛了，然后一脸愤怒地开始朝我胡乱扫射一通。

"你真的跟我无话可说了吗？"

"和一个只会做出无聊反应的家伙谈论蒂夏，是没有意义的。"

这句话如刀子般切断了堤坝，斋藤的愤怒如洪水般倾泻而下。

"你这话什么意思？"

"……"

"一副别人什么都不懂，就你懂的表情。"

我没有。

可能是我的表情太平静了吧，其实我只是懒得应付斋藤的胡言乱语。她根本就不懂暴风雨。

"你有什么可高贵的?"

斋藤瞪着我。我觉得自己的表情很正常,并没有流露出敌意啊。

"你只是忘不了以前的女人吧?"

"没错。"

面对斋藤的愤怒,我本打算默默接受。但转念一想,如果什么都不说,她还会缠着我不放。所以为了引导斋藤继续发泄怒火,我得故意顺着她的话说,等她自己冷静下来,知难而退。

"你说得很对呢。说完了吧,那咱们今天就先到这儿?"

我把目光从斋藤的脸上移开。按照我的预想,她应该会把手里的咖啡泼我一脸,或者为了激怒我骂出更难听的话来。

果然不出我所料。

"什么狗屁蒂夏。还肯定了你的全部?呵呵,你也好,那个女生也罢,都是傻子。"

"也许吧。"

"别人骂你喜欢的人傻,你都不生气吗?还说什么只能看到眼睛和爪子,呵呵,反正其他身体部位也看不见,随便按照你的理想型脑补啰!还喜欢,还说得那么斩钉截铁,其实是你的一厢情愿吧。"

"有道理。"

"其实你和她之间,根本就语言不通吧?一直各说各的,聊天节奏也对不上。所谓的交流和喜欢,不过是你自己的随意脑补而已。"

"确实有这种可能。"

"话说回来,那个女孩子真的存在吗?莫不是你自己臆想出来的吧?要真是那样,那你可病得不轻。"

"是啊。"

"你倒是生气啊!"

斋藤气喘吁吁地站起来。余光中,她的手正抖个不停。

"你刚才说,活着没有任何意义,说跟我在一起的时间都在说谎言。如果她真的那么重要,如果真的只有那段时光才是你人生意义的话,那为什么面对过去的自己时,你不能认真一点?"

斋藤这家伙到底对我有什么误解啊?

我当然是认真的。我没有一天不在想蒂夏,我绝对是认真的。算了,认真与否只有我自己知道,没必要在这一点上跟斋藤争吵。

"那个叫蒂夏的孩子,看到你现在的样子,会怎么想呢?"

"难说。"

跟蒂夏已经无缘再见,想再多也没用。

而且……

"自己将来会变成什么样子,我早就无所谓了。"

"行了,别说了。"说完斋藤拿起大衣和包,朝玄关的方向走去。我拿起眼前的咖啡杯,抿了一小口,味道依旧很淡。

"香弥。"

我原本以为今天就这样结束了,但远处飘来斋藤的声音,落在我的耳边。她应该是打算临走时,丢一句台词般的狠话给我。也罢,反正是最后一次了,我听着就是。

"你这人……"

"嗯。"

"把自己的无情和卑劣,把自己的悲惨,全部归咎于蒂夏,你这样做只是在玷污她而已。"

这次,斋藤好像真的离开了客厅,听脚步声和气息就能判断出来:玄关处开门声响起,关门声落下。

回过神来,我发现自己已经把手里的咖啡杯砸到了墙上。我就这样坐在沙发上一动不动,静静看着一地的咖啡和杯子碎片。

跟斋藤分开有一段时间了,但我完全没觉得有什么问题。

人生只不过是又回到了最初的样子,我理所当然地接受了现状。

须能纱苗对我来说，不过是千万斋藤中的一个而已，不重要也无所谓，她不过是从我人生路上路过的行人之一。当然，对斋藤来说，我应该也是路人。在她今后的人生里，我这种人根本没必要挂在心上。毕竟人生在世，大脑对人和事物的储存量有限。

人总要别离，这是不争的事实。

按理说我应该早就习惯了，可为什么……

为什么我现在这么烦躁不安呢？

那天斋藤扔给我的最后一句话，一直在我脑海里挥之不去。

她说我玷污。

谁在玷污？玷污了谁？

"早。"

"啊，铃木先生，早上好呀。"

"之前你托我弄的东西，已经发你邮箱了，麻烦你确认下。"

"哇，这么快，太谢谢了！"

斋藤说我玷污了蒂夏。

荒唐。

我已经永远无法再和蒂夏见面了。为了不让自己忘记跟她有关的回忆，十几年来，我持续不断地、小心翼翼地维护着这份思念。对一个再也见不到的人，玷污也好，其他事情也罢，我什么也做不了。

非要用玷污这个词形容的话，那也是斋藤玷污了我跟蒂夏之间的回忆。可恶，她甩下一句话，倒是拍屁股走人了，可恶臭却留在了房间里，折磨着我，久久无法散去。

"铃木，今天中午能空出时间来吗？"

"可以的，我没什么要紧的事情。"

"我跟神田一起吃饭，你也来吧，他很看好你。"

"谢谢赏识，我一定去。"

可是不对啊。

我从来没有跟斋藤说过两个世界会相互影响这件事啊。考虑到自己现在的行为可能依然会对蒂夏产生影响，所以我平日里在为人处事上低调得很，从不跟人起冲突，也从不扎眼出头。不破坏、不失去、不失落，我活着，不过是为了最大限度地排除人生中的负面因素而已。我都做到这种程度了，竟然还有人说我玷污蒂夏。这说的是什么屁话。

斋藤还说，我把自己的悲惨都归咎于蒂夏。悲惨？作为对我的谴责，斋藤怕是用错词了。况且要是想骂人的话，也该指责我的缺点啊。她之所以用悲惨这个词，应该是想说我面对生活时的消极态度吧。但这世上大多数人的生活状态都符合这个特征吧。她试图贬低我，可完全失败了。

"铃木，这个给你，出差礼物。"

"谢谢。我做梦都没想到，有一天会从工藤你手里收到礼物。"

"前辈送你礼物还贫嘴，还我。"

"开玩笑开玩笑。谢谢，这份礼物我会好好珍惜的。"

归咎于蒂夏，这句话更是离谱。

恰恰相反，我迄今为止的人生经历，都要归功于蒂夏。多亏她，我投入全身心地经历了一场暴风雨；多亏她，我遇到了一个极为特别的人；多亏她，我有了一段刻骨铭心、至死不能忘怀的感情。即便我的余生再怎么干瘪空洞，但这份感情是真的。只有这份感情一直在我心中，鲜活生动如昨日。斋藤她根本就不懂，这段经历在普通人的一生中意味着什么。我感激蒂夏还来不及呢，哪里会怨恨她呢，更不会把自己人生的平庸和悲惨怪到她头上。

"你好，我是铃木，一直以来承蒙您的关照了。关于那件事，正如我们前几天说明的那样，今年会大量投入使用。哦，是这样啊。好的，我明白。那我跟上田那边也确认下，然后今天之内再跟您联络可以吗？好的，谢谢。那我们就先这样，再见。"

斋藤那天丢给我的那句评价，从头到尾都是错的，完全没必要放在心上。

可我听了还是不舒服。

更要命的是，这种烦躁不安就像顽固的恶臭一样，二十多天过去了，久久无法散去，几乎要把我逼疯。

收拾完今天的工作后，我正打算喘口气休息下，抬头发现时间已是下午六点。

于是我走到办公室抽烟区，点了一支味道不怎么样的烟。这一幕被同期的男同事看到，他关心地问了一句：

"铃木，你看起来好像很累的样子。"

他的孩子前几天刚出生，这个男人眼下正处在暴风雨般的幸福中，所以才有心情管别人的闲事吧。

"是吗？最近诸事不顺，麻烦一个接一个。"

"哎呀，你就是太认真了。放松一点嘛，要不然撑不久的。"

这个男人说的话，根本就不对，完全颠倒了因果。我就是因为活得随便，害怕面对一切问题和麻烦，所以总想着逃避。我的痛苦和疲惫，在旁人眼里自然也就成了认真。

"你莫不是要结婚，打算找人照顾你的私生活了吧？"

"怎么可能，结婚是互相扶持的嘛。从结果上来讲，主内主外区别不大，没有高低之分。"

"铃木，你果然是个认真的人呢。"

对于我随意敷衍的话，同事迎合似的笑了笑，吐了一口烟。

"你说得也有道理。不过要是有了孩子的话，会更有干劲吧，比如我。"

啊，这才是处于暴风雨中的人类该有的台词。

每个人心里都会有一个特殊的人，为他生为他死。我也经历过这样的时期。

为了那个人，感觉自己什么样的人都能去成为。也因为那个人，有了动力，感觉自己无所不能。当然，这些都是身在此山中的错觉。等暴风雨退去后，这些错觉也会随之消失。

"孩子的事，我暂时还没想过呢。再说，我连结婚的计划都没有。不过疏解身心的方式也不光是孩子老婆，找别的兴趣爱好也可以解决。"

"没打算结婚？之前跟你在一起的那个女孩子呢？"

"哦，你说她啊。"

我想起来了，之前跟斋藤在一起的时候，在街上遇到过这位同事。当时也就随便互相介绍了一下，没想到他还记得。

见我不想多说，同事似乎察觉到了什么。

算了，还是说清楚比较好，省得造成误会，以讹传讹。

"我们分手了。"

"啊，真可惜啊。"

可惜吗？

啊，也是，斋藤相貌还算端庄，也能满足我简单的欲望。就这么放手了，确实可惜。

"上次见到时，感觉对方很珍惜你呢。"

同事对斋藤的分析判断，有点出乎我的意料。我露出一个暧昧的笑容，把烟灰弹到了烟灰缸里。

"谈恋爱期间，自然会互相珍惜。但光凭这个，维持不下去啊。"

"也是，我们这些已经被世俗污染的成年人谈恋爱，确实要考虑很多现实因素。"

说完，同事自嘲似的笑了笑。为缓和气氛，我也跟着笑了。

他说的是事实，但我跟斋藤却另有隐情。

斋藤肯定是打算靠感情来维持这段恋爱的，并且她确实做到了。

如果跟她恋爱的人，还身处暴风雨中的话。

如果跟她恋爱的人，还没遇到他生命中的唯一的话。

或许斋藤早就成功了。

我们的恋爱之所以失败，只是因为她不幸选择了我。我心中的那份爱，貌似早已埋葬在当年那个车站候车室里了。

难道斋藤在怨我没提前告诉她真相，就跟她恋爱了？

那我就该接受这份烦躁吗？就该接受惩罚吗？浪费了她遇到真爱的时间，我就该受到制裁吗？

笑话，根本就没那个必要。

如果沉默也算一种罪过的话,那这世上岂不是人人都有罪了?岂不是人人都没资格扔石头①了?

斋藤应该也明白这个道理……

"你怎么了?"

"……没怎么。"

"不过铃木你的话,应该很快能找到下一个吧?"

"难说啊。"

"啊,先不聊了。要是在这种地方扯恋爱之类的话题,会被那些不抽烟的人讨厌的。"

同事扫了眼手表,再次自嘲似的笑了笑,随后把烟头掐进烟灰缸里,走出了吸烟室。

室内又剩下我一个人了。

我把烟屁股放进嘴里,吸完了最后一口。

这时候我突然发现:一直以来觉得没什么味道的香烟,突然呛鼻浓烈起来。

怎么回事?

我拼命梳理着脑海中喷涌而出的各种念头,试图找到味觉恢复的原因。回过神来,我发现自己不知不觉又点上了一支。

明明不想抽的。

我再次回顾梳理了一遍刚才跟同事的对话和自己的思路,试图找到一些逻辑。

既然刚才同事提到了斋藤,就先从她那边找线索。

成年人的恋爱,光靠好感是维持不下去的,同事的话给了我

---

① 约翰的福音书第8章第3—11节,《通奸女》的故事。一个女人因为通奸被捕,主耶稣和制定法律的学者们就如何裁断发生了争执。主耶稣说:"你们之中谁是无罪的,谁就可以第一个扔石头。"然后,从长老们开始,他们一一离开,没有人能向女人扔石头。

启发。

现在至少能确认一点，那就是斋藤正试图在我身上谋求好感之外的、更为深远的东西，但我没有。

后来发生的一系列事证明：我对斋藤的心理的判断，是正确的。

斋藤那边的思路捋清了，该捋一捋我自己的了。

向斋藤隐瞒了真实想法的我，应该赎罪吗？

不可能。我马上掐灭了自己刚才想赎罪的念头。

人与人之间不可能完全透明，没必要把自己的想法和自己做过的事，都汇报给对方。如果有人因为这个生气，那也太任性了些。甚至还有人因此指责隐瞒者，这显然是一种越界之举。

可当年我就做过这种越界的事啊。

我曾经就这样，伤害了自己最重要的人。

仅仅是因为蒂夏有事瞒着我，我就朝她发了很大的火。

一想起那时候的事，我就后悔不已。

但换个角度想，我之所以对她说那么过分的话，正是因为我对蒂夏的感情是真的，我想更多地了解她。我相信，那份怒火正是我对蒂夏感情强烈的说明。

对，作为曾经的"受害者"，我本该理解斋藤为什么生气的。

可是……

我却否定了斋藤的愤怒。

这次换我做"罪人"了，我向斋藤隐瞒了真实想法。可斋藤仅仅因为这个就朝我大发雷霆的话，那她也太傻了。

一个人得多么愚蠢，才会妄想知晓另一个人的全部。

换句话说，我把自己曾经对蒂夏的那份感情，束之高阁了。

面对心爱之人时，人们自然想要无限了解、无限靠近对方。如果我心中还留有对蒂夏的思念，按理说应该不会嘲讽鄙视他人的感情。

按理说应该不会。

按理说……

等等，不会吧。

难道我在某个瞬间，忘了蒂夏吗？

恐惧瞬间爬满了我全身，灰烬也跟着从烟头掉落。

"不。"

为了否定自己心中快要涌出的东西，我嘴角下意识地流出一个音节。

不可能，我怎么可能忘记对蒂夏的思念！

那份感情是那么浓烈，那么沉重，怎么可能这么轻易就忘掉！

但大脑却不受控制般，闪过一个念头。

如果这个猜想是真的，那基本上等于否定了我的那段过去。

"不可能。"

不可能有这么荒谬的事。

我抱着对蒂夏的这份感情苟活至今，每一分每一秒，我都在想那时候的事情。我只有不断地回味咀嚼那段时光，才能活下去。

我怎么可能会忘记，在那个乍暖还寒的季节，我们在车站候车室的相遇！

黑暗中两个人对彼此的试探摸索、偶尔出现的语言噪声、无法感知的气味、共享失败的食物、宛若日常的异世界战争、她一直害怕的警报声、小步的死、在雨中伫立的田中、万念俱灰中蒂夏带给我的救赎、被砸碎的收音机、被破坏的学校电铃、警报坏掉后蒂夏的喜悦、抚摸蒂夏身体时的触感、第一次接吻时的愉悦、一段蜜月般的时光、四目相对的傻笑。

冷静聪慧的蒂夏。

思维天马行空的蒂夏。

能包容我一切的蒂夏。

对我来说独一无二的蒂夏。

我最喜欢的蒂夏。

蒂夏。

你为什么要丢下我？

我不可能忘记。

身体止不住地颤抖,手上的香烟也跟着掉在了地上。这时候的我,已经完全失去了常识性的判断,竟然没想着去捡烟,而是直接从口袋里掏出一根新的,试图点上。可手指抖得太厉害,没打着火。最后我索性把打火机和烟扔进了垃圾箱。刚才掉在地板上的烟头,此时还冒着烟。

我记得,我清楚地记得蒂夏的一切。

但同时,我也察觉出了一丝不对劲。

我现在脑海中能浮现出来的,全部只是事实而已。

至于那时候我对蒂夏感情的强度、重量、激烈程度,却在心里形不成画面。

我再怎么拼命回忆,脑海中浮现的依旧只有事实。

我只是隐隐记得,那段感情应该很强烈、很沉重、很激烈。

现在的我,再翻出那段记忆时,胸中没有涌动,心脏也不剧烈跳动,也没有被束缚的窒息感。

也就是说,我的记忆相册已经失去了功效。我再怎么临摹回忆,也找不回当年那种感觉了。

原来如此。

怪不得刚才那个荒唐的猜想在我脑海中闪过时,我会那么淡定、那么迟钝。

因为我的心,已经不会为那件事悲痛了。

不,我绝不允许这种事情发生。

一切正在消失。

如果连这份思念也消失的话,那一切就都会变成谎言。

蒂夏也会变成谎言。

我把自己全部的注意力汇聚一处,让自己的心飞驰到那段过去,拼了命一般寻找感情片段。

对了,我们貌似还试着给彼此唱了歌。那时候,我跟她进行了各种近距离接触,似乎开心极了。

还有就是，我们听不到彼此世界的歌声，也听不懂。

哦，不对，歌声是听到了，但旋律没听懂。

大脑里的记忆，如风化已久的巨石一般，从边角开始慢慢腐烂、掉落。

太可怕了。

我怎么会变成这样？

必须找出背后的原因。

事情怎会到如此地步？

为什么直到现在，我才发现呢？

我把手伸向口袋，试图拿出手机。但身体还在抖，手机滑落到了地上。我弯腰拾起，颤抖着的手指拼命按下了解屏键。

在来电记录中翻了好久，才找到那个名字。我迅速点击，把手机放在耳朵上。

拨出电话后，我才发觉这个举动有些唐突。万一对方正在忙工作，会不会打扰她？或者她根本就不想接我的电话，怎么办？

在一段嘟嘟声之后，电话通了。

对方公事公办地说了句："你好。"

"你对我做了什么？"

话一说出口，连我自己都觉得这个问题莫名其妙。可能是大脑负责组织语言的部分也跟着记忆腐烂了，我话都说不利索了。

电话对面，须能纱苗什么都没说。

我最大限度地调动词库，说道：

"我想不起来自己对蒂夏是什么感觉了。跟她之间发生过的事情我记得，但那份感情却模糊了。这不可能，不可能，肯定是哪里出了问题。"

须能纱苗依旧沉默着。

"喝酒那天，你对我做了什么吧？"

没想到纱苗那句话威力竟然如此之大，我现在大脑混乱，感觉自己快疯了。她要是给我下了诅咒或者某种魔法，还是尽快给我解开吧。这种如坐针毡的感觉太难受了。

电话那边终于有了动静,纱苗轻轻吸了一口气。

"晚上九点,来我家。"

须能纱苗说完这句,啪的一声挂断了电话,根本不给我反应的时间。

在这里待太久会引起同事怀疑和担心的,我起身离开了抽烟室。

我坐立难安,恨不得立马飞奔过去。不过斋藤现在应该不想跟我提前见面吧,还是按约定时间到吧。

九点整,我在须能纱苗住的公寓前下了车,快步向入口走去。不见面的日子里,她一般会在楼下的个人信箱里放一把备用钥匙。但今天有约会,所以信箱里没钥匙。我在楼下输入了房间号,试图叫斋藤出来。

无人应答。

我又按了一次,还是没反应。

我按捺住心中的焦躁,想打电话过去,这时纱苗发来了一条短信,说是她可能会迟到一刻钟。

在等待的十五分钟里,我满脑子都是怒火和不安,完全没有余力去思考别的事情。比如这个叫须能纱苗的女人,面对许久未见的我,会采取什么样的态度?不过事到如今,我已经没必要考虑她如何看我了,更没必要在意那些进进出出的住户对我奇怪的打量,所以我索性直接站在公寓入口处等。

没过多久,一辆出租车在不远处停了下来。我瞟了眼乘客的侧脸,知道是自己等的人到了。本想立马冲过去,但还是拼命忍住了。

这时候,我绝不能自乱阵脚。

须能纱苗付完钱,不紧不慢地朝我走来。她今天穿得相对正式,标准的通勤风。

还是保持沉默，先看看她什么态度再说吧。正思忖着，纱苗一句话也不说，盯着我的眼睛一步步靠近。然后她突然挥起拳头，朝我脸上砸了过来。

这么细弱的手腕，勾出的拳头自然不会对我造成什么伤害。只不过她的举动太过突然，一下子给我砸蒙了。

"这是入场费。"说罢，她掏出钥匙打开了公寓大门。

我一时也不知道该说什么，跟着须能纱苗进了公寓楼，上了电梯。

她依旧没说话。为避免打破气氛，我也没开口，跟着她默默下了电梯，站在门口时，我才想起来，自己好久没来过这里了。

房间的布置，跟我俩刚开始交往时没什么两样。我的私人物品也照原样保留着。有那么一瞬间，我都怀疑纱苗对我还有留恋。但我很快就清醒了："保持原样"只是社交礼节，跟情感无关。她早预料到我会来这里见她。只要对我作法施咒，我就会再度回到这里，来见她。

放下行李后，耳边传来纱苗的一句"坐吧"。我选择了坐在自己经常坐的位置，靠近厨房那一侧的椅子上。

作为主人，纱苗用红色水壶烧了水，沏了两杯速溶咖啡，放在桌上。

又不是来做客的，喝什么都无所谓。但出于社交礼节，我还是说了句"谢谢"，等她入座。

须能纱苗缓缓坐下。

总算可以谈正事了，我心中一直压抑着的焦躁，也终于到达了极限。

"告诉我。"

纱苗看向了我，眼神有力，目光似刀。

"你对我做了什么？"

须能纱苗视线没有离开，死死盯着我，然后深深吸了一口气，吐出，说了一句："我什么都没做。"

"不可能。"

"真的，我能控制的，只有自己啊。当然，我更没对你下过任何催眠术、咒语之类的。"

"那你为什么叫我来？"

我下意识地探出身子，用力抓住了她的胳膊。面对我如此粗暴无礼的行为，斋藤依然没移开视线，也没被吓得往后退，只是死死盯着我。

"我什么都没做，但是我知道你身上发生了什么。"

"你说自己什么都没做，那会是谁？难道是那个人？"

我重新坐回到椅子里，把记忆的触角伸向了职场。

须能纱苗歪了歪头，表示不解："哪个人？"

"就是跟我同一批进公司的那个人。不过，我怎么可能会被那种毫无价值的平凡路人影响？这也太荒谬了。"

"呐。"

简短的音节，仿佛一把锋利的剑，唰的一下斩断了我的思路。

"我知道自己接下来的话很残忍，但你必须听着。其实吧，不只是你，每个人都很特别。"

她这是在嘲讽我吗？

"特别？哼，怎么可能？"

"是真的哦。你遇到的人也好，甚至全人类也罢，都是特别的。在这些人里，能影响你的，只有你自己。也就是说，一切源于自己的主观意识。"

"胡说，是蒂夏影响了我，只有她能影响我。"

须能纱苗再次端起杯子，把咖啡送到嘴边，轻启嘴唇，吹了吹滚烫的咖啡。

"好吧，我来告诉你，你身上究竟发生了什么事。"

答案终于要揭晓了，我再也掩饰不住自己的焦躁，但期待的同时，一丝恐惧也涌上了心头：莫非是什么不好的事？

事到如今，我早已没了退路，只能硬着头皮往下问了。

"告诉我吧，拜托了。"

"你忘了。"

这句话过于简单，让人摸不着头脑。但我的身体却下意识地抢先做出了反应，我脑海中闪过了一个画面。

画面中，我对眼前的女人实施了暴力。

但是实际上我什么都做不了。我像个傻瓜似的，喉咙里发不出任何声音，只能勉强挤出一口气息。

"你忘了。在过去的这些日子里，你已经忘记对蒂夏是什么感觉了。"

"怎么可能？"

"可事实上，你已经察觉到了吧，自己的心境早已不似从前了。"

须能纱苗停下了，似乎在等我回答。

我摇摇头。

"不，不是这样的。"

"可把她忘了这话，是你自己在电话里说的嘛。"

"那只是暂时的，一定是。只要弄清楚原因，我马上就能想起来。"

"我忘了。"

她这话是什么意思？

"第一次喜欢上音乐时遭受的冲击，还有高中时代对你的厌恶。这些作为事实还存在我的记忆里，但那个时候的心情，却早就消失了。"

"别拿我对蒂夏的感情，跟那种浅薄随意的东西做类比。"

语气弱了许多。可恶，明明很生气，但体内涌上来的，更多是不安。我声音飘抖，几乎像在求救。

"没关系的，你可以忘记。"

须能纱苗语气中带着怜悯，她可能是瞧出了我的狼狈。

"有关系。"

"我们不可能一直记得所有的事。"

斋藤这家伙在胡说什么？
我不可能忘记，也绝不能忘记。
我心中肯定还有某个地方在燃烧。找到它，我拼死也要找到它。
那时候，我是多么地思念蒂夏啊。如果用那种浮夸的台词来形容，我那时候是如此地爱她。我想让她成为我的所属物，也想归顺于她。我坚信，只要蒂夏在我身边，其他我什么都不需要。
找。我不停地找啊找啊，越来越接近答案。
一个无可奈何、不容忽视的答案。
我调出了自己能想到的所有词，试图将答案组织成语言。
我遇到了她。
我想帮她。
我想成为她的特别。
我被无条件地信任着。
此时此刻我脑海中涌现的。
全都是……
全都是过去的回忆。
当我试图把这些回忆用更具体的形式提取出来时，它们却瞬间崩塌，如尘沙般从我指尖溜走了。
啊……
"不，这一定不是真的。"
"我没骗你。"
你有什么资格否定？你懂什么？
怒火已烧到了顶点，下一秒就要喷涌而出。
换作平时，我可以轻松排解掉这份怒火。冲斋藤发火就行了，也可以放弃对话，直接一走了之。
可我没这么做。
铁一般的事实已经摆在了我眼前。
过去那种我一直深信不疑的心情，数量、大小、重量、形状，都跟我现在的心境完全一样了。

那份感情早就没了灵魂，流失、坠落、消失。

不可能，这不可能。

"不。"

手里空空如也，连一粒沙子也没留下，仿佛一切都没发生过，不存在。

这简直是噩梦。

"我不想忘记。"

等一下，我在干什么？

我跟须能纱苗说这个干吗。

她又唤醒不了我的感情，更无法穿越去异世界，把蒂夏带过来。

哦，我明白了。

我只不过是要一个契机而已。

一个能让我从自欺欺人的梦中醒来的契机。

可我心里某个地方，又贪婪无耻地盼着奇迹降临。

我不想结束那段感情。

可事到如今，说这些话已经毫无意义，只会让自己更狼狈。

此时此刻，须能纱苗正看着我。

表面还在强撑，其实已经开始胡言乱语的我。

我以为斋藤会笑，会盛气凌人地嘲讽：怎么样？我说得对吧？

但她没有，只是一直盯着我看。

"你其实可以忘记哦。"

又是这句话。

我摇了摇头。

"如果忘记了，一切都会成为虚幻。"

这次纱苗终于有了动作，只见她慢慢转动脖子，左右来回摇了两次头。

"不会成为虚幻的。我们只是忘记了。无论多么强烈的心情，都会一点点褪去，变得稀薄，然后逐渐模糊，但那时候的自己，那种心情，绝不会成为虚幻。无聊到想去死的心情也好，遇到喜欢的乐队后想改变自我的决心也罢,还有香弥你对蒂夏的感情,没有一个是虚幻,全都是真的。"

"可是忘了的话,不就无法证明它们曾经存在过吗?"

"能证明的。呐,香弥。"

须能纱苗把手伸向桌子,放在了我交叉叠放的双手上。

纱苗到底是怀着什么样的心情,才会对一个几周前刚甩了自己的男人如此大度呢?而且还要握住他的手,安慰他。

恐怕是厌恶、恐惧、鄙视吧。

反正无论她怎么看,她眼前的这个男人,都不是一个负责任的、敢于面对的人。

"老实讲,我一度觉得你真是个混蛋。"

我干什么了?她为何突然这么说?

"我以前以为,你在我遇到过的人里,是最无可救药的。沉醉于自己的世界,偏执拧巴,性格阴沉。作为步入社会的成年人,你只有脸还算有可取之处,别的完全不合格。当然,喜欢上这样傲慢卑劣的你,我也是够蠢的。"

她说得没错。那时候的我,确实在言辞举止之间有意无意地引导对方这么看我。

"迄今为止,我曾想过无数次:绝不能原谅你。"

须能纱苗的眼睑微微颤抖。

"当时你那张牙舞爪、傲慢无礼的态度姑且不论,总之你是考虑到我今后人生的幸福,才袒露了真正的自己。"

这一点她误会了,我根本没有。

"香弥,你好像很后悔自己害死了小步。"

我根本不是你说的那种会照顾他人情绪、会顾虑别人幸不幸福的人。

"后来我突然想明白了:啊,这个人不坏,他只是一个不懂怎么把握跟人生之间的距离,因而一直哭的笨蛋罢了。"

她的手突然发力,握得更紧了。

"往后的人生会如何，我不知道。但只有这句话，我敢断言。

"我们终将忘记。比如此时此刻，我想重新了解你，而这份心情，总有一天我也会遗忘。"

等我回过神来，发现须能纱苗的话，已经一字一句清晰地落在了我耳中。

"所以，我现在必须丢掉所谓的羞耻和自尊，坦诚面对自己的内心和自己珍视的东西，我想让自己变得透明。在此之前，我被不断涌现的恼怒、痛苦淹没，不知所措。但在反反复复的煎熬中，我逐渐弄明白了一点，那就是：你确实喜欢过蒂夏，我也确实受到过音乐的影响。我们都回不到从前了，我们只能这样活下去，嗯，一定是。所以，可以了，放过自己吧。"

须能纱苗的左眼落下了一滴泪。

没有发光，是平庸的眼泪。

"忘记了也没关系的。"

对蒂夏思念的残渣，燃烧过后化为灰烬，飘然落下。

那些记忆碎片扑扑簌簌落入我心底的画面，十几年来，一直在我脑海中闪现。如今已慢慢模糊，悄然褪去。

记忆随着时间慢慢流走，但还是漏出了一小滴在我手里。这部分，我本来想永远藏在心底，不给任何人看的，但还是化作了语言，从嘴边轻轻溢了出来。

"对不起。"

其实不应化作语言的。更何况需要听的那个人，早已经不在了。

"蒂夏。"

又或许，我一直在等一个跟她道歉的机会。

"明明曾经那么喜欢你，明明想你想了那么久。

"你是不是已忘了我呢？我不敢奢求太多，哪怕只是路人相逢，只要你能记得我，我就很满足了。"

而这些话，注定无法传达给她，传达到那个世界了。

眼下听我剖露心迹的，只有须能纱苗。

她闭着眼睛，紧紧握着我的手。

这个世界依旧黑白，颜色早在十几年前就一去不复返了。我还是没从窒息感中挣脱出来，也从来没有被原谅过。

但现在有个人出现了，告诉我：你可以活在这个世上。

春节已过去半个月，一切步入了正轨，我俩的生活恢复了常态。不过，纱苗在广播电台上班，春节本来就不放假，为了陪她，我也没回老家过年。所以我们的生活节奏一直很平稳，没什么大变化。

"今晚去那家店吧，我想吃汤汁鸡蛋卷了。"

周六我正在家里做午饭时，收到了纱苗发来的信息。我秒回了个"好的"。午饭刚好做的是煎蛋卷。还好，汤汁蛋卷和煎蛋卷还是不一样的。

信息简洁，没有表情包也没有颜文字，应该是纱苗忽然想到的，然后就发过来了。

把做好的午饭摆在桌子上，打开前几天新买的收音机，调好音量。纱苗负责的节目马上就要开始了。

在时钟分针走向零的瞬间，收音机里的声音渐渐地变成了耳熟能详的背景音乐。极具个性的女声从机器中传来，欢快地跟听众打了招呼。然后报了日期和时间，还有自己的名字。听着她的开场白，我夹了一口沙拉。不禁想起来，纱苗曾经说过一句话。

"每次的开场白，听起来差不多，但录制起来着实费劲呢。"

今天的话题是"朋友跟她的男朋友又和好了"。

等一下，她不会乱说我俩的事吧。带着惊恐不安听了一小段，发现好像说的是别人的恋爱故事，这才放下心来。看来是我自我意识过剩了，真丢人。

我一边听着陌生人的恋爱故事，一边把煮西兰花送入口中。看来大家的恋情都很曲折啊。

我跟纱苗一圈兜兜转转后,现在重新交往了。

虽然过程不如广播里的投稿一般有趣,但总归是和好了,至少表面看起来很圆满。

当时临了,纱苗还问了一句:"话说,斋藤到底是谁?"

我重新解释,她又被这个长达十六年的称呼挑起怒火,臭骂了我一顿。

既然要跟纱苗重新开始交往,那她怎么看我就很重要了。于是我再次问她为什么选我做人生伴侣。可纱苗还是复合那天的原话,说还想多了解我一点,还加了一句:"看你傻乎乎的,还挺可爱。"

我之所以放下过去,接受她的提议,并不单单是因为罪恶感被冲走了。老实说,也有其他因素在,比如她奋斗时的样子很迷人,容貌也讨异性喜欢。

我甚至在想:跟这个女人在一起的话,或许能将我的余生变得有意义,哪怕只有一点点。虽然这种念头很功利、很自私,但跟纱苗坦白之后,她意外地很开心。

她笑着说:"人是可以改变的。"

对于这句话,我将信将疑。

迄今为止的漫长岁月里,我的人生一直无味无色,寡淡得如一潭死水。我从没想过人会轻易改变,但我相信自己,也想不断努力改变。

"说起人的变化。"

又来了。

但为了不让对方察觉,我一边压制住想吐槽的心,一边挤出一丝好奇,表情相当神妙。纱苗可能是想活跃一下眼前沉重的气氛吧,摆出一副有人事要讲的样子。对于她接下来的剧透,我既期待又紧张。因为上次她在出租车上吐露心声说讨厌我时,就是这副欲言又止的模样。

"你注意到我整容了吗?"

"哦,欸?"

我下意识发出了奇怪的声音，盯着她的脸，细细端详了半天，我没发现任何拼接和缝合，一时无法判断。

"我讨厌自己的脸，所以毕业后就去微整了一下。到现在我还被父母挖苦：要定期回来露露脸啊，要不然你长啥样我们都忘了。"

"你不说我还真没注意。不过，你高中时长什么样子我确实不记得了。"

"就是。本来就没多少人记得我原来的样子，所以我才一鼓作气去整了容。"

看到我吃惊的反应，纱苗又顺带坦白了当初偶遇的事。原来当初在老家车站时，她一眼就认出我了，数次想跟我搭话，但终究是忍住了，只是一路同车坐到了终点站。

虽然她向我隐瞒了整容的事，但我完全没生气。她一直试图把自己的人生攥在自己手里。在人生道路上，目标清晰，并为之付诸行动，那感觉应该很棒吧。好比她讨厌自己的脸，就去做了整容。希望在未来的某一天，我也能像她一样，鼓起勇气，变得敢于直面蒂夏的事。

罢了，可能就连这份期盼，总有一天也会忘记。

吃罢午饭，广播节目才刚入正题。收拾好餐具后，我打开笔记本电脑，开始准备最近刚接手的项目。

我的工作调动暂时被搁置了，纱苗继续在广播电台公司工作。她说，在找到满意的答案之前，不会辞掉目前的工作。纱苗不再是斋藤，不再是随处可见的路人，希望她将来无论做出何种选择，都能朝着自己决定要走的道路前进。

电台主持人读完投稿，接下来该放听众点播的歌了。放歌前，又插播了一些事先录好的艺人采访和广告。说起来，这个节目的内容素材，基本上来自听众发来的邮件投稿。回头我也试着点一首歌好了。

这时，收音机传来一条消息。

我们收到了一位网名叫"look look"的听众发来的邮件投稿。

日村先生,你好。

你好你好。

我想点的歌是 Her Nerine 乐队的新作《轮廓》。
这首歌真的超棒。在日常生活中,想必每个人都会有突然心中空落落的时候。这时候,如果有人给我唱这样的歌,我真的会哭的。请务必在节目中放一下。

哈哈,主持人也很喜欢 Her Nerine 这支乐队呢,希望能早日在演唱会现场听到。
接下来,请欣赏 Her Nerine 乐队的《轮廓》。

音乐刚响起时,我没觉得有什么特别的地方。前奏一般,不好也不坏,还算抒情吧。我的音乐知识储备跟刚出生的婴儿差不多,判断不出曲子的好坏。算了,以后慢慢培养吧。

跟往常一样,我以为《轮廓》不过是一首我没听过的普通歌曲罢了。

可当女主唱的声音响起时,问题出现了。

当然,我说的问题,不是指现场事故,也不是信号故障。

是我,是问题降临到我身上了。

回过神来,才发现我不知何时已经站了起来,连呼吸都忘了,只是呆呆地望着收音机。

空虚的世界里
空虚的心正在被填满
只有共同罪恶感的重量
才能描绘爱的轮廓

我听过。

对，就是这个歌词。

虽然乐队和旋律都是陌生的，但歌词，我熟悉得很。

漆黑的车站候车室、耳边温热的气息、彼此交换的歌声。

一听到歌词，我立刻想到了那时候的歌。

绝对是。

这到底是怎么回事？

可刚才节目里说了，这是首新歌啊。

难道当年那首歌，不是蒂夏那边世界的吗？

两个世界的关系，彼此之间的影响……

好久没思考过这些非日常的东西了，我一时间有些恍惚。

"想见 Her Nerine？你怎么了？为什么突然想见他们？"

居酒屋里，店员像往常一样，一见面就打趣道："还谈着呢，两位感情真好。"

轻车熟路，找到吧台坐定后，我便跟纱苗商量起来。

"与其说是想见那个乐队，倒不如说想见写《轮廓》歌词的人。"

"啊，说起来，Her Nerine 的曲子，几乎都是主唱 Aki 写的。其实我俩关系很好来着，那孩子相当不错。不过你为什么突然想见她啊？"

要不要告诉纱苗呢？

开口前，要说自己没有一丁点犹豫，那绝对是假的。但现如今，我跟纱苗之间坦诚相待，有些事没必要瞒她。于是我便跟纱苗说了今天在广播里听到歌词的事情，还有过去那段晦暗不明的回忆。

"原来如此。"

"嗯，不过也有可能是我记错了。"

"如果真是同一首歌的话,那也太不可思议了。是偶然也好,背后另有深意也罢,总之要去见见的。况且……算了,这个以后再说。"

纱苗似乎想说什么,又咽回去了。然后她拿出自己的记事本,开始确认行程。

"还真是神奇哎,不知道是偶然还是有何机缘,总之下周末刚好有 Aki 的弹唱会,不知道会不会演唱《轮廓》。你要不要一起?能不能深入交流不好说,但跟对方简单打个招呼,还是很容易办到的。"

"啊,谢谢。"

这句不是客套,是真心感谢。

本以为自己的坦诚相待,会换来纱苗的笑容,可对方却嘟起了嘴。

"抱歉,我是不是耽误你的其他工作了?"

"那倒没有,作为一个成年人,我能接受你的一切。但事情真到眼前了,果然还是有点嫉妒啊。"说完,纱苗戳了戳我的腹部。

我笑笑以示歉意,同时心里也在想:关于蒂夏,关于现实,要是多一点提示就好了,目前只有那几句歌词,信息量完全不够。

第二周,我们约好了在繁华街车站前碰头。之前纱苗说会以同事的身份介绍我,场合还算正式,所以今天我穿了西装,结果被纱苗批评了。

"在广播电台工作的,谁像你穿得这么正式啊?"

其实我今天穿正装,还有一个理由,就是想遮盖真实的自己。

一旦自己变成纱苗的某个同事,我就可以挺直脊背,隐去个人的信息,遮掩久违的紧张感。

我俩从车站动身,快速穿过人群,到了十字路口后,就隐约听到了广播,提醒观众注意脚下安全。我俩没走影院正门,而是来到侧面一个类似地下室的入口。

纱苗指着楼梯说道:"就是这儿了。"

这是我第一次来 Live house(现场音乐场所)。原来纱苗一直在这种地方放松身心地听音乐啊。我不禁想起了跟蒂夏见面的那个车站候车室。

下了楼梯,来到一个类似接待处的展台。这时候,我才想起,纱苗没给我门票。正当我打算回头跟她搭话时,纱苗抬起左手打断了我。

只见她跨步向前,说道:

"你好,我是须能,新川先生邀请我来的。"

"好的,请您在这里登记下信息。"

说完,前台递给纱苗两张表。纱苗抽出一张递给了我。我什么也没说,淡然接过。纱苗带我进入演播厅,在门口酒吧柜台点了两杯啤酒,拿起一杯递过来。

"听音乐,给钱的方式有很多种。来,干杯。"

我接过抿了一口,合上塑料盖子,跟着纱苗朝演播厅内走去。此时,灯光像等了我们很久似的,瞬间暗了下来。厅内虽然不拥挤,但陆陆续续有观众进入。我俩找了个视野好的地方站定。

舞台有人出现了,周围瞬间爆发了掌声和欢呼。看穿着打扮,是一个男人。说今晚的演出者是两个人,Aki 是后出场的那个。

这个男人穿着华丽,看上去二十岁左右,面对台下欢迎自己的观众,露出了害羞的笑容。

随后他拿起吉他,找了张椅子坐下。男人一落座,气场瞬间变了。舒展悠扬的歌声响起,听着男人的声音,我禁不住浮想联翩:要是自己有这种优越的嗓音,那人生中的暴风雨肯定就是音乐了吧。

男人的歌似乎很受欢迎,每唱完一首都掌声雷动。不知不觉,八首歌已唱完,他的表演即将结束。男人脸上再次浮起害羞的笑容,朝观众点头致谢,退到了幕后。

在掌声的余韵中,展厅的灯光再次亮起。我无意间瞥到了旁边的纱苗,她没说话,朝我笑了笑,掏出手机打起了字。

我以为纱苗会问我感受如何,可她没有。估计是早就知道,我这种人基本上对他人的创作没什么感觉。她此刻回避交流,顾虑的恐怕不是我,而是周围的粉丝听众吧。万一我直愣愣地说了什么不恰当的话,很有可能引起众怒。

总有那么一天，我也会为一首歌，或者一本小说感动吧，到时候就能跟纱苗一起流泪一起笑了。也许那一天会很远很远很远，甚至至死也不会到来。但如果真的来了，能跟纱苗心灵相通，一起哭一起笑，其实也不错。

幕后人员忙着更换舞台的设备和器材，花了十分钟左右，完成了转场。

在这期间，纱苗跟我讲了她跟这个 Live house 之间的渊源。

高中时代，初次来到这个城市，走到这条街道时的紧张感；只存在于传闻中的，从未踏足过的圣地；第一次来到地下室时的激动与感慨；音乐响起的瞬间，脑海中奔腾翻涌的各种回忆；不知何时落下的泪水；忍受人山人海也要来数次的演唱现场。

"虽说现在基本不可能像第一次来时那样，感动得痛哭流涕，但正因为越来越熟悉，越来越了解，才会有源源不断的新感受。"

所以没关系。

暂时不会欣赏也没关系。

纱苗这句话虽然没说出口，但我已经听明白了。当然，她的这句安慰，有可能不仅是对我说的，也是对自己说的，甚至是对现场所有听众说的。

舞台总算准备妥当，工作人员也退到了幕后。灯光再次变暗。没有人出现，可台下却响起了掌声和欢呼。

我紧张极了。

等会儿出场的，会是什么人呢？

那位女歌手，跟蒂夏的世界有什么关系呢？

心跳慢慢加快。

与我的紧绷形成鲜明对比的是，这位叫 Aki 的歌手缓缓从后台走了出来。

昏暗中，隐约看到有人抱着吉他坐在了椅子上。过了一小会儿，她的脸靠近了麦克风，舞台上慢慢亮起了光。

"大家晚上好，我是 Her Nerine 乐队的主唱 Aki。"

她的表情，比官网主页上看起来更高冷。既没说客套话，语气也是冷冷的，只是简单做了自我介绍后，就开始了第一首歌的演唱。

一开腔，Aki 的气场完全变了。她眯着眼睛，好像只是困了，脸上看不出来什么情绪。整个空间，只剩下她口中流出的，震撼人心的歌声。虽然之前已经在广播里见识过她的嗓音，但此时此刻在现场听，又是另一番震撼。

两首歌毕，她拿起旁边的水喝了一口，调了调吉他的音准，靠近麦克风说道：

"接下来，翻唱一首我喜欢的歌《15 岁》。"

说罢，Aki 又调动全身力气，唱了起来。

我一边认真地听歌词，一边回忆着自己的十五岁。说不定纱苗也在回忆过去。甚至可能现场所有的听众，都被带回了那段青葱岁月。

听着歌，环视着周围的听众，我心中思绪万千：这个狭窄的空间，想必塞满了很多人的懊悔与无奈吧，他们感叹自己变成了年少时最讨厌的那种大人。但感叹之余，他们什么都做不了，只能一遍又一遍徒劳地怀念。

过了一会儿，这首《15 岁》也迎来了结束。在一片掌声中，Aki 丝毫没有被打乱节奏，开始介绍下一首曲子。

"接下来是我的新歌，《轮廓》。"

这时候，旁边的纱苗挺了挺脊背，我也跟着咽了口唾沫。Aki 自然没注意到我俩的动静，唱起了自己的新曲。

跟上次在广播里听到的不一样，这次的《轮廓》是吉他伴奏，我还是第一次听。

临时自由发挥的版本，把 Aki 的歌声衬托得更出尘了。遗憾的是，我已经不记得蒂夏的歌声了。如果当初蒂夏唱的就是这首歌，那她的旋律，又会是什么风格呢？

空虚的世界里
空虚的心正在被填满

只有共同罪恶感的重量
才能描绘爱的轮廓

虽然已经想不起当年曲子的旋律,但歌词的每一个字我都记得。
听完 Aki 的《轮廓》,我再次确信:这歌词,就是当年蒂夏唱的那首。
有种心里的痕迹被慢慢描绘的感觉。
《轮廓》之后,Aki 又唱了三首歌,然后下了场。现场掌声雷动,经久不息。架不住观众的热情,Aki 再次站上舞台,与此同时,之前表演的那个男歌手也出场了。两人又合唱了一首,这次演唱会才得以圆满落幕。
我和纱苗对视了一下,决定等观众散去一些后,再去后台休息室打招呼。
"刚才那首歌,是《15 岁》,对吧?"
"嗯,貌似是翻唱。"
"哦哦,我想起来了,这首歌是我最喜欢的乐队主唱参与创作的。当时有个前辈告诉我:一个女孩子出了一个独奏版翻唱。我邀请她做了我节目的嘉宾,一来二去,我俩就成朋友了。"
这中间或许有某种关联。
纱苗小声嘟囔道,然后看了下手机,好像是 Aki 的经纪人来消息了。
我俩开始往休息室方向走。
纱苗在前,我在后面跟着。只见她跟一名男性工作人员互相笑着打了招呼,我也跟着点头微笑致意。
来到一间屋子,果然门口贴着"禁止无关人员进入"的标识,休息室意外地狭窄。周围的工作人员都在忙前忙后搬东西,只有 Aki 孤零零地坐在远处,一边拿着冰袋敷喉咙,一边看手机。
纱苗跟周围人打过招呼后,蹑手蹑脚地朝 Aki 走去。
可能是察觉到了动静,Aki 抬起头,表情平静舒缓,完全没了之前在舞台上的冰冷。

"啊，须能小姐。"

"好久不见。"

"我刚才帅吧？"

"帅，帅得一塌糊涂。"

"哈哈，你真会哄人开心。"

"《轮廓》弹唱版也很好听呢。"

"是首好曲子，对吧？"

Aki 嘿嘿笑了两声，脸上流露出了在舞台上没有的稚嫩。听说她才二十一岁。

要怎么切入话题呢？我站在纱苗后面，紧绷着身体一动不动。思忖之际，纱苗趁着对话间隙，半侧身子，把我推到了 Aki 跟前。

"那个，抱歉，贸然前来打扰。这位是我的同事，他听了《轮廓》后，就成了你的忠实粉丝。"

"初次见面，我叫铃木香弥，刚才的弹唱非常棒。"

即便距离如此之近，我也很好地掩盖住了自己的紧张。我把事先准备好的客套话，再掺杂一点恰到好处的兴奋，在对方面前表演了出来。在这里，我不得不感谢自己在之前的人生里，每天都在伪装。在掩藏真面目这方面，我可谓炉火纯青。

Aki 再次露出灿烂的笑容。

"哦，谢谢。初次见面。我是 Her Nerine 乐队的主唱，我叫 Aki。"

面对她洒脱大方的寒暄，我心中的紧张总算消减了些。

其实来之前，我已经想了很多。

见到这位歌手时，该说些什么呢？要问她什么呢？自己能弄清楚《轮廓》跟蒂夏当年那首歌之间的关系吗？

还是先问下《轮廓》的创作灵感吧。作为这首歌的粉丝，问这个问题，应该没什么不自然的。虽然对 Aki 本人很好奇，但突然问她的个人隐私，肯定会很唐突。我看过她的官方简介，说是她跟当地的朋友一起玩音乐，后来组建了乐队 Her Nerine。要把这里作为切入点聊吗？她应该不认识蒂夏，也不知道蒂夏那边的世界吧。

Aki、Aki。

一时间我思绪纷杂,为了更顺畅地表达自己的想法,我清了清干燥的嗓子,开口问道:

"……Aki 对应的汉字,是季节的那个'秋'吗?"

话一出口,连我自己都震惊了。我到底在说什么啊?

思考犹豫了半天,就问了这么个不痛不痒、无关紧要的问题。我的精神再次高度紧绷起来,本来见到歌手本人就实属不易,时间不多了,怎么办?

虽然我表情上没显露什么,但心里懊悔得不行。

这时,惊讶在 Aki 的脸上一闪而过,但很快恢复了正常。她带着愉快的笑容答道:"不是那个秋哦。"说罢用手指在空中比画了起来。

"写作安艺,安心的安,艺能的艺。"

"……啊,莫非安艺是你的姓?"

我到底在说什么胡话啊?必须尽快换个话题。

哎,没有任何觉悟,就不该擅自开口瞎问的。名字里能有什么特殊的含义啊?

"是啊,总感觉别人叫我名字挺不好意思的,所以我的艺名用了自己的姓氏。我的名字是这样写的。"

安艺的手指再次在空中飞舞起来,可能是她的习惯吧。

她先是画了一条直线,然后画了五笔,沿同样的轨迹又画了一次,最后又添了四笔。

我没看懂。

"一首歌的意思。"

这名字听起来,仿佛她就是为歌而生的。

"读作 ichika,写作一歌。"

我原以为自己听错了。

"我全名叫安艺一歌。"

ichika(一歌)、chika(蒂夏),发音如此相近。

那个早已在我心中回响过无数次的音节。

震惊之余，我连表情都忘了做了。

"这名字很酷，对吧？就是因为太酷了，每每介绍起来，我自己都觉得羞耻，哈哈。"

秋，哦，不，安艺一歌放声笑起来，一点没把我当外人。

猛然间，我瞥见了纱苗的脸。早已知晓内情的纱苗，仿佛在忍耐着什么似的点了点头，迅速露出微笑。

"不过你对初次见面的人，轻易道出本名，真的没关系吗？有可能会被坏人利用哦。"

"不是，须能你这同事什么情况啊？"

两名女性嬉笑着互相打趣，宛若好友般一起哈哈笑个不停。

我在旁边看着，听着。

但意识不知不觉间早已去了另外一个地方。

我的心，飞到了那个时候的黑暗里。

仔细看的话。

那里仿佛有两只发光的眼睛。

仿佛有二十个会发光的爪子。

哦，不，是真的有。

我听到声音了。

并非模糊的记忆。

直到现在，她仿佛还在这里。

哦，不，她真的在这里出现过。

"在彼此的世界相遇时，就算外表和声音都变了，你可能无法立刻认出我来……"

那时候，我还不知道她话中的含义。

"但在我们无法选择的深处，不是还有不变的东西吗？"

原来如此。

"就算我出生在香弥的世界。"

蒂夏消失了，公交车站也没了，战争结束了。

我以为自己失去了一切。

"我依然会遇到你，一定。"

原来她当年说的话，是这个意思。

她是不是早就知道我们在对方世界的相遇方式了？

"请问 Kaya 的汉字怎么写？"

心绪又被安艺的声音拉回了现实，我的意识回到了 Live house 的后台。

慌乱之间，我正想着要摆什么表情好，忽然意识到自己没必要伪装，便老老实实展露了笑容。

"香气的香，弥生的弥。"

"感觉是很时尚的名字呢。"

我该怎么回应呢？面对眼前这个叫安艺的孩子，我究竟该怎么相处呢？我究竟该跟她说什么呢？

我想了很多。比如两边的世界现在还连着；比如到最后我还是没弄明白两个世界对彼此的影响是什么。要是前面这些都成立的话，也就是说，在这边世界生活着平行时空的蒂夏。这种离奇荒诞的事情，也不是完全没有可能。

既然如此，无论如何我也要传递点什么给她，我必须通过这种形式，为她做点什么。

思来想去，得出的答案只有一个。真的，这个办法最简单也最高效。

安艺、纱苗还有我，三个人的聊天顺利结束。

临走时，安艺发出了邀请："下次一定要来我的演唱会哦。"

"好，万分期待。"真心话。

分别的时候，安艺和纱苗像朋友一样互相挥了挥手，也跟我点头表达了谢意。

最后我想告诉她，想送给她的，只有一个东西。

"希望我们彼此都能幸福。"

可能很少有人在初次见面时，就送这么大的祝福吧。安艺露出了不可思议的表情，回了句："啊，谢谢。"

安艺再次点头致谢，样子有点滑稽。

跟周围的人轻声道别后，我跟纱苗离开了后台。这时现场几乎没人了，我俩走出演出会场，上楼梯，来到了地面。这时，我才看清纱苗的脸：她神情复杂，短短几秒，切换了好几个表情。

"你没事吧？"

仅仅是一句温柔的安慰，就如此甘甜。

我点点头："谢谢。"

纱苗应该有很多话想说吧，但她还是忍住了，给了我一个微笑。

我抬头望着天空。

尘封已久的思念再次飘飞，蒂夏在那边的世界，应该也遇到了我吧。

二月末，我再次迎来了生日。虽然我对年复一年的生日没什么感觉，但今年的过法，和往年稍有不同。

"喂……"

循着远处传来的声音望过去，哥哥站在面包车旁边挥着手。

我跟纱苗本来孤零零地伫立在当地车站的出口，看到情绪高涨的哥哥，我苦笑着迎了上去。

"抱歉抱歉，让你久等了。初次见面，我是香弥的哥哥。"

在对我马马虎虎地道过歉后，哥哥兴致勃勃地向纱苗做了自我介绍。作为一名已经工作多年的成年人，纱苗在礼节上无可挑剔。虽然肩上还背着挎包，但她还是双手重叠放在腹部，恭恭敬敬跟哥哥行了礼。

"初次见面，我是须能纱苗，谢谢您今天特意来接我们。"

哥哥有点不好意思，一边说着"千万别客气"，一边护送纱苗坐到了车后座。

作为弟弟，虽然觉得让别人护送自己的老婆很丢人，但我还是乖乖上了车。

今年我生日那天刚好是周末，纱苗也休息，所以我俩决定回老家玩一玩。这次回来的目的有两个：一是把纱苗正式介绍给我的家人；二来上周是母亲一周年忌日，我回来祭拜。本来我跟纱苗说：难得回老家一次，你在家陪自己父母就行了，其实没必要跟过来的。但她坚持要来，所以才有了今天的行程。

我俩明天都有工作，所以只在老家待半天，办个午餐会就走。我本来打算带着微笑度过这次聚餐，但一大清早，纱苗就给我订了条死规矩：禁止露出那种营业式假笑。

每当我想反驳时，她就使出杀手锏。

"一看到你那张笑脸，我就觉得你在喊我斋藤。"

怼得我哑口无言，我只能听从。

回家的路上，哥哥一直在跟纱苗聊天。纱苗似乎聊得很尽兴，从"我俩高中是同班同学"开始，再到"我在广播电台工作""刚见面时我还挺意外的，和弟弟不同，哥哥你很好说话嘞"！看着聊得热火朝天的两人，我除了营业式微笑，实在不知道该做何表情，只能看着窗外流动的风景发呆。

一进家门，不知何时父亲已经在大门口等着了，抱着最近刚养的猫。

父亲笑容灿烂，热情地跟纱苗打了招呼，像迎接某位公主似的，一路引她到玄关处。

脱了鞋洗完手，走到客厅，意外地发现外公外婆也在，我一下子有些惊慌失措。要是爷爷奶奶还活着的话，今天这种场合他们也一定会来。

纱苗跟外公外婆打过招呼后，问了句："我能不能也跟着拜一拜？"

自然没人拒绝。于是纱苗跟我一起，朝母亲的牌位拜了拜。

对于母亲的死，我并没有特别哀伤，但有时会禁不住想：要是现在的自己跟母亲聊天，会不会聊些不一样的东西呢？

客厅的矮桌上，摆满了料理。分量超足，六个人根本吃不完。寿司应该是点的外卖，盛在超大的盘子里的煮菜和炸鸡，看起来是外婆做的。

我和纱苗并排坐在桌子旁的一张沙发上。

我俩刚一坐下，父亲就局促地问道："纱苗小姐，你能喝酒吗？"

"我超喜欢喝！"纱苗就等着说这句台词呢。父亲一听，开心地拿出珍藏已久的一瓶酒。喂喂，这只是家庭聚餐而已，可不是在婚礼上敬酒啊。吐槽归吐槽，我还是老老实实接受了父亲斟的酒。

饭局有条不紊地进行着。我的家人和纱苗看起来都很开心，这真的好吗？

觥筹交错间，聊了不少。工作啦，在城市的生活啦，还有我母亲、纱苗觉得我怎么样啦之类的。

"他像婴儿一样，超级可爱。"

在众人的追问下，纱苗对我给出了这么一条评价。

我的家人们听完，夸张地大笑起来。

"香弥这孩子今后就拜托你了，请多包容他。"

父亲郑重其事地低下头，向纱苗说道。

他们的谈话，我向来都当耳旁风，但只有这一句，触动了我。

父亲这句发自内心的话，除了说给纱苗听，也是说给母亲听的吧。

"这么好的人，香弥你一定要好好珍惜。"

"……嗯。"

把嘴里的食物咽下去后，我认真地补充道："我打算用自己的时间，为纱苗做点什么，哪怕只是一点点小事，我也想试试。"

父亲、哥哥还有纱苗，一时间都愣住了，三人都很吃惊的样子。

哥哥还买了点心，吃完饭后，我和纱苗又配着点心喝了咖啡。傍晚，我俩说想去纱苗老家打个照面，便结束了宴会。

临走时装了不少家乡特产，他们反复嘱咐我下次一定再带纱苗过来。

这儿离纱苗老家有一段距离，但我们决定步行过去。本来哥哥想开车送我们的，但被纱苗婉拒了，她说想在当地走走转转。

纱苗的家，在所谓山的方向。不过现在大搞开发，山没了，再怎么走也找不到当年的影子了。

纱苗跟我并排走在路上。

"那时候，你是往这个方向跑吗？"纱苗问道。

"嗯，当年这里有个跑步绝佳的好坡。"

"公交车站也在这边吗？"

"嗯，是这边。"

说罢，我俩继续无言地走着。

走了一会儿，我们来到了一个公寓群前，当年这里还没有公寓。一群孩子奔跑着从我俩身边经过，可能他们就住这附近的公寓吧。狭窄的人行道上，前面有一个女人推着婴儿车迎面走来。为了避免拥挤，我俩换到了有车辆经过的另一侧。

擦肩而过的瞬间，我突然看到了女人的脸，吃了一惊。

是她。

虽途遇故人，但最终我还是没打招呼，甚至没露出任何异样的表情。

那个藏在我心底的，我少年时代起就叫她真名而不是田中、斋藤这些代号，某些地方跟我很像的女孩子。

希望她现在一切都好吧。这时，我感觉似乎又听到某处传来了一句："好无聊哦。"

"呐，香弥。"

穿过公寓群的时候，纱苗叫住了我。

"嗯？"

"关于你刚刚说的那些话。"

我一边走，一边瞟了一眼身边的纱苗，发现她也在看我。

"就算你什么都没有了，也不要想着为了我而活。"

纱苗继续走着，我和以前一样，配合着她的步调。

"我做不到理解你的全部，也做不到肯定你的全部。我能做的，就是像现在这样，陪在你身边走路而已。"

嘴角上扬的纱苗此时停下了脚步。我也跟着停下，看着她的眼睛。

"我们就这样活着吧，看着彼此、偶尔牵手、偶尔想起相似的事情，然后不知不觉间死去。最近我想明白了，现在这样刚刚好。"

说完，纱苗又迈开了双腿，朝前走去。我紧追上，走在她旁边。

听了她的话，我思绪万千。或许在纱苗描述的生活里，我将变得澄澈平静，面对重要之物，不再羞于表达喜欢和爱意。

"反正人生很长，现在才刚刚开始嘛。"

"好，听你的。"

我点点头。

这时，纱苗用手指轻轻戳了下我的侧腹。看着身旁一脸幸福的她，我再次感慨：啊，幸好没让她伤心。希望有一天，我也能为这种日常小事而感到幸福。

兜兜转转十几年，我终于意识到：现在就给余生下定义，为时尚早。